偽悪病患者

大下宇陀児

「佐治は偽悪病患者だ。接近させてはいけない」兄の警告を妹は一笑に付したが……犯罪の萌芽から事件発生と解決まで往復書簡形式で語られるモダン探偵小説の表題作、犯行に至る殺人者の心理を克明に描き、“なぜ殺したか”の謎を追求した「死の倒影」「情獄」、掘り出し物の骨董をめぐる奇譚「金色の獏」、都市伝説めいた怪現象が連続猟奇殺人に発展する犯罪幻想譚「魔法街」他、全九篇。日本探偵小説草創期に江戸川乱歩、甲賀三郎とともに絶大な人気を博した巨匠、大下宇陀児の多彩な作品を紹介する短篇傑作選。

偽悪病患者

大下宇陀児

創元推理文庫

THE COUNTERFEIT VICE SYNDROME

and Other Crime Stories

by

Udaru Ohshita

1929, 1930, 1931, 1932, 1933, 1935, 1936

目次

偽悪病患者

偽悪病患者

（妹より兄へ）

××日附、佐治さんを接近させてはいけないという御手紙、本日拝見致しました。

いつも通り、いろんなことに気を配って下さるお兄様だけれど、喬子、今度の御手紙だけはよく判んない。佐治さんは、喬子が接近したのでもないし、接近させたんでもないの。お兄様だって御承知の通り、お兄様や漆戸と同期生だったんですって。アメリカから帰られると、すぐ漆戸を訪ねていらっしゃって、それ以来漆戸は、病気で退屈で、話相手が欲しいもんだから、佐治さんが来て下さるのを、随分楽しみにしているんですわ。

そういえば思い出すけれど、漆戸が一度いいました。「佐治という男は、学校時代から一寸変ったところがあって、他人から随分誤解されたものだが、芯は、気の弱い正直な男さ」って。喬子、まだ佐治さんがどんな風に変っているか知らないけれど、お兄様が何かきっと誤解しているんじゃないか知ら。まア兎に角、お兄様のいうことは、これまで大抵の場合、嘘だったことはないのだから、その意味で喬子、今度の御手紙のこと、忘れないでいるつもりです。漆戸が、電話をかけて呼んだりなどするのだから、佐治さんが、ここへ足踏みもしないようにするなんてこと、とても出来ないけど。

漆戸の病気、本当はあまり好くなくて、困っています。医者のいうのには、この冬を越せるようだったら、見込みがいくらか出るんだそうです。一週間前に喀血して、近頃は痩せ方もひどい。この冬のうちに、良人と死別れするなんてこと、考えただけでもゾッとしてしまう。それじゃ、喬子があんまり可哀想過ぎると思う。

お兄様の方の御病気はどうなんですの。呉々も身体を大切にしてネ。


（兄より妹へ）


三日ほど前、足試しのつもりで、宿の近くを四五町歩いて見た。歩けたには歩けたが、無理だったたと見えて、あとの疼痛が激しく、今日やっと苦痛が薄らいで来た。心配して呉れたけれど、僕の病気は大体こんな程度。気長にして、ここの温泉に浸っていればいいのを、時々、焦って足試しなどするのがいけないのだ。リウマチスなんて、老人の罹る病気みたいで、気の利かぬこと夥しいが、いずれしかし、癒ることは癒ると思うから、心配しないで欲しい。旦那様の病気と兄貴の病気と、二つ心配してちゃ、君も堪まらないじゃないか。

さて、佐治佐助の件。

私からの手紙が大変簡単過ぎたため、君には私のいうことがよく呑み込めなかったらしいね。無理もないことだ。佐治は、私にとっても友人だし、彼のことをあまり悪くいわずに置こうなどと考えたのだが、どうもそれでは不徹底で、結局、私の知っていることや考えていることを、ここで全部いって置かねばならないだろう。

佐治を何故接近させてはいけないか、その理由は、大体二つあるが、先ず割に小さな理由の方からいうと、それは彼が非常な美男子であるということだ。

彼の美男振りについては、君が彼と直接知っているし、詳しい説明をしなくてもいいが、大学時代、彼については既に、

「佐治を見た女は不幸だね」

という深い意味の言葉が、ある教授の口からさえいわれたものだった。

彼は牛込の方にある某先輩の家に寄寓していて、一時そこから大学へ通ったことがあったが、その頃彼が通学するために乗る市内電車には、若い女が随分沢山乗ったものだそうだ。女学生、交換手、そのほか職業婦人といった手合が、自分達の時間に遅れるのも構わず、或は殊更に廻り道をして、佐治の電車を待ち構えていたというのだ。まるで嘘のような話だけれど、必らずしも嘘でない証拠には某女学校で佐治に附文をしたため退学された生徒が二人まである。私達より一時代前の学生達は、女義太夫というものを一生懸命で追いかけたというし、現代の女学生はターキーで夢中だ。佐治については、恰度こんなような人気があったのだろう。表面慎しみ深い女でも、どうかするとひどく大胆に勇敢にまた露骨になることがある。往年私は、映画で有名な速水張治郎の実演を某劇場へ見に行ったことがあるが、その時につくづく女の凄じさを見た。張治郎が花道を通ると、花道際にいた女達が、身を乗り出し、手を伸ばして、この美男で名高い俳優の足を撫でようとするのだ。劇場がはねてからは、楽屋から宿へ引上げようと

する張治郎のぐるりに、黄色い喚声をあげて女達が押しかける。実にそれこそは露骨で浅間しいくらいのものだったが、佐治も俳優になっていたら、さしずめ張治郎と同じだったに違いない。お転婆な女学生達の間では、彼のことが「バレちゃん」という綽名ですぐ解るほどになっていたというが、それは何でもバレンチノという映画俳優に似ていたからだそうだ。

佐治が寄寓していた先輩の家では、その細君が、離別された。

政治家として知名なS代議士の令嬢は、どこで手に入れたか佐治の写真を持っていたことが発見されたため、実業家M氏の令息との婚約が破れ、その結果がやがてS代議士の財政的破綻政治的失脚になったとも伝えられている。

更に痛ましいのは、前にも一寸述べた某教授の令嬢が、これは気の毒なくらいの醜女だったそうだが、佐治宛に非常に長い手紙を書き、しかもその手紙を実際に佐治のところへ出す勇気もなく、毎日持ち歩いているうちに、彼女はD英語塾というのの生徒だったそうで、その手紙を朋友に見られたのを恥ずかしがり、カルモチン自殺を遂げてしまったことだ。

それでこそ、教授のいった言葉の意味がよく呑み込めるだろう。

佐治が、彼自身から女に働きかけたということをまだ聞かないのは、聊かなりとも彼の面目を保つに足る。だから、正しい意味では、彼は女蕩しだとか色魔だとは呼べないのだが、不幸にも彼は、女に対してそれだけの魅力を持った男だ。漆戸もそのことは知っていた筈なのに、なぜ彼を接近させるか、私は不審でならない。漆戸には、君からこの手紙を見せてやって貰えまいか。そうして君自身も愛する漆戸のため、こういう危険性のある男を避けるがいいのだ。

君が、佐治を相手にして火遊びをする女だとは思わないけれど、用心に若くはなし、敢てこの第一の理由を、あけすけにいって置く次第だ。

理由第二――。

これは、君の旦那さんが「佐治は少し変ったところのある男だ」といったとかで、この言葉に関聯していると見てよい。どこが変っているか、一口にいえば彼は変に悪党ぶる癖がある。このことは、まア漆戸だとか私だとか、佐治ととりわけ親密だったものだけが知っているのだが、彼は一種の偽悪病患者なのだ。学生時代、彼は毎試験期に、頗る巧妙なカンニングの方法を案出した。そしてその方法を誇りがおに皆の前で公表した。ところが彼自身はカンニングなんかしないで、いつも最優秀の成績で試験をパスしているのだ。上野の図書館の本を盗み出す方法とか、電車へ只乗りする方法とか、時には釣銭を詐取する方法とか、いろんなことを考え出したものだが、これらの方法は、実に奇抜で巧妙で誰しも一寸実行して見たくなるようなものばかりだった。彼はある時、友人の名前を利用して、その友人の国元から為替を送らせ、為替を横取りする方法を案出したが、これはKという放蕩者の学生がすぐ真似をし、しかしヘマをやったために、忽ちKはその筋の手で取押えられ、しかも学校からは退学処分に附されてしまった。

このことが、いち早く私達の仲間に知れた時に、佐治は、

「馬鹿な奴さKは。あいつ、僕の出鱈目に喋ったことを、本当に出来ることだと思やがったんだね。ああいう低能児にかかっちゃ敵わない。こっちで迷惑してしまう。僕は元来頭の悪い奴

が大嫌いで、世の中の低能児なんてものは、寧ろ一時に殺戮してしまった方が、世の中をどんなに愉快にするか知れないと思っているんだが、Kなどは、差しあたりその被殺戮者の筆頭だね。あいつは、結局、順当に学校を卒業しても、決して出世する男じゃないよ。いつかは、今度と同じようなヘマをやって大失敗を重ねる男だ。要するに世の中じゃ、頭がよくって、犯罪を巧みにやるような奴、悪いことをしても、それを誰にも知られないでいる奴が、一番手っ取り早く成功するんだからね。Kなんて、実に下らない存在さ。え？　何、あれにもう少し同情してやれって？　冗談じゃない。いくら僕の喋ったことに誘惑されたのだからって、あんな奴に同情してやるほど、安価なセンチメンタリズムを僕は有っていないよ」

いかにも強がっていったものだ。

あとで聞くと、佐治は、Kのつかまった時警察へ自ら出頭し、実はその為替横取り事件は、これこれで自分が案出した方法だといい、それが実行出来るかどうか、Kと賭けをしたのだという嘘を言い拵えて、そのほかKのために百方陳弁したそうだ。Kに対する佐治の友情で、係官もひどく感激させられたというし、Kは涙を流して、自分が却って佐治に迷惑をかけたことを謝ったという。それのみか、佐治は、Kの既に費消した金を、全部自分で弁償し、兎に角Kを警察から救い出してさえいるのだ。

佐治が私達に向っていった強がりと、この実際の行為と、いずれが彼本来の面目であるか、私は、未だに決定することが出来ぬような気がする。

美貌を利用して、女を騙すことぐらい朝飯前だといい、時には、数人の女を事実手玉にとっているが如く見せかけて、一度もそれで尻尾を出したことがない。前いったようにもろもろの恋愛事件が、凡て女の方からの、片思いに過ぎなかったということで鳧のついてしまったのは不思議なくらいだ。

　彼は、こうもいったことがある。

「僕はね、どうも君達から、法螺吹きだと思われているらしいよ。悪いことをするような顔をして、一向悪いことはしやしない。だから、正真正銘の僕は、実に気の小さい男だと思われているらしい。だが、僕は、実のところ、小っぽけな悪いことなんかやりたくないのだ。同じやるなら、未だ曾て、人類の誰もが案出したことのないような悪事を企らもうと思っているのだ。いわば僕の一生涯は、その悪事のために捧げられるといってもいい。芸術家が一世一代の大作品を作り出すように、科学者が生命を賭して、宇宙の一大神秘を解こうとするように、僕は、前人未踏の境地に分け入って、悪の最高峰を極めようというのだ。大きな悪事をする前に、小っぽけな悪事で、警察へ連れて行かれるなんてのは甚だ不名誉だ。だから僕は、目下出来るだけ謹慎して、時期の到来を待っているのさ」

　当時の私は、佐治がいかにもうまいことをいうので感心したものだ。ただ、今にして思えば、佐治が、本音でこんなことをいったのか、それとも面白半分であったのか、その点が多少曖昧にもなって来る。

　偽悪病が、最後まで偽悪病であればよろしい。けれども、いずれの日にか、彼の偽悪が偽悪でなくなる時が来ないとは断言出来ない。その意味で私は、佐治を危険人物と見做すことに躊躇しないのだ。大学を出てから彼は×省へ入って役人になり、今度洋行して来たという。昔よりはずっと大人になったし、学生時代のように、無闇と偽悪ぶりを発揮することもあるまいけれど、それこそ反って、肚の底では、本当に何かの悪事を企らみ、その準備にとりかかっているのだと考えることも不可能ではない。

猶彼の警戒すべき性格については、以上のほかいくらでも話があるように思うが、今日は疲れたから、これで擱筆しよう。

僕のいうことは、解って呉れたろうね。

漆戸には、病気を、忍耐で征服しろといって伝えて呉れ給え。肺なんか、黴菌と忍耐との闘争で、根気の強い方が勝つもんだそうだよ。愛する妻のために、どんなことがあっても生き伸びて呉れなくちゃ困るわっていって、君から甘えてやるのも一つの手だね。

じゃ、左様なら。

（妹より兄へ）

お兄様の心配症なこと、喬子、漆戸と二人で大笑いしちゃいましたわ。今度みたいな面白い手紙は、あたし、今までに誰からも貰ったことがない。モチ、お兄様の気持はよく解るし、それについては、漆戸もどんなにか有難がっているのだけれど、あたしがあの手紙を見せると、お兄様のこと、被害妄想狂だぞこれは——って漆戸がいうの。

偽悪病患者と被害妄想狂なんて、とても、絶好の取組ねえ。

昨日も佐治さんが見えたので、喬子、お兄様の手紙のことなんか無論何も話しやしないけれど、佐治さんをふいに、「バレちゃん」て呼んでやった。佐治さん、ひどく吃驚してしまって顔を真赧にしているじゃないの。どこでそんなことを聞込んだかって、一生懸命気にしていて可笑しいったらない。漆戸と二人して散々揶揄ってやったんだけれど、あの人、漆戸のいう通り、本当に気の小さな人ね。お兄様、何も心配することは要らないと思うわ。

漆戸と話している時、あの人、こんなことをいいました。

「ねえ漆戸君。僕は此頃つくづく自分が駄目になったと思うよ。昔は僕も、相当野心家で、勉強もしたし、潑剌たる意気も有っていた。ところが、学生生活を終って社会に実際出て見ると、すっかりもう僕はサラリーマンになり切ってしまって、いつもいつも考えていることは、早くサラリーが上ればいいとか、上役の感情を損ねてはならないとか、役所で何か手柄をして長官に認めて貰いたいとか、それに類した事柄ばかりだ。往年の大言壮語が気まり悪くなって来る。これではいけない、昔の意気や野望を盛り返せという叫びが、時として頭の隅から聞えて来ても、イヤイヤ、現在だって何も不幸ではない。同期の卒業生などに較べると、自分は出世が早い方だし、先ず成功者のうちに入れそうだ。焦ってはならぬという考えが湧いて来てしまう。——実に駄目だね。僕は、若しかして僕を、昔の僕に復帰させようというのなら、結局のところ、ここらで素晴らしい恋愛でもやって、昔の若さを再び燃え立たせにゃ駄目だろうと思っているよ。正直にいって、僕は、女に持て囃され過ぎた。女など、いつでも欲しい時に手に入れることが出来ると思って、曾て一度も心からの恋愛をしたことがない。僕が、手に入れようと思っても、容易に僕を許して呉れぬような女があれば、多分僕は、昔の僕に戻れるだろう」

あたし、この言葉こそ、佐治さんの本音だろうと思います。誰かあたしの知っている女のうちから佐治さんが恋をするに相応しい人を見付けてあげたいくらい。

そういう恋人が出来てしまえば、佐治さんは、もっと元気のいい人になるだろうし、かといって、まさか昔の偽悪病患者になどなりっこないわ。

今日、東京は初雪。

漆戸は、あの後、どうしてか妙に身体の工合がいいらしく、この分なら、大丈夫だと自分でいっています。御安心下さい。

〈兄より妹へ〉

被害妄想狂云々のお手紙、実に参ってしまった。

そういわれれば、成程僕は、被害妄想狂かも知れないと思うのは、今度の君の手紙でも、またまた余計に心配になって来たからだ。僕は佐治について、余り喋り過ぎたのじゃないか知ら。そうして、そのために、今まで君の心のうちで、何も知らず眠っていた佐治に対する好奇心を、横っちょから掻き立ててしまったのではないか知ら。

喬子。気を付けろ!!!

君は、佐治のために、恋人を探してやろうなんていっている。これは、要らぬことだぞ。決して決してそんなお世話を焼くものじゃない。それはお前が意識せずして、佐治に好奇心を抱き始めた証拠だ。

異性が異性に対する好奇心は、危険な火遊びの第一歩だ。既に、好奇心を有ち始めた君に対して、僕がこういうことを指摘するのは、いいことか悪いことか、僕には判断出来ない。手紙を書きながら躊躇しているのだけれど、兎に角、君はよろしくない。佐治を、悪党だと思って呉れ。頼む。私は、心配だ。リウマチでなかったら、すぐにも東京へ戻って、佐治に絶交を言渡し、お前と佐治とこれ以上の接近を防ぎたいほどに思う。

漆戸宛、別の書信で、佐治を警戒するよういってやった。被害妄想狂と嘲(あざけ)られてもいいから、要するに私は、漆戸とお前との幸福を祈る心で専一なのだ。


（妹より兄へ）


クリスマス、それから年の暮れ。

何だか気持の落着かない時になって来ました。毎年のことで面倒臭い贈物とか、漆戸が、いつもの通り、クリスマスのお祝いを家(うち)でやれとかいうので、喬子、目茶苦茶に忙しく、お兄様への御返事、一週間近くも放ったらかしにしてしまった。堪忍してネ。

あたし、此頃になってつくづく思うのだけれど、お兄様、矢っ張(やっぱ)し偉いわね。お兄様の手紙で、喬子は、自分の気持をかなりハッキリと解剖することが出来ました。そして、お兄様のいわれた通り、喬子が佐治さんに対して、確かにある種の好奇心を抱いていたことを発見し、自分で吃驚しています。

あたし、いけない女なのでしょうか。

　此頃のあたしは、佐治さんと直接視線をカチ合せるのが恐ろしいように思うし、漆戸と佐治さんとが何か話し合っているところへ、紅茶など運んで行っても、変に不安なものを感じてしまう。出来るだけ不愛想に振舞ってはいるつもりだけれど、それが心からの不愛想でないことを、良人からも佐治さんからも、既に看破されているような気がする。

　漆戸が、あの後、日増しに元気になって呉れたし、いつかは、あたしをもっと力強く護って呉れそうなので、それを心頼みにもしています。そしてあたし、いろいろ考えた末に、最賀さんにお願いして、これから当分、同居して戴くようにしました。

　最賀さんは、お兄様も、二三度会って御存じの筈ね。漆戸の後輩で、今は漆戸のやっている事業のパートナーです。無口な、ブッキラ棒な、怖いみたいな人だけれど、事業上の手腕は素晴らしいとかで、漆戸がすっかり信用しています。奥さんを去年亡くして、お淋しいようでもあるし、ここの家に同居していれば、事業上便利でもあり、それに喬子としては、漆戸以上に、喬子をじっと監視して呉れる人が欲しい。それやこれやで、最賀さんに来て戴いたわけです。

　自分で自分の心を信用出来ず、監視人を置くなんて、喬子も随分おバカさんネ。

　でも佐治さん、何だか、ひどく恐ろしい人のように見え出して来たのだから仕方がない。あたしもお兄様の被害妄想狂にかぶれちゃったのか知ら。お兄様の御病気は、近頃どうですの？


（兄より妹へ）

御手紙拝見。実に今度は、とりとめのない手紙だったね。私は、三度も四度も、今度の君の手紙を読み返して見たのだが、どうも君の真意がよく解らなくて困っているよ。

というのが、君のいうことは、変に不自然じゃないか。

佐治に、君は好奇心を有っているといって、正直に告白しているようだが、その癖、ではなぜ佐治を遠ざけないのだ。佐治を恐れながら、彼の出入を相変らず許していたのじゃ何にもならない。

君は、何か嘘をいっているね。

嘘でない、ほんとの手紙を待っている。

今日はこれだけ――。

(兄より妹へ)

どうしたのだ喬子！

前の手紙を出してから今日で一週間になる。その間にクリスマスも過ぎてしまったが、お前は、まだ私へ返事を呉れないね。

君が、嘘をいっていると書いてやったのが気に障(さわ)ったのか？　気に障ろうがどうしようが、君からの前の手紙は、矢張り嘘だらけだと思う。

もう一度訊くが、君は、本当に佐治をどう思っている？　佐治を、もう君が、好奇心どころじゃない、愛し始めたのではないかと思って、私は気懸(きがか)りでならない。それに、君から何もいって寄越して呉れないのは、君を中心にして、漆戸と佐治との間に、何か恐ろしいことが起りつつあるためではないかという邪推まで起って来る始末だ。それが、単なる被害妄想であって呉れたら、どんなに私は嬉しいか。

君の気持を、正直にいえないようだったら、偽悪病患者佐治佐助の最近の動静だけでも知らせて呉れ。そうすれば僕は、かなりいろいろのことを判断出来るだろう。私は、実は感冒にやられて、少しまたリウマチを悪くしてしまった。東京へ戻って、直接君や漆戸、その周囲に気を配ってやれないのが残念だと思う。

折返して、御返事を待つ。


(兄より妹へ)


謹賀新年。

今日でまた一週間になるよ。

正月早々、変なことはいいたくない。

賀状ぐらい、呉れてもよくはないか。


(兄より妹へ)

去年の暮からかけて、私はスタンダールの小説『赤と黒』を読んだ。そしてこの中の主人公ジュリアンが、少なからず佐治佐助に似ていることを発見した。ジュリアンは、非常に美青年で、頭脳の明晰な男で、しかも野心家だ。美しいレナール夫人は、ジュリアンを避けようと避けようと心懸けつつ、遂にジュリアンと姦通する。また、侯爵令嬢ラ・モール嬢は、身分の賤しいジュリアンを一生懸命軽蔑しようとして、しかも妊娠し、彼を世界で一番偉い男のように尊敬し、愛してしまう。最後にジュリアンは、己れの立身出世せんとする矢先きを、レナール夫人の中傷によって妨げられ、レナール夫人をピストルで殺害する。殺害は、単にレナール夫人を傷つけたのみであったがジュリアンは死刑に処せられるという筋のもので、私は、今偶然にこんな小説を読んだことを、何かの暗合、若しくは不吉な前兆でありはしないかと懼れている。願わくば、君が、レナール夫人であって呉れぬように。そして佐治が、ジュリアンとなって呉れぬように。

今日は正月四日。昨日も一昨日も、そして今日一日、私はお前からの便りを待って、結局待ち呆けを食わされてしまった。漆戸からさえ、何ともいって寄来さぬのはどうしたことか。ここで例の如く、僕一流の想像を廻らして見ると、君は、僕から漆戸宛に出した書信を、凡て横取りしてはいないか。僕の言葉を漆戸に聞かせたら、漆戸は、君の佐治に対する気持を知って、佐治を遠ざける。それが恐ろしいものだから、君は、僕と彼との間を遮断して、漆戸を瞞着しているのだ。

愛する妹よ。

まだ時期は遅過ぎはしない。

詳しいことを知らせて呉れ。

（妹より兄へ）

ウルシド、シンダ、サジ、ケイサツヘツレテユカレタ、コチラヘコラレヌカ。

（兄より妹へ）

ユカレヌ、イサイ、フミニテシラセ、シンブン、オクレ。

（妹より兄へ）

親切な、そして恐ろしいお兄様。

お兄様は、到頭、悲劇の結末を言い中てしまいましたわね。電報でお知らせしたように、漆戸は死にました。いえ、殺されました。何事についても、滅多に間違ったことを仰有らぬお兄様だったけれど、今度の正確さだけは恨みに思います。こんなにまで、言い中てて下さらなくともよかったのに。

昨日まで、私は、何が何だか、悪夢の中にいるような気持で過ごして来ました。もう、凡てがあまり突然で、眼の前に見ることが、どれも信じられなかったのです。漆戸が死んだことも、遺骸を火葬場へ持って行って、その代りに、骨壺を貰って来たことも、皆、まだ真実ではないような気がしています。泣いても悔んでも、漆戸は生き帰っては呉れません。それで私は、やっと現実の中の出来事だと意識させられ、悲歎や慚愧や懊悩やの深い深い谷底へ、一気に蹴落されたようになってしまうのですが。

お兄様に、どこからお話を始めたらいいか、とてもまだ筋道立ったことは書けませぬけれど、事件前後のあらましだけを報告させて下さい。

お兄様が偶然の暗合ということを仰有ったけれど、全くそれは偶然過ぎるほどの暗合で、あれは、恰度にお兄様が、可哀想なレナール夫人やジュリアンのことを書いた手紙を下すった、その晩のことでしたの。ここで序(つい)でに申しますけれど、お兄様の手紙は、半分まで、私の恐ろしい秘密を看破していらっしゃり、しかしあとの半分は、少々お兄様の心配が度を過ぎたような恰好になっておりました。今こそ隠さずに申しますけれど、喬子は実際に、レナール夫人になりかけていました。前の手紙で、佐治さんに好奇心を抱き始めた、と申した時は、既に佐治さんをひそかに愛していましたし、そのためお兄様への御返事を差上げるのが何としても嘘らしく、しどろもどろに不徹底なものになり、それを鋭くお兄様から指摘されたものですから、すっかりともうお便りを出せなくなったのでした。ただしかし、喬子は闘っていました。最賀さんに同居して戴いたということも嘘ではないのです。佐治さんを、陰では悪魔だと思い、出来るだけ軽蔑したり憎んだりしようとし、でも困ったのは、佐治さんから、既に求愛の態度に出られたことでした。喬子はこの誘惑を却(しりぞ)けるのに、血みどろで闘ったつもりです。遂に漆戸にも、去年のクリスマスの晩告白しましたら、漆戸は、意外にもこのことを半ば以上予期していたのだと申し、だから私の告白を非常に喜んで呉れました。なぜ予期しながら、黙って見ていたか、良人の気持こそ、私には不可解至極なものですけれど、兎に角漆戸は私を叱りませんでした。それどころか、佐治さんを相変らず出入りさせ、お兄様に対しては、私同様、何もいってやろうとはしなかったようです。事態は、悪くなるのが当然でしょう。告白をして後、私は、良人が、一種の残忍性を以て、あたしを監視しているのだと思い出し、すると、反抗的に佐治さんと親しいように見せかけたくなり、一方では、矢張り誘惑に乗るまいとして苦しみました。お兄様が、半分だけ心配の度をお過しになっていると申したのは、それでも喬子が、レナール夫人に、まだなり切らずにいたことでございます。それだけは信じて下さい。心の中はどうあろうとも、形の上で、まだ喬子は漆戸に言訳の出来ぬところまでは行っていませんでした。喬子は、辛(から)くも最後の一線を死守しました。そうして、こういうような状態のもとに、前いった晩が参ったのでした。

　その晩――。

　折悪しく家の中は、喬子と漆戸と女中のお竹というのと三人だけだったのです。最賀さんは三日ほどの旅行中で、竹や以外の女中や書生は、七日正月の終りの日でもあり、私が暇を与えて遊びに出しましたので、恰度八時半頃だったでしょう。

　私は、漆戸の翌日の分の薬を、お竹に吩咐(いいつ)けて医者のところまで取りにやり、そのあと、一寸良人の病室へ行きました。それから暫(しば)らくすると、台所の方へ竹やの帰って来た気配がしましたが、私は、ふと、よそへ、電話をかける用事のあったことを思い出し、良人の部屋を出て、お兄様も知っていらっしゃる、お納戸(なんど)の横手の電話のところまで参りますと、その時家(うち)の中の電燈が一時に消えてしまいました。

発電所の停電だろう、それとも、引込線のヒューズでも飛んだのかなと思いながら、じきに点くと思いましたし、私は塗り籠められたほど真暗な中で、そのまま電話をかけにかかって、しかしそれが幾度も幾度も話中だったり混線していたりで、かなり長い時間かかりました。長いといっても、無論十分ぐらいのものだったでしょうが、その間電燈は点きませんし、女中の竹やが、生憎と一ケ月ほど前東京へ出て来たばかりの田舎者で、マッチを探したり蠟燭を出したり、家の中の勝手にも不案内で、そんなことに大層手間取りました。電話口にいた私は、暗さは暗し、電話での話は通じませんし、いい加減でじれったくなって、いつものキャンキャン声で呶鳴り散らした末、受話器をかけてしまおうとした途端、家の中のどこかで、ビシーリ！というような、激しい銃声を聴いたのでございました。

　まだ台所でマゴマゴしていた竹やは、あとでいうのに、私が電話をかけていて、ふいに倒れるとか何かにぶつかるとか、怪我でもしたのではないかと思ったそうですが、はじめ私も、その凄じい銃声が、あまり突然でもありましたし、どこで起ったのか、すぐには見当の付き兼ねる気持でした。

　竹やが、やっとこさ蠟燭を灯して、念のため、廊下の隅っこにあった引込線のスイッチを照らして見ますと、どうしてでしょう、その蓋が開いています。これはあとで思うと、誰かが、家の中を暗くする目的で、スイッチを切ったものでしょうが、その時は、ただ、誰がこんなことをしたのかというぐらいで、別に深いことも考えようとはせず、竹やに踏台やら脚立やらを持って来させ、女ばかりだから、大変骨を折ってスイッチを元へ戻し、さて明るくなったところで、良人の部屋へ行って見ますと、それはもう、私の口からは申せぬほどの酷(むご)たらしい有様でした。

漆戸は、ベッドへ、仰向(あおむ)けに寝たまま、頭をピストルで撃ち貫(つらぬ)かれて絶命していたのでございます。

私が電話をかけに行ったあの時までは、確かに何事もなかったのに、それも、近頃は病気から来る熱もぐっと下って、この分なら春先きには起きられるかも知れぬなどと、嬉しそうに話していた漆戸だったのに、もう良人は、一口も物を言って呉れません。悲しい亡骸(なきがら)になってしまいました。

それからあとのことは、私から申すまでもなく、一緒にお送りした、東京の新聞で御覧になって下さいませ。

警察の人達が参ってから、最初は、兇器のピストルが問題になりましたけれど、そのピストルは、良人のベッドの枕下(まくらもと)にある小机の抽斗(ひきだし)へ、いつも入れて置いたものでございます。ピストルは、中庭の山茶花(さざんか)の根元に、一発だけ弾丸(たま)が無くなって落ちていたのを、一人の刑事がじきと発見したのですが、一方では、部屋の中庭に向いた窓が開いていましたし、裏木戸の潜(くぐ)りも、簡単に開けられるようになっていました。結局、何者かが、良人の枕下にあったピストルで良人を殺害して、窓から中庭へ逃げ出し、ピストルを山茶花の根元へ捨て去ったものだろうということになりました。電燈を消したのは、私が、電話のところにいましたし、そこから、また竹やのいた台所のあたりからも、中庭の方を、見ようと思えば見えないこともなく、犯人は、そういう場合を予め考慮して、電燈を消してから、良人の部屋へ忍び入ったのであろうという推定です。

盗難の形跡はありません。

犯人は、誰かということになり、この家へ出入する者を調べ始めると、佐治さんが、じきに疑われるようになりました。どこの誰がそんなことを警察の耳へ入れたのか、佐治さんと私とのひそやかな恋愛問題が、ちゃんともう知れていて、その上悪いことには、事件の起った当夜八時半頃、佐治さんは、この東京のどこにいたのか、ハッキリしたことを申しませんでした。警察で当夜の行動を訊ねられると、はじめ佐治さんは、その時刻に、上野公園の科学博物館前のベンチにいたのだと申立てたそうで、しかしそれが、私との媾曳のためだったと苦しい弁明をしたとのことです。午後八時半に、そこのベンチで私とひそかに会おうということを、私と約束してあり、じっとそこで私を待っていたというのですが、それについては、私も警察からいろいろ訊かれて、もとより、そんな約束をした覚えはありませんし、私がそれを否定しますと、佐治さんは大変に怒って、私のことをひどい嘘吐きだといって罵りましたけれど、いかに愛を感じ始めた人のためであっても、私、そんな不仕鱈な約束をしたとは、どうしても申せません。有りのままに、それこそ佐治さんの言懸りだということを明らかにしましたので、結局あの人のアリバイは、成立たぬようになりました。出来るだけ秘密の媾曳を遂げるため、人に姿を見せぬようにしていたのだという弁解だったそうですが、科学博物館の前で佐治さんを見たということを、誰一人、申出るものもありません。私も、お兄様に前申した通り、佐治さんを特別な関心を以て眺めていましたし、それは私の、悔いても悔いても悔い切れぬ過ちでした。佐治さんは、求愛に私が酬いぬのは、良人が有り、しかも、近頃だんだん良人の病気が快方に向っている、そのためだと考え、その揚句が漆戸を殺す気になったのではなかったでしょうか。そうして、あまりにも早くその罪が発覚しかけると、偽のアリバイを申立てて、そのアリバイを、私の好意ある偽の証言で有効に役立てようとしたのではなかったでしょうか。真実私が、良人よりも佐治さんを愛していたら、佐治さんを救うため、上野公園で密会の約束をしたといい、しかし事情があって時間に遅れたため、佐治さんを公園のベンチで待ち呆けにしたと申立てることが出来たかも知れません。そうなれば、事情は変って来ます。佐治さんは、アリバイのあるお蔭で、ずっと有利になります。不幸にも佐治さんは、私の愛を測り損なったのです。私は苦しみ悶えて、しかし、そのように「好意ある偽の証言」をするまで佐治さんを愛していなかったことを、今、ハッキリと知りました。そして、せめてそれが、漆戸へのお謝びだと思っています。

佐治さんが偽悪病患者で、いつかは、最も素晴らしい犯罪を企らんで見せると公言していたというお話や、ジュリアンが、矢張りピストルで、レナール夫人を撃ったというお話を、私は、今更らながら思い出しています。

昔から、間違ったことを仰有らぬお兄様。そして、実に怖いお兄様。

今の哀れな喬子を慰めて下さい。

（兄より妹へ）

可哀想に。

普通の人生では滅多に出会さぬような悲劇の渦中にあって、身心共に疲れているだろうに、よく今度の詳しい手紙を書いて呉れた。お蔭で、大体呑み込むことが出来たわけだ。私にいわせれば、私のリウマチが祟ったのだ。私が、東京にいたら、こんなことを、決して起らせはしなかったのに。

さてしかし、君からの手紙で、大体呑み込めたとはいうものの、生れ附き、何事もいい加減では放ったらかしに出来ない、しかも、人一倍穿鑿好きなところのある、兄の因果な性格を許してお呉れ。僕は、君の手紙やら新聞記事やらで、二つ三つ、猶、訊ねたいことがある。それは、佐治もまた私の旧友であり、彼が漆戸殺しを、まだ否認し続けているらしいから、どうでも彼の犯行だというならば、彼宛てに、潔よく、自白を勧告してやりたいためでもあるのだが、訊きたいことは箇条書きにする。

（一）犯人は、電燈を消して置いてピストルを発射している。ものを狙うのに、暗黒を殊更ら選ぶのは常識に反するようだ。当局の人は、これを何と解釈しているのだろうか。

（二）君の手紙だと、犯人は、君が漆戸の部屋を出て電話をかけに行こうとした時、電燈を消したことになっている。暗がりの中で、君の電話は、幾度も話中で、かけ直しをしたらしい。それらの事柄に間違いはないか。

（三）漆戸家の中庭の様子を、私は、案外ハッキリ記憶せぬが、ピストルの落ちていたという山茶花は、漆戸の病室から東南へ六七間行った、花壇の右の端に植えてあったと思う。それに違いはないか。

（四）最賀君は、私も相識の間柄だ。三日ほどの旅行中だったというが、その旅行先きはどこだったか。

以上、大至急御返事を待つ。

（妹より兄へ）

御手紙拝見致しました。

ちっとも喬子のこと、慰めても下さらず、箇条書きのお訊ね、お兄様も随分だと思いました。私からの手紙の書き方がいけなかったのでしょうか。それとも、佐治さんに対する私の不心得を、お兄様、怒っていらっしゃるのでしょうか。

では、喬子も、箇条書きにして御返事差上げますわ。

（一）漆戸は、傷口の様子から判断して、非常に近距離から、射殺されたことが判っているようです。ベッドに寝ているのだし、しょっちゅう、病気見舞になど来ている人だったら、暗がりでも、漆戸の頭がどこにあるか判るだろうし、また、侵入した時、声でもかけて、聞馴れた声だということを知らせて安心させ、その上でベッドへ近づいたら、十分、狙い撃ち出来るだろうという、当局の人の話でした。

（二）電燈の消えた時のこと、その通りです。間違いありません。繰返して申すと、竹やは台所で蠟燭を探してい、私は、電話でいじれっぽくなっていた時、暗がりの中で、唐突(だしぬけ)にピストルの音がしたのです。

(三) 山茶花も、お兄様の仰有る通りです。

(四) 最賀さんは、名古屋へ旅行中でした。何か、最賀さんに、お疑いが有るのでしょうか。本当を申すと、私も、若しかしたら、あの人ではないかということを考えて見たこともあります。最賀さんは事業上、漆戸と利害関係が深いのですし、ひょっとしたら、私達の知らないことで、漆戸との間が、円滑でないようになっていたかも知れません。けれどもあの人は、事件の翌日の夕方東京へ戻って来て、大変吃驚していました。名古屋にいたというアリバイも確実だし、目下、どうにも疑えません。犯人が、佐治さんでなく、最賀さんだということになったら、私、何がなし、ホッと出来るように思います。そうなれば、少なくとも今度の事件は、私と佐治さんとの忌まわしい恋愛問題が原因ではなかったということになり、肩の重荷がいくらかでも減りますもの。

今日は頭が重たいし、以上の御返事だけで堪忍して下さい。

若し、お兄様の力で、最賀さんが犯人だということを発見して下すったら、喬子、本当に感謝します。名古屋へ行ったと見せかけて、実は行かなかったというようなことでもあるのでしょうか。それについて、お兄様の観察を、近いうちに聞かして下さいネ。今、喬子の気持を救うものは、恐らく、それのみでしょう。お兄様からの御手紙がどんなに力頼みとなるか、お兄様の想像以上です。

では、これで――。

（妹より兄へ）

冬の雨というものは、底知れず佗びしいものですわね。喬子、此頃は、ひどい泣虫になってしまいました。良人の部屋へ行って見ると、ガランとして淋しい。「あなた！」と呼んで見る。小さな小さな声で呼んで見る。そうして、誰も答えては呉れない。でも喬子、じっと耳を澄まして、漆戸の返事を待っていて、そのうちに、声を立てて泣かずにはいられなくなってしまうのです。

事件のあった直後は、それでも気が張っていました。

お葬いも、済ませました。

そしてそのあとは、滅多に誰も訪ねて来ない。墓のような静けさです。静けさを掻き乱されたくはない。このしーんとした家の中で漆戸のことだけを思い出していたい。でも、耐まらなく淋しくなって来るのですもの。

最賀さんも、漆戸がいなくなった家に、いつまでもいられないといって、四谷の方のアパートへ移ってしまい、佐治さんは、無論、参りません。

漆戸には、遠い親戚が、それも、数えるほどしかなかったので、その人達もあまり見えず、また見えたにしたところで、それは漆戸家の財産目あて、何かうまい形見分けにでも有りつこうという考えばかりで。

そうした人々の浅間しさを見ると、喬子、もう、死にたくなります。お兄様は、どうしてお便りを下さらないのでしょう。お兄様が、私の只一人の力頼みなのに、あれからもう一週間、喬子は、世界中にポツンと一人きりでいます。

お身体の工合でも悪いのでしょうか。

お便り、下さいましネ。

〈妹より兄へ〉

昨日、新聞で見ると、お兄様の行っていらっしゃる温泉場の附近が大変な雪で、汽車など不通になったと出ていました。

まさかとは思うけれど、お変りはないのでしょうね。また五日も喬子は、ボンヤリと漆戸のことやお兄様のことばかり、考えて過ごしたのですもの。この前の手紙で言落(いいおと)しましたけれど、佐治さんについてはその後、まだ取調べが終らないそうです。佐治さんの特異な性格などのことも、警察では、だんだん明らかになった様子で、誰か矢張り佐治さんやお兄様と同じ学校を出た方が佐治さんを一種の悪魔主義の男だといったとかで、偽悪病患者というのと言葉は違いますけれど心証は益々悪くなって行くようです。

佐治さんが犯人でないとなれば、少なくとも喬子は、大変気が楽になれると思った、あの希望は、遂に駄目なのでしょうか。地下に眠っている漆戸を呼び起して、犯人は誰だかと訊ねることが出来たらどんなにいいでしょう。漆戸に指差されたら、いかに強情な鉄面皮な犯人でも地に平伏するよりほかないでしょうもの。――でも、そんなことを考えるのは恐ろしい。それは、漆戸の霊に対する冒瀆(ぼうとく)ですわ。

それはそれとして、最賀さんの件はどうなりました？

お兄様だったら、或は、最賀さんが名古屋へ行ったというアリバイを打ち破ることが出来るのではないかと思って、喬子、まだその期待を捨てていません。

どうぞ、御返事下さい。

〈兄より妹へ〉

愛する妹よ――。

殆(ほと)んど二週間、私はお前に御不沙汰をしてしまった。淋しいという手紙、それから、最賀君のことを知らせて呉れという手紙、二通共、確かに読んではいるのだが、ついでにここでいって置こう、その二通の手紙は、常のお前にも似ず、何とたどたどしい文章だったろう。漆戸を喪った悲しみが、そんなにもお前の胸を鋭く抉(えぐ)ったのか。それとも、何かも一つの邪魔物が、絶えずお前の胸を搔き乱していて、それが、隠そうとすれば隠そうとするだけ、お前のいう言葉、文字、文章の上に現れて来たのか。

妹よ――。

お前は、哀れな女だ。お前は、譬(たと)えどんなことがあろうとも、兄としての私が、どこまでもお前を愛し憐れんでいるのだということを、よく知っていて欲しい。そして、これから私の書く手紙を、出来るだけ冷静に読んで欲しい。実をいえば、私はこの手紙は、随分書き憎い手紙だった。幾度か筆をとりかけては躊躇し、しかし結局書こうと決心した手紙だ。先ず、何から言おう。お前の手紙にもあったのだし、乞いに任せて最賀君のことからでも話して行こうか。

　最賀君が犯人だったらどんなに嬉しかろうとお前はいったね。なんとそれは、巧妙なお前の言廻し方だったろう。私の調査によると、最賀君は、事件発生当時、事実名古屋に滞在していたのだ。そして毫末と雖も犯人たるの証跡はないのだ。彼の犯人ならざることを、誰よりも明瞭に知っていたのはお前ではなかったか。お前は、私がどんなに最賀君を疑ったところで、おしまいには彼の無罪を立証するに過ぎぬことを知ってい、それなればこそ、殊更に彼を疑わしくいい、それに応じての私の返事で、私が今度の事件について、どれだけの真相を摑みつつあるか、ひそかに嗅ぎつけようとしたのではないか。私からの便りを欲しがったのも、実は私の調査がどの方向へ進行したか、そっと打診するためだったと私は見る。憐れにもお前の胸の中は、不安の念で一杯だ。いじらしくもお前は、この兄をこそ最も恐るべき敵だと知り、全力を尽して兄への闘いを挑んだ。前々から準備して、佐治佐助と恋愛の交渉が有るが如く無きが如く見せかけたのも、畢竟するに、兄を欺こうとするのが大部分の目的だった。兄は、実際、暫らくのうち欺かれた。兄だけではなく、佐治佐助もまた欺かれただろう。彼が、上野公園でお前と密会する約束をしたのは、必らずしも嘘ではない。約束だけは確かにあったのだ。ただお前が、その約束を履行せず、後に佐治が、午後八時半東京のどこにいたか、アリバイを立証し得ざるよう、彼をして、人通りの最も少い上野公園へ、一人だけ行かしめたのだ。二人がひそかに取交した約束で、その約束に対する証人のないのを幸いに、お前は、あとで大胆にも、この約束をしなかったと公言している。言懸りにされてしまった佐治の怒りは推察するに余りあるものだ。なぜお前はこんなことをしたか。それは、根気よく丹念にずっと前から計画し、佐治を巧みに操縦して置いて、万一の場合、彼一人に嫌疑をかけさせる目的があったからだ。彼の、特異な性格、偽悪病患者であることが、実に都合がよい。彼こそは、冤罪(えんざい)を蒙(こうむ)らせるに、最も適切な男だったのだ。

　私は、遠隔の地にいるが、最初にお前から事件の内容を知らせて来た時、何ともいえず不思議なことを発見した。それはお前が、暗がりで、電話をかけたということだ。折返し、それに間違いはないかと訊いてやると、間違いはないという返事だった。だが、賢い妹よ。考えて御覧。ここでお前は所謂(いわゆる)犯人の愚挙、常識では、どうしてそんなバカなことをしたかと驚くほどの失策をしている。漆戸家は、赤坂にある。そして赤坂管内にあるお前の家の電話は、暗がりでは通話が出来ぬようになっている。況(いわん)やして、話中だったり混線したりして、幾度もかけ直すことなど絶対に出来ない。その電話は自動交換式だ。文字盤がついていて、文字盤を読んで廻さねばならない。交換手に電話番号を告げるわけに行かない。だのに、暗がりで、それも塗り籠められたほど真暗だったと断ってある。そこで、お前は、どんな風にして電話をかけたのだ。

　私は、嘘を発見すると、この嘘が何のためであるか推理にかかった。

　思うにお前は、ピストルが発射された時、良人の部屋にいなかったことを証明するため、電話をかけるふりをしていたのだろう。いい案配に、竹やが、電話を聞いていた。そして証人になって呉れた。極めて近距離から発射されたピストルだが、その時お前は、電話口にいたというのだから、当然、嫌疑からは免れてしまう。事実、当局では、そのことだけで、全くもうお前を嫌疑の埒外に置いた。ところが犯人は、是非共、電話をかけていたということを知らせたいと思った余りに、不思議なほどの忘れ物をした。いつも使っている文字盤に気附かなかった。あとで、どこへかけたか訊かれたり、かけた先きを調べられた時、実際は電話がかからなかったと知れては困るので、いい加減に、話中と混線とを持ち出し、キャンキャン声で呶鳴り散らしたといっている。けれども一方では、電話をかけているふりも必要だったし、また、暗いことも必要だったので、つい、文字盤を無視してしまったのだ。

　次に、では、暗さがなぜ必要だったか。

　それは、二つの理由からだ。

　一つは、暗いことによって、犯人の逃げる姿が誰にも見えなかったという、弁明をするためだったに違いない。庭には常夜燈が一つあり、良人の部屋からも明るみが流れ出している。この明るみの中を、事実犯人が逃げ出したとすれば、恰度台所にいた竹やが、その姿を見た筈であるかも知れない。ところが、暗ければ、そのために見えなかったともいえるのだ。要するに暗さは、人の姿を隠しもするし、同時に、もともと存在しなかった姿が、暗さのため見えなかったということにもしてしまうのだ。

　暗さについて第二の理由。

犯人は、その暗さの中で、ピストルを発射しているが、それは、どこで発射されたものだったろう。ここで順序正しくいうと、犯人が漆戸を射殺したのは電燈の消える前のことだ。犯人は、その夜田舎者の女中だけを残して、他の者に暇を与えて遊びに出した。そして八時半竹やを医者のところへやり、竹やの留守のうちに、最も恐るべき良人殺しの罪は行われたのだ。犯人は、かねて綿密に考慮した計画に従い、良人の部屋へ行き、恐らくは前以て盗み出して置いたピストルを、毛布か蒲団類似のもので包んで音のなるべく四隣へ響かぬよう注意し、何か冗談をいいながら、良人の前額部に銃口を押し当て、良人が、何をするか理解せぬうちに素早く引金を引いた。それから、部屋の窓を半ば開けて、犯人がそこから逃げ去った体裁を作り、ついで竹やの医者から帰ったのを見計らい、廊下へ走り出して、身軽に窓框へ乗り、電燈引込線のスイッチを切った。次いで、お納戸横手の電話口に於けるお芝居にとりかかったが、この時までに、猶一つ、なすべきことがあった。

それは、良人の部屋で発射した一発の弾丸を、ピストルと同時に盗み出して置いた別の弾丸で、補充して置くことだったのだ。

弾丸の補充されたピストルは、まだ、手に持っている。彼女は、電話口で高声に喋りつつ、その途中で、電話口から僅かに身を離し、そこの小窓から、庭へ向けて、轟然とピストルを発射したのだ。その音は、台所にいた竹やに聞え、しかし、そんなところで発射されたとは誰にも知られなかった。発射された弾丸は、そこの柔かい地面へ、深く潜ってしまったに違いない。犯人は、そのあとで、ピストルを中庭へ向って投げ捨てたが、これは山茶花の根元に落ち、その山茶花が、お納戸の近くの小窓からも、確かに見える位置に植えてあることを、私は、犯人へ問い合せて、ちゃんと確かめてあるのだ。犯人は、暗さを利用して、ピストルを、そこから庭へ投げたことを、矢張り誰にも見せぬよう心懸けた。これで、暗さの必要だった、二つの理由が判ったであろう。

　兄に似て聡明過ぎるほどの妹よ。

憫然なお前は、それが罅の入った聡明さだということに気付かなかったのだね。

兄は、漸くにして、語るべきことを不十分ながら語り得た感じだ。兄は、匕首に刺し貫ぬかるる思いをして、我妹が、殺人者たることを指摘せねばならぬ破目に堕ちたのだ。

詛われてあれ。

　私は、お前の手紙の嘘を発見すると、直ちに在京の某友人を煩わして、旬日に渡り、お前の行動を監視せしめた。そして知り得たのは、お前が、最賀と二人、ひそかに大森の待合へ、既に事件前から事件後へかけて、十数回出入しているという事実だった。お前の言葉を借りるならば、地下に眠る漆戸が、額の傷口から垂れる血を満面に浴びて、犯人の名前を指摘する時、真先きにひれ伏すべき者がなんとお前自身だったではないか。

　お前の愛人は、佐治でなくて、最賀だったのだ。恐らくは、最賀を同居せしめたのも、彼との悦楽に耽るためだったろう。そしてそれは、間もなく良人漆戸の看破するところとなり、も早猶予出来ずに、この戦慄すべき犯罪に着手したものだったろう。良人から、離婚せられざるうちならば、妻は、良人の遺産を継ぐことが出来る。時期を待って、お前は、最賀と結婚するつもりだったかも知れないね。

兄は、逝ける友、漆戸のために、妹の罪を発き、既にこの手紙がお前の手へ届いた時、お前のもとへは、同行を求むる刑事達が赴く手筈になっている。お納戸の近くの庭から、ピストルの弾丸も掘り出されるだろう。無慈悲な兄ではあるがこの兄をどうか許して呉れ。佐治は、矢張り、偽悪病患者でしかなかった。彼を見殺しには出来ぬ立場だ。

兄は、美しく聡明な妹のため、今日が日までを、どんなに慰められて来たことがあったか知れない。

兄は、お前を愛している。

では、左様なら、哀れな喬子よ――。

毒

一

小野村伯太郎（はくたろう）には、まだ何一つ分ってはいなかった。前のママちゃんのことを覚えているには覚えていた。いつも優しい微笑を浮べていて、その癖に、どこか愁（うれい）の籠（こも）った眼附をした前のママちゃんの顔が、今でもどうかすると、お居間の片隅だの天井だのからひょっと覗き込んでいるような気がするけれども、そのママちゃんが、ほんとうはどういう訳で急にいなくなってしまったのか、それからまた、そのママちゃんがいなくなってから一年経った時に、今度の若い美しいママちゃんが、どういう訳でやって来たのか、どうもハッキリと分らずにいた。

幼稚園へ行けるようになった伯太郎にさえ、こうして訳が分らずにいたのだから、その妹の小野村露子（つゆこ）と、そのまた弟の、これは漸（ようや）くあんよが出来るだけになった小野村伯二（はくじ）と、この二人にも無論訳の分る筈がなく、伯太郎と露子とは、いつか次のような会話をしたことがあった。

「ね、お兄（にい）ちゃん。お兄ちゃんは、先（せん）のママちゃんがどこへ行ってらっちゃるか知っている?」

「うん、知ってるよ」

「どこ?」

「ほら、あのママちゃんはね、ずっと先の雨の降る日に、寝たまんまで金ピカピカの自動車に乗って出て行ったろう。だからママちゃんは、遠くのお家へいらっしゃったのさア」

「遠くのお家ってどこでちょ」

「パパちゃんがお話して下すったよ。何でもね、そのお家は大変に綺麗なところなんだって。そうして、ママちゃんは、そっちのお家へ行ってから、今度のママちゃんを、僕達んところへ送って寄来して下すったんだって――」

「そうオ、そいじア、今のママちゃん、やっぱしあたち達のママちゃんね」

「そうだよそうだよ。僕、先のママちゃん大好きだったけれど、今度のママちゃんだって大好きさ」

その、新しいママちゃんのやって来たのが、そろそろと寒い秋の風が吹いて来て、庭には毎朝木の葉が散り、それがカラカラ、カラカラ、面白そうに舞い転がっていた頃である。邸へは、二三日の間多勢のお客さん達が出たり入ったりして、大変賑かであった。けれどその賑かさも一通り片附いてしまった時に、伯太郎達は、初めて、新しいママちゃんが来て呉れたのだということを知った。

パパちゃんが、三人の頭を代る代る撫でながら、そのママちゃんを引合せて呉れたのである。

一年間、邸にはママちゃんというものがいなかったので、その時伯太郎は、とても嬉しかったことを覚えている。最初に引合された時には、何といっていいか、へんにその人をママちゃんと呼ぶのが口慣れないような気持だったけれど、それから二日と過ぎ五日と過ぎて行く間に、それも、だんだん慣れて来た。そうして、露子にもいっている通り、新しいママちゃんが好きになった。

新しいママちゃんは、前のママちゃんと違って、弟の伯二にお乳を飲ませることなんか出来なかったけれど、それでも伯太郎達をよく可愛がって呉れたからである。

慾をいえば、夜になって寝る時に、新しいママちゃんが、自分達と同じお部屋で寝て呉れれば、もっとよかった。また朝になって伯太郎達が起きた時、ママちゃんが、前のママちゃんと同じように、女中やなんかより早く起きて、洗面所へ連れて行って下すったり、鸚鵡に餌をやったりしたあとで、お居間の時計が七時を打つと、伯太郎と露子との二人に、奥のパパちゃんのお部屋まで行って、ぐうぐう鼾をかいているパパちゃんを、揺すぶり起す役をさせて呉れれば、それももっとよいことに違いなかった。

しかし、それはそれで我慢しなければならぬのであろう。婢やのときやに聞いて見ると、ママちゃんは、毎晩毎晩遅くまでパパちゃんのお部屋にいて、パパちゃんのお対手をしているということだったし、そのために、パパちゃんもママちゃんも、朝は、前よりもずっと寝坊になったということだった。朝、伯太郎はときやに連られて幼稚園へ行く、そうして、お昼頃にときやと一緒に帰って来る。その時に、ママちゃんは大抵、お湯殿から出て、大きな鏡台の前で、他の婢や達に手伝わせながら、真白なタオルで顔を蒸したり、チカチカ光る電気の器械でマッサージをしたり、それからいろんな形の容物の中にある水だの白粉だのを塗りつけて、一番お終いに赤いゴムの袋のついた細長い瓶から、シュッ、シュッといって音をさせて、香水を身体中に振りかけているのだった。

「ママ、唯今――」

と伯太郎がいえば、ママちゃんは、そのいい匂いのする袖をひろげて、一度はきっと伯太郎を抱きしめて呉れる。露子の方は、ママちゃんから、一度もそんなことをして貰ったことはないというのだけれど、兎に角それで、伯太郎は充分満足しなければならぬのであった。

二

露子にいわせると、今度のママちゃんは、両腕を手頸のところで組み合せて作った環の大きさぐらい好きだということだったし、伯太郎は、無論、先のママちゃんには敵わないにしても、露子のいうその倍ぐらいよりもっとよけいに好きだということであった。

しかし、こうした二人の意見の相違が、時によると、ふいに無くなってしまうことがある。つまり二人共に、同じくらい好きであり、同じくらい嫌いであることがある。それは、伯太郎達の邸へ、パパちゃんよりももう少し年の若い、佐々沼進一という小父さんが来ると、きっとそういうことになるのであった。

何故かというに、この小父さんは、邸へ来るなり、ママちゃんをすっかり独占してしまうし、ママちゃんもまた、この小父さんとばかり話をしていて、伯太郎達を、少しも寄せつけて呉れないからであった。どういうものか、この小父さんが来る時には、パパちゃんの方は大抵お家にいなかった。パパちゃんは、大学校の先生をしていて、まア大抵は家にいないのだけれども、それでも一週間に一度だけは、朝から晩までお家にいる日があったし、その他の日だって、時によると大変早くお帰えりになっていることもあった。ところが、佐々沼の小父さんは、そうやってパパちゃんがお家にいる時には、決して邸へ来たことがなく、それでいて、来さえすればすぐにママちゃんのお部屋へ行って、そこで長いこと話し合っているのであった。

尤も、こういう時には、その小父さんが帰ったあとで、ママちゃんは、いつもよりもよけいに伯太郎達を可愛がって呉れたり、それから小父さんがお土産に持って来て下すったのだといって、いろんな玩具を呉れることがあったので、自然ママちゃんがまた好きになってしまうのであったが、それについて伯太郎は、ママちゃんから必らず次のようなことをいわれていた。

「ね、伯太郎さん、あなたパパが帰っていらしっても、小父さんの来たこと黙っているのよ。伯太郎さんは、誰よりもお利口さんだから――」

何故黙っていなければならぬのか、伯太郎はハッキリ合点が行かなかったけれど、兎に角、うん、うん、といって頷いた。そうしてそのことについては、たった一度だけ、ときやに訊いて見たことがあった。

「ねえときや、ときやはあの小父さんのことを知っている？　ほら、ママちゃんのところへ来る小父さんだよ」

「ハイ、あの方のことなら、ときやはよオく存じております。坊っちゃまのお母様のお義兄さまだということです」

「ママちゃんと、随分仲が良いんだねえ」

「ええ。ですけれど坊っちゃま、坊っちゃまは、あの方のことなんかあんまりいわない方がよござんすよ」

「どうしてだい」

「だって、お母様は、私達にもあの方のことを口留めしてございますもの、誰だって、お母様のところへ、あの方が訪ねておいでになったことを、見て見ない振りをしております」

「じア、僕も見て見ない振りをしているの？」

「そうそう、それが一番お利口でございますよ」

伯太郎は、見て見ない振りをするということがどんな風にすることなのか、例によってよく呑み込めなかった。けれども、兎に角その小父さんのことは、なるべく人に話さない方が、きっといいことに違いないのだと思うようになった。

三

邸には、広い深い庭があった。また建物も高く大きかった。ずっと昔に日本人の富豪が別宅か何かに使っていて、それを或る外国人が住むようになってから改築して、そのあとへ、伯太郎がまだ東西も弁（わきま）えなかった頃、彼等の一家が移り住んで、その時にもまたいくらか改築をした邸であった。

伯太郎に数えられるだけでも、確かに伯太郎の年の二倍ぐらいの間数があり、その中には、ぐっと天井の高い西洋室(せいようま)もあれば、また古めかしいお納戸(なんど)みたいなところもあった。前いった佐々沼の小父さんが来ている時には、伯太郎等はママちゃんがいる、二階の西洋室へ近づくことを固く禁じられていたために、いつでも下のお部屋だの庭の方でばかり遊んでいなければならぬのであったが、こんな時には、女中や書生達が妙に邸の一所に固まり合い、ヒソヒソ声で何か話し合うのがお定(き)まりで、そうすると伯太郎も露子も、二人だけは全く除け者にされた形になった。秋の末に新しいママちゃんが来て、それからじきに佐々沼の小父さんが来るようになり、それが幾回となく度重(たびかさな)って行く間に、伯太郎は、自分達が二人きりで遊ぶいろいろの方法を考え出した。そうしてそのうちに、邸内には大小様々の部屋があったのを利用して、隠れん坊をすることを覚えた。

その隠れん坊が、どんなに楽しい遊びであったことか。

時とすると、それにはときやを始め、他の女中や書生達などが仲間に入って呉れることもあって、そんな時こそ、彼等は他のどんなことを考えている暇もない程夢中になり、二時間でも、三時間でもその同じ遊戯を続けようといって主張したし、また、書生や女中が少しも彼等に取合って呉れず、仕方なしに、伯太郎と露子との二人だけでやる時でも、随分面白く遊ぶことが出来た。隠れん坊を覚えてから二月ばかりの間というものは、ママちゃんのところへ佐々沼の小父さんが来ない日でも、殆(ほと)んど毎日のようにそれをやっていたくらいである。露子の得意は、応接室の椅子の下へ潜(もぐ)り込んだり、お居間の衣桁(いこう)の蔭へ隠れたりすることであったし、伯太郎の方は、邸内の到るところにある押入れへ隠れるのが得意であった。

その年も、やがてもう、あと十日ばかりしか残っていなくなった或る寒い日のこと——。

この日、伯太郎は幼稚園が休みであったので、朝からずっとお家にいたが、パパちゃんは十時頃に学校へ出て行き、パパちゃんがいなくなると間も無くして、佐々沼の小父さんが訪ねて来た。

例の通り、ママちゃんはこの小父さんと一緒に二階のお部屋へ行ってしまって、どんな面白いお話があるのか、いつまで経っても降りては来ない。伯太郎は初めのうち、三輪車に乗って、お庭で温和(おとな)しく遊んでいたが、やがてそれも飽きてしまった時、お居間で人形さんを負(お)んぶしていた露子のところへやって来た。

「ねえ、隠れん坊しない」

「隠れん坊、ええ、ちてよ」

「ときやはどこへ行ったの？」

「伯二ちゃん連れておんもへ行ったわ」

「そう。そいじゃ仕方がないんだねえ。露子さんと二人っきりで始めようよ」

露子は、まだジャンケンが、うまく出来なかったので、二人っきりでジャンケンをすると、きまって露子の負けになった。

「露子の鬼、ちまんないわ」

と露子はいったが、それでもすぐにお居間の壁の方へ向いて眼を塞(ふさ)ぎ、その間に伯太郎は、抜足差足お納戸へ行って、そこの押入れへ潜り込んだ。

「もういいかい――」

露子が向うでこういっているので、伯太郎は押入れの襖を閉めるまで、「まあだだよ。まあだだよ」といって繰り返していたが、愈々、完全に身体を隠してしまうと、「もういいよ――」と、返事をした。そうして、急に真暗になった押入れの中で、息を詰めて待っていた。

押入れの中というものが、年の行かない少年にとって、どんなに魅惑的なものであるか、これは誰だって知っている通りである。そこには、昼間作り出した闇の神秘があり、また、平生子供には触れたこともない、いろいろの廃物を容れた箱があって、そうした箱の中をあれこれと掻き廻しているうちには、偉大な発見をすることがある。例えば祖父が使っていた蝙蝠傘の、彫刻を施した握り手だの、何かの根付に使っていたびい玉だの、時としては、壊れた古い幻燈器のレンズだの、それこそは、少年が所有する財産のうちで、最も貴重な宝物まであるのである。

不幸にして、伯太郎の身を入れた押入れには、こうした宝物の箱はなかったので、彼は黴臭い匂いのする蒲団と蒲団との間へ身を潜め、じっと露子の来るのを待っていたが、そのうちに、ふと妙なことに気がついた。

そこは、襖一重向うのお部屋とは、世界を別にする程、しんとした夢のような闇ではあったけれども、閉め切った襖と柱との間に隙があって、そこから流れ込む光線のために、微かな明るみが漂っている。その明るみのうちに伯太郎は、押入れの一番奥の壁が、ひょいと開きかかっているのを見付けたのだった。

「あら！」

伯太郎はいった。そうして、蒲団の山を這い越して、その壁の傍へ行き、にゅうっと首を突き出して見た。

すると、壁だと思ったのは、不思議にも蝶番いのついたドアであって、そのドアの向うに、これもどこから光線が入るとも知れず、薄ぼんやりとした、闇の廊下があるのであった。

伯太郎は、今までに、こうした廊下があることを少しも知ってはいなかった。伯太郎ばかりではない。邸の中の大人達さえ、多分、気が付かずにいたことであろう。その廊下は、最初にここの邸を建てた或る富豪か、若しくはその次に住んでいた外国人かが、何かの必要に応じて、巧妙に作った秘密の廊下であるらしかった。廊下を挟んだ両側の室から見るというと、何の変りもない一重だけの壁が実は二重の壁になっていて、その間に廊下が作ってあったものらしい。伯太郎が押入れへ這い込んだ時、恐らくは壁に押し付けられた蒲団の重みで、古くなったドアの掛金が外れ、自然に口を開いたのであろう。伯太郎は、暫らくの間、じっと廊下の奥を見透していたが、やがて、ずるーんと蒲団の山を滑り落ちた。そうして、恐る恐る、そこの廊下へ踏み込んで行った。

廊下には、この何年にも入れ換ったことのない空気が漂っていて、床にも壁にも、埃が一ぱいにたまっていたが、伯太郎は、一歩そこへ身を入れてしまうと、何かの糸で引っ張られるように、だんだん奥へ進んで行った。そして、一つの曲り角を過ぎると、廊下が急に階段になっているので吃驚し、静かにそこを登り始めた。

「じア、ぼつぼつ時間だから僕は帰るぜ——。お前も、出来るったけうまくやって、親父に感附かれないようにするんだナ」

「大丈夫よ、そんなこと。小野村はあたしの口先き一つでもって、どうにでも言いくるめることが出来るから」

階段を登り切ると、そこはバッタリ行き詰まりになった羽目板であるが、そこまで伯太郎が行った時に、羽目板の向うから最初に聞えて来た言葉はこうである。

伯太郎には、それがママちゃんと佐々沼の小父さんの声であることはすぐに分ったけれど、中でママちゃん達がどんなことをしているのか、覗いて見たくて堪らなくなった。

羽目板のところを、あっちこっち捜して見ると、偶然にも、板が縦に裂けた割れ目がある。

伯太郎は、その割れ目へ顔をピッタリと押しつけたまま、長いこと息を詰めていたのであった。

四

佐々沼の小父さんが来る度に、伯太郎がふっとどこかへ行ってしまって、小父さんが帰って行った頃に、ひょっこりとまた姿を現す、そういう不思議な現象は、それから後しばらく続いた。そのことが、誰にも知られず過ぎていたのは、前いったように、邸内の者達が伯太郎の行動にあまり注意せずにいたせいもあろうし、また伯太郎自身、固く禁じられているママちゃんのお部屋へ近づくことを、無論誰にだって発表出来なかったからであった。

只一人、それについて幾分かでも伯太郎の秘密を知っていたのは、妹の露子である。二人はある時、次のように話し合っていた。

「お兄ちゃん、お兄ちゃんは今日、どこへ行ってらっちゃったの」

「僕――。うん、僕はね、押入れの中で寝んねしていたよ」

「あらそうオ。露子、一人っきりで淋しかったわ。今度ん時、露子も押入れへ連れてってね」

「押入れん中、とても暗いよ」

「暗くってもいいわ」

「よかないや。露子はきっと声を立てて泣いちまうから、そうするとママに知れて叱られるんだ――それよっか僕、いいことを一つ教えてあげよう、露子はね、もうせーんのママが、どうしてお家にいなくなったか知っている？」

「遠くのお家へ行ったってこと？」

「うーん、違う。ママが遠くのお家へ行ったってことは、そりゃそうなんだけれど違うんだよ。僕、佐々沼の小父さんとママとがいっているのを聞いたんだ。せーんのママはね、長いこと病気で寝ていたんだって」

「寝ていてどうしたの？」

「そいでね、そいでその時に、佐々沼の小父さんがパパに勧めて、ママが早く楽になれるようなお薬を、毎日少しずつママに飲ませたんだって」

「お薬は苦いわね。露子、大嫌い」

「僕だってそうだよ。お薬は僕だって大嫌いなんだけれど、佐々沼の小父さんのお薬は、ちっとも苦くなんかなくってね、そいでママは、そのお薬を毎日飲んでいるうちに、到頭死んでしまったのさ」

「あら、死んだの？　死んでからどうしたでちょ」

「死んでからさあ、せーんにいった遠くのお家へ行ったんだよ。佐々沼の小父さんがいっていたけれど、そのお薬のことは、ほんとうはどんなにいいお薬だかっていうことを、パパも知ってはいないそうだよ。僕、佐々沼の小父さんがそのお薬をポケットから出して、今度のママにやるところを見ていたんだ」

「いいわねえ。ママはそのお薬、飲んじゃった？」

「ううん、飲みやしないさ。ママはそいつをね、ほら、ママのお部屋に小ちゃな綺麗な箱があるだろう、あの中へちゃーんとしまっといたよ。――これからまた、パパに毎日それを飲ませるんだって」

「パパ飲むかしら」

「葡萄酒ん中へでも入れてやれば、きっと知らずに飲むだろうっていっていたよ。僕、知ってるんだけれど、パパは、昨日もおといも、もうそのお薬を飲んでるんだ」

「飲むとこ見た？」

「ううん、見やしないさ。だけど、パパはほら、いつも晩の御飯の時に、葡萄酒を一パイ飲むだろう。あの葡萄酒の中にお薬が入ってんだ。佐々沼の小父さんは、そのお薬が一ぺんや二度飲んだって何ともなくて、毎日々々飲んでいると、だんだんに利(き)いて行くんだっていっていたよ」

二人共に、その薬がどんな風に利き目を現わして行くか、そのことについて異常な興味を抱いている風であった。そしてそれから後は、時々二人で眼交(めくば)せをしながら、夕食の折に、パパちゃんが葡萄酒を飲む口許(くちもと)をじっと眺めていたのであった。

五

伯太郎がママちゃんのお部屋をそっと覗き見しに行くということは、その後もずっと続けられていたことであったが、そのうちにいつしか翌年の正月となり、その正月も終って二十日(はつか)ばかり経った頃から、伯太郎にはバッタリと、そうした機会が与えられなくなった。

パパちゃん、小野村伯一郎博士が、その頃からどうも身体の工合が思わしくないといい出して、出なければならぬ筈の学校の講義も休むようになり、終日、邸に閉じ籠っている日が多くなったからである。博士が邸にいるというと、ママちゃんのところへ来る佐々沼の小父さんの方は、殆んど顔を見せなくなり、稀(まれ)にひょっこりと訪ねて来ても、以前のように、ママちゃんのお部屋へ行って、いつまでも話し込んでいることはなく、大声で何か冗談をいったり、または、博士の身体が悪るいのを、何くれとなく心配して、転地療養でもしたらどうかなど、そんなようなことをいっては、そそくさと帰って行くのであった。

　博士の病気が、いったいどんな種類の病気であるのか、それについては、伯太郎も少なからず心配していたことであったが、それは最初のうち、極めて徐々にやって来たものらしかった。

「どうも、寝汗をかいて仕方がない」

　博士が朝起きる毎に、そんなことをいうようになったのが、もう去年の暮からのことであって、そのうちに今度は、妙に視力が衰えて来たなどといい出した。そうして、無理押しをして学校へ行くと、帰ってきた時には、いつでも額に脂汗を流し、ゴホンゴホンと苦しそうな咳をするようになった。夜もよく眠れないし、食慾もだんだんに衰えて行き、その癖に、かかり付けの医者が診たところではどこにも変ったところがなく、従ってどういう療法をとっていいか分らずに、一日々々、身体を悪くして行く、そういうような症状なのだった。

「でもね、見たところでは、ちっとも病気のようには見えませんわ」

「そうかも知らん。医者が診ても、どこにも病源なんかありそうもないっていうんだからナ」

「あなたが、あんまり研究の方に御熱心なので、そのお疲れが出たんじゃアないでしょうか」

「そうさ。私もそんなことを思っているんだが、何しろ研究室へ行くと、いろいろの毒瓦斯なんかも吸わなくちゃならぬし、その影響が現れて来たのかも知れない。じっとこうして家で静養しているうちには、じきに癒ってしまうだろう」

「ええええ、そうでしょうとも。学校のことなんかすっかり忘れてしまって、一月でも二月でも、暢んびりしていた方がいいのですわ」

博士夫妻が、こういう風にいっているのを、伯太郎は傍で聞いていたこともある。その時彼は、例のお薬のことを思い出して、よっぽど口を出そうかと思ったけれど、それをいえば、ママちゃんのお部屋の立聴きの一件が知れるので、わざと何んにもいわずに置いた。そうしてその代りに、あとで露子と相談した。

「ねえ露子、僕、ママにそういってやろうと思うんだけど——」

「なにをよオ?」

「佐々沼の小父さんが呉れた薬のことさ。パパがね、この頃毎日病気だっていってるだろう。だから僕は、あのお薬をもっと沢山パパに飲ませたらいいと思うんだ。きっとママは、パパにあのお薬を、少しずつしかやらないに違いない」

「じア、沢山やればいいことよ」

「うん、そうなんだ。けれど、それをいえば、僕が何故その薬のことを知ってるかって、ママに訊かれるに違いないし、訊かれれば僕困ってしまうし——」

二人共にそれ以上の智慧は出ない。困ったなりで、そのままになってしまったけれど、一方博士は一月の末から二週間あまり、暖い海岸へなど行って保養につとめても、目に見えぬくらいずつ病状を悪化させて行った。そうして、二月半ばになると、どうせ海岸にいたところで同じことだし、それよりか、矢張り自宅で子供達の傍にいた方がいいといい出して、再び伯太郎達のところへ帰って来た。

ママちゃん小野村漾子（ようこ）は、その間最も貞淑に博士を看病していたかのように見える。

博士夫妻が自宅へ戻ると、それからは四五日の間、何事もない日が続いて行った。病気だとはいえどうにか邸内の散歩ぐらいは出来るパパちゃんを対手（あいて）に、伯太郎はいろいろのおねだりをすることもあったし、幼稚園で拵（こし）らえて来た折紙だの豆細工だのを見せたりした。

が、恰度（ちょうど）二月の二十日、それは博士の第何回目かの誕生日に当っていたので、その日は例年の如く内輪だけの小さな晩餐会が催されることになったのであるが、その晩到頭恐ろしいことが起ってしまった。

六

その日博士は昼間はずっと書斎のベッドに寝長（ねなが）まっていて、何か読書をしたり、うつらうつら眠っていた風であったし、博士夫人は、午後の一時頃から外出して夕方まで邸へ帰らずにいたが、その間に召使い達はせっせと晩餐の支度をし、階下（した）の洋風食堂には、午後の五時半頃までに、全くその準備が調（ととの）ったのであった。

「出先きで義兄（あに）に会ったものですから、ついでだと思って一緒に連れて参りましたわ」

博士夫人が、そんなことをいいながら、佐々沼進一と一緒に帰って来たのが、それよりほんの少し前のことで、博士を初め、一同が晩餐の席へ着く前になると、伯太郎と露子とはもうすっかりと有頂天であった。彼等は、誰よりも先きに食堂へ這入（はい）り、何かキャッキャと騒いでい

て、そこへ皆んなが這入って行くと、何か悪戯をしていたのを見付けられでもした時のように狼狽(あわ)てながらも、

「パパお目出度(めでと)う」

　急に一かどの大人ぶって、そんな風にいうのであった。

「親戚というものがないので、内輪ばかりでは淋しいだろうと思っていたところだ。君が来て呉れたので、僕も非常に愉快だよ」

「お邪魔じアないかと思ったんですけれど、漾子の奴が、お兄様が遠慮すると可笑(おか)しいわなんていうものだから、つい出掛けて来てしまったんです」

「結構ですよ。さア、兎に角始めて呉れ給え」

　椅子に皆んなが腰を下ろすと、最初に博士と佐々沼との間に、そんな挨拶が交されてから、愈々(いよいよ)食事の始まったのが、もう六時を十分ぐらい過ぎた時である。

　一同は、他愛もない冗談を投げ合いながら、臨時に雇い入れた玄人(くろうと)のコックが出した料理の皿を、それからそれと片付けて行ったが、途中で博士は、ふっと気がついたようにいった。

「や、忘れとった。いつもの奴をやらんといかん」

「あ、そうでしたわね」

　博士夫人は、そういいながら、それまでテーブルの上に出してあって、誰も手をつけなかった葡萄酒の罎(びん)を取り、博士の前の足高コップになみなみとそれを注いでやった。

「良人(たく)ではね、この葡萄酒が大変に身体にいいもんだから、毎晩一パイか二ハイずつ飲むんで

すよ」

「ほう、そうかい。そりゃあなるほどいいだろう」

伯太郎には、その時佐々沼の小父さんとママちゃんとが、パパの葡萄酒について、前にも確かに話し合っていたことがある筈だのに、今更ら、事珍らしくこういっているのが、何か知ら妙に聞えたけれど、彼は、それについて何をいう暇もなく、只、異常に熱心な瞳でもって、博士がそれを飲む口許をじっと見詰めていただけであった。

博士は、何心なくそのコップを唇のところまで持って行ったが、するとどうしたのか、その時にひょいと首を傾げている。

「オイ、変だよ、これア」

「え？」

「何だかね、いつもの葡萄酒とは違うようだ。鼻を刺すような匂いがするよ」

テーブルの上で、カチャリという音がしたが、それは佐々沼進一が、その拍子にフォークを皿の上へ取り落した音であった。フォークを狼狽てて握り直すと一緒に、彼は博士夫人との間に、何か素早い眼交せをした。そして博士は、少しもそれに気附かずに、コップをぐいと夫人の方へ差し出していた。

「嗅いでごらん。どうも変だよ。お前、何じアないか、何かこの中へ入れやしないか」

「え、いいえ、そんなことありませんわ」

「そうかねえ、それならいいけれど、何しろ一寸変なんだ。――そういえば、この匂いは、どうも何かで覚えのある匂いなんだが――」

　博士がじっと考え込んでしまったので、博士夫人は、急に顔を蒼くして、唇をビクビクと顫(ふる)わせていたが、そのうちにやっと言葉を挟んだ。

「あなた、気のせいじアありません。それ、いつもの葡萄酒に違いないんですよ」

「うん、それはそうだよ。この罎のレッテルだって、半分破れかかっているところが、昨夜(ゆうべ)も飲んだ奴で覚えがあるんだ。けれども矢張り変な匂いがある」

　伯太郎と露子とは、隣り合った椅子に腰かけていたので、この時彼等は、互に、脇腹を頻(しき)りに肘で小突き合っていたのであるが、博士夫人は、ふいに不自然なほどの高笑いをした。

「ホホホホホ、まあ、あなた、何をいっていらっしゃるの。これ、何にも匂いなんかある筈がないじアありませんか」

「あるかないか、だってお前嗅いでごらん」

「嗅いでいます。何なら、あたし頂戴してもよくってよ――飲み物の中へ何か入れやアしないかなんて、そんなことをいわれるの、嫌なんですもの」

「うむ、イヤ、お前が何か入れたなんていうんじゃないさ。だが、確かに何か入っているんだ」

「そう、じアね、あたしがお毒見をして見ましょう」

　博士は、確かにそれ程の深い意味を有(も)たせていったのではなかったのだろう。けれども夫人の方は眉根に、苛々(いらいら)しい皺(しわ)を刻んでいきなりコップを奪い取った。

「あ、お前、それを飲むのか」いったのは佐々沼であった。

「ええ」と答えて、夫人は意味あり気な瞬きをした。

「大丈夫でしょ一杯ぐらい。……あたし、酔ってなんかしまわないから」

「あ、ああ、……そうか……。大丈夫だ、お飲み。ナンなら、僕もそのあとで頂戴しよう」

伯太郎は、前に、ママちゃんと佐々沼の小父さんとが、その薬が一ぺんや二度飲んだだけではなかなか利いて来ないといっていた、あの時の会話を思い出していた。そうしてその間に博士夫人は、一思いにぐっと葡萄酒を飲み乾してしまって、唇をキュッとすぼめていた。

「どうだった」

「なんともありはしないわよ。お兄様も一パイ召し上る?」

「ウム」

佐々沼も、博士に見せびらかすようにして、ゆっくりゆっくり罎を片手に持ち、それをコップへ注いで行ったけれど、その時、突然に叫び出したのが露子だった。

「いやでちゅ、いやでちゅ。そのお酒、パパに上げなければ露子いやでちゅ」

「いいよいいよ、パパ、あとで飲むんだから」

「だってだって、あたち、沢山にお薬入れたんだもの」

「え?」

「あたちね、お兄ちゃんが見付けて来た薬、みんなその中へ入れたんでちゅ。あのお薬、お兄ちゃんが、ママのお部屋から見付けて来たんでちゅわねえ」

博士には、露子のいっていることが、少しも分らない様子であった。

しかし、愕然として顔色の変った佐々沼進一は、

「ナニ、どうしたって?」

ふいに恐ろしい権幕で訊き返した。それで、露子の方は一たまりもなく縮み上がり、一瞬間唇をへの字に結んだかと思うと、忽ち、ワーンといって泣き出したが、伯太郎の方は、寧ろ得意そうにしていい出した。

「あ、パパ、それね、僕が持って来たんです」

「なんだ。何を持って来たというのだ」

「僕ね、今日ママのお留守の時に、ママのお部屋へ行ったんです。そしたら、お部屋の箱にお薬が入っているのを見付けたので、さっき、露子と二人で、パパの葡萄酒の中へみんなそのお薬を入れたんです。ねえ、ママあのお薬、パパの病気に利くんですねえ」

七

伯太郎にとって、それから後は、何から何まで分らないことばかりであった。

伯太郎が、今の説明をしてしまって、誇らかに皆んなの顔を見渡した時、ママちゃんは、見る見る恐ろしい形相になり、傍に腰かけていた露子の頸根っこに掴みかかり、

「畜生!　畜生!」

聞くに堪えない罵詈の言葉を放ったし、そのママちゃんを露子から引き離そうとするパパち

ゃんへは、佐々沼の小父さんが、猛獣のようにして突然躍りかかって行ったのだった。

幸い、次の部屋にいた書生や女中やコックなどが、騒ぎの最中へ飛び込んで来て、第一番には佐々沼の小父さんを、第二番にはママちゃんを押えつけ、それから床に倒れていたパパちゃんを、手取り足取り抱き起したので、その方はそれで静まったのだが、その時になると、ママちゃんは、

「苦しい、苦しい！　ああッ、胸が、胸が、引き裂かれてしまう！」

そんな風に切れ切れな声で叫び始めて、両手の指を熊手のように折り曲げて、咽喉(のど)を無残に掻き挘(むし)っていたのであった。

「お前達は、子供を早く向うへ連れて行け」

パパちゃんがそういったので、伯太郎と露子とは、じきにその部屋から出されてしまい、それからずっと二三時間、もう何も聞くことが出来なかった。付き添っていたときやが心配になるらしく、時々伯太郎達をそこへ残して、他の人達が騒いでいるところへ様子を訊ねに行ったけれど、帰ってきても、何一つ説明しては呉れなかった。

「坊っちゃま、お母様がね、大変なんでございますよ」

ただ、そういって呉れただけであった。

「ねえ、露子、僕はきっと叱られるよ。僕がどうしてあのお薬のことを知ってたかって、今にパパかママに訊かれるよ」

その時にもう、伯太郎はそう決心をしていたらしい。やがて、他の女中がそこへ来て、とき

やに何か耳打ちをし、それからときやが、

「坊っちゃま、お父様がこちらへいらっしゃいですって」

そういった時、彼は温和しくときやに連れられて行った。そうして、パパちゃんから何か訊かれるよりも先き、自分のしたことを、覚えているだけ喋ってしまった。

「パパ、だからねえ僕、悪いと思って黙ってたんです」

話し終えた時にそういうと、パパちゃんは眼に一パイ涙を浮べて、二度も三度も頷いていた。

伯太郎は、叱られないのが不思議だったので、まじまじとパパちゃんの顔を見上げていると、突然にパパちゃんの両腕が伸びて来て、力一パイ、抱きしめられてしまったのだった。

「パパはあの葡萄酒を飲んで見た？　お薬を沢山入れといたから、パパの病気もじきによくなってしまうんですね」

「うん、うん」博士は答えて呉れた。「飲んだよ、坊。いい子だ。坊のお蔭で、パパは命を拾ったんだ」

×　　×　　×

その晩のうちに、ママちゃん小野村漾子が、息を引取ってしまったことや、その息を引取る前に、今までのことを皆んなパパちゃんに話して行ったことや、それは後に伯太郎が、ときやから話して貰ったところである。

ときやは、その話の時に付け加えて、佐々沼の小父さんが警察へ連れて行かれたということもいったけれど、そのわけは、詳しく知っていない風であった。伯太郎はだから、佐々沼進一が、どういう男であるかということを知らずにいる。また、ママちゃんと、この男との間に、どういう関係があったのかも知らずにいる。それについて、一度パパちゃんに訊いて見ると、

「ああ坊や、あの人は、何でもない人なんだよ。パパが昔世話をしてやったことのある後輩だけれど、坊はもう、あの人のことなんか忘れておしまい」

そういう風にいわれてしまった。

そうしてその時に、パパちゃんが非常に暗い顔をしていたので、子供心にも伯太郎は、それについてもう何もいわない方がいいのだと、独りで呑み込むことが出来たのであった。

暖かい春になって、パパちゃんが元々通り丈夫そうになり、再び学校へ行くようになった時、伯太郎と露子とは、

「ねえ露子、パパはあの時に、あの葡萄酒を飲んだお蔭で、あんなに病気が癒ったのだよ」

「ええそうよ。前のお薬は利かなかったんだもの」

そんなことを、得意そうに話し話ししていたのだった。

金色の獏

一

冬ではあるがポカポカと暖かい日の午前であった。骨董商稀玉堂(きぎょくどう)の主人進藤老人は、店の奥に坐り込んで、じっと往来の陽差しを眺めていたが、そのうちにうつらうつらと眠くなった。と、この時稀玉堂の店頭へついと這入(はい)って来た紳士がある。年配は三十そこそこ、脊(せ)が高くて色白で、ピッチリ身に合った仕立下ろしの服を着ていた。左の腕にはどうして安物ならぬ洋杖(ステッキ)を引掛け、第一、いかにも上品な顔立ちである。老人は急に、はっきりと眼が覚めた。

「いらっしゃいまし」

ウム、と紳士は鷹揚に頷(うなず)く。その態度が又老人には嬉しかった。近頃珍らしい上客なのである。

「何かお気に入りましたものでも?」

「いや実は一寸(ちょっと)探しているものがあるのだが、君のところに貘(ばく)の置物はないか知ら?」

「貘――と申しますと?」

「貘というとね、ほら、夢を喰うという伝説のある獣なんだが、その置物が欲しいのだ」

夢を喰う獣だなんて、そんなものの置物があったか知ら？　進藤老人が一寸考え込む。と、紳士が突然に叫んだ。

「あッ、あるある！　あれだ。君の後ろの棚にピカピカ光って、載っている、あいつが獏に違いない」

身を反(そ)らしながら振り向いて、老人は漸(ようや)くそれと気が付いた。成程そこには金色に塗られた置物が見えているのだ。しかし老人はこの時少々がっかりした。

素敵な上客と思ったのが、売値にしてせいぜい三円がところが六(む)ずかしい代物、それに眼を付けたからである。

客の言葉によるとそれは獏という獣だと分ったが、実はこれまでのところ老人は、それをひどく不恰好な犬の置物だとしか思わなかった。

地は青銅だが、なんの積(つも)りか脊中だけに安光りする水金(みずきん)を着せ、御丁寧にも立っている前脚の一本が目立って短かい、同じく青銅製の台が附いているからいいようなものの、指で触ったらガタリと前へのめりそうな恰好。よほど無器用な職人が拵(こし)らえたものに違いなかった。

「君、愚図々々(ぐずぐず)していないで。君！」

紳士はひどく熱心に急(せ)き立てる。老人は張合抜けのした顔でその置物を棚から下ろしかけたが、ふとこの時に気がついた。大した儲けにはなりそうもない代物である。が、それにしては、客の意気込みが余りにも強過ぎはしないか。紳士の視線はまるで灼(や)けつくようにその獏へ注がれているのだ。

老人は貘を抱き下ろすと、わざと客の手の届かないような所へ置き、客の顔へ狡猾な視線を向けた。

「へい、これでございますな?」

「そうだ、それだ。い、幾ら位で譲れるね?」

老人は貘の顔を覗くようにしながら、上目遣いにじろりと紳士の様子を窺いながらねちねちした調子で言った。

「左様、何分その、つい昨日もこれをお求めになる方が見えたのですが――」

「え? 僕よりも先きに、誰かがそれを買いに来たというんですか?」

「は、はい、左様でございまして。しかし、値段の折合がつきませぬのでその方は又来ると仰有って帰られましたが」

と老人は次第に滑かな嘘を言い始めた。

「で、そんな訳でございますから、左様でございます、又値段の喰違いがありましてもお互いに気まずいだけでございます。いかがでしょう、そちらから一つお値段を仰有って頂けませんか」

紳士は眉の間に苛々しい色を現した。

「それは君、君は僕の脚下を見込んでそんなことを言うのだろう。僕より前にそれを買いに来たという人は、そうだ、それは多分非常に美しい令嬢風の女だろうが、いくらあの女が悪者でも、悪者なりに、まさか君には何も言やアしまい。君はその貘について別に何んにも知らないじアないか！」

「ヘッヘヘへ、――、仰有る通りかも知れませんが、そのお嬢さんが手前にどの位まで話しましたか、それは御推察に任せましょう。はい、でございますが、如何でしょう、手前共では商売なので、どちらさんへでも高く値段を付けた方に差上げ度いと思いますので、兎に角仰有って見て戴けませんか」

　客の益々苛立って行くのが目に見えたが、紳士はそれを気取られまいとする様子で、ポケットから葉巻などを取り出した。が、手先がぶるぶる顫えてマッチが擦れない。

「えーと、お値段を仰有って戴けなければ仕方がありません。これはまア又の時にお願いすると致しまして、他には何か？」

「ま、まア待ってくれ給え。君は言懸りをしているのだろう。不愉快だが仕方がない。思い切ったところを一つ買おう。いいかね、千円でそれを譲り給え」

「千円？」

　と老人は吃驚した。が、すぐにその驚きを押し隠した。

「いや、これは全く意外なことでございまして。実はその、前に来られたお嬢さんも矢張り千円まで買われましたよ」

「なに、じゃア千円では売らないと言うのか？」

「は、はい。何分その千円では――」

「よオし！　それでは僕も思い切った高値を出そう。二千円出す、それでうんと言い給え！」

「二千円、で、ございますな？」

「そうだ。二千円ならいいだろう。うんと言って呉れ給え。君としては無理がないさ。あの女が前に来て、その態度からして君は何か飛んでもない感違いをしているのだ。その貘自身に何か大した値打でもあると思っている。だが違うよ。その貘は普通なら五円以下の代物なのだ。只、君には何んの値打がなくっても、僕にとっては大したものだ。だから二千円も出そうというのだ。君が二千円でそれを譲るというなら、僕は此場で現金を出す。ね、いいだろ？」

真面目にこう言われて進藤老人はギックリ参った。紳士が、彼自身の態度から老人にうまく繰られている所は滑稽であるが、然し、言うところは甚だ尤もである。老人として見れば、その令嬢風の女が来るか否かも分らない。

「よろしうございます」

と老人は到頭言った。

「二千円でお譲りしましょう」

「有難い！」

紳士は飛び上るようにして叫んだ。そしてすぐに内ポケットから大型の財布を引き出したが、忽ち二十枚の百円紙幣が老人の眼の前へ並べられたのである。

「じア貰って行くよ！」

紳士は引っ摑むようにしてその貘を片腕へ抱え込むと、駈け出すようにして稀玉堂の店を出て行った。

二

「何んというぼろい儲けだろう？　あんな置物が二千円にも売れるなんて――」

幾度も幾度も紳士から渡された百円札が贋造でないことを確かめた後、その日一杯老人がいかに機嫌がよかったたか、それは誰にでも想像のつくところである。

が、さてこうした老人の得意さは、その日の夜になって、聊かその面目を改めずにはいられなかった。夜の七時、稀玉堂の店頭へは、洋装の若い女が現れたのである。

「あの、こちらに貘の置物はないでしょうか？」

とその女は言って這入って来たので、老人は思わずドキンとした。明かにこれは、例の紳士がこちらの口に釣り込まれて、うかと口を洩らした女なのである。

「へい、実はそのつい先刻までありましたが――」

と言いかけると忽ち女はハッと口惜しそうな表情になった。紅い唇の下で歯をキリキリと喰いしばる。紳士の風采や年配などを矢継早に問い質して、それから顔に似気ない乱暴な口調で言った。

「畜生！　なんて素早い奴なんだろう。何不自由のない金持の癖に。どこまでも慾をかいてやアがる！　あたしが一足遅れたものだからいけなかったんだ。ちょいとお爺さん、お前さんあの貘を幾らで売ったの？」

「ヘッヘヘヘ、ざっとまア二千円――」

「え？　二千円――ま、なんて間抜けな商人だろう。訳を知らないと言えばそれまでだけれど、あたしゃ人のことでも口惜しくなる。あれを二千円で渡す奴があるものか。あたしなら一万円貰っても離しアしない」

「へ、そんなに値打がありますので？……」

「有るも無いも。あの人はね、有名な北海道の大地主なんだ。辻本って言えば代議士仲間なんかじア随分世話になっている人があるんだよ。その人がああして跛で金色に塗られた貘を探し始めてから何年になると思うのさ？　二年、いいえ、もう三年にはなるかも知れない。貘のことであの男はもう十万円以上費ってるんだ」

地団駄踏むようにしてその女は喋り立てた。そして間もなく、急に何か思い付いた風で稀玉堂を立去って行った。

が、その後に老人はボンヤリと考え込んで了ったのである。我ながらうまい儲けだと思ったのが、実はまだ高く売ることも出来たのだった。得意の念が忌ま忌ましい口惜しさに変って行った。

ところがその翌朝である。稀玉堂へは再び例の紳士が訪ねて来た。老人は忽ちぐっと緊張する。紳士は昨日とすっかり変った和服姿で、這入って来るなり小声に言った。

「君、昨日はどうも有難う」

「へい、昨日は失礼致しました。が、実はあれは少し安過ぎましたよ」

「何故？」

「白ばっくれちアいけませんよ、辻本の旦那！」

「え？　ど、どうして僕の名前などを知っているのだ！」

「ヘッヘヘヘヘ、それアもう大抵のことは分っておりますので。兎も角手前の方では、あれが一万円以上の値打があることは存じております。はい」

紳士は用心するように進藤老人の顔を見詰めたが、やがて、案外さっくりと出た。

「はっはははは、そうか。いや、僕の名前まで知ったからには仕方がない、御推察通り、あれは一万円で買ってもよいものだった」

「で、ございましょう。実にどうも――」

「いやいやそれは然し、君にとって一万円の値打ちがあるというのじゃアない。殊に又僕にしたところが、あの貘を手に入れただけでは、まだ海のものとも山のものとも見当はつかない。少くとも、もう一つだけあれと全く同じ貘を見付け出さなければならないんだ。二年もかかってようやく探し当てた貘なんだが、実はね。あれから早速ホテルへ帰ってあの置物を調べて見ると、あれの他にもう一つの貘が存在することが分ったのだ」

「へええ、なるほど。すると旦那はそれのもう一つの貘をこの店へお探しに来られたので？」

「ま、まアそう言えばそうなんだが、しかしこの店にはもう貘が無いってことは知っているよ。有りさえすれば、君は昨晩のうちにそれを矢張り僕に売り付けようとした筈だ」

「はい、それはもう仰有る通りでございますが、この店には無いと致しまして、手前も万更心当りのないこともございませんよ」

老人は咄嗟の間に嘘をついた。

「え？　心当りがあるというのか？　そう思っては来た。それを聞き度いと思って来たのだよ！」

「ございますとも！　旦那のことですから申しますが、実はあれは前に或る競売で手に入れたものでございまして、その時は確か一対になっておりました。その片方だけを手前が買い落して参ったので、はっきり覚えませんが色といい形といい――」

「それだそれだ、それに違いない。色も形も同じなんだ、矢張り前脚が跛でね、しかし、尻尾だけが銀色だ。つまりその点だけが変っているのだ、その他は全く同じ恰好なんだ。君、お願いだから、その片方を買って行った人を教えて呉れ給え。それがありさえすれば、僕の大願は成就するのだ」

「ヘッヘヘへ、さアそこんところでございますよ。多分、それを探し出すのは雑作ないと存じますが、手前共も商売なのでして、ここで一つ御相談に乗って戴けるとよろしいので、はい。手前にそれを探させて下すって、その上で旦那が買って下さる、そんな訳には参りませんか？」

「よろしい、仕方がない。考えて見れば僕が軽率な遣方をしたものだから、君に又してもそうした言い懸りのようなことを言われるのだ。がしかし、已むを得ん。兎に角今は君が強いところを握っているのだ。よろしい、探して呉れ給え。探し出して呉れれば、そうだ、君は一万円の値打があると言った、お礼として一万円だけ進呈しよう」

「いけませんよ。二万円以下では金輪際いけません。多分それを探しているのは手前一人ではございません。例の若い女もおりましょうし――」

と老人は冷かに答えた。

「いいともいいとも。そこまで知っていればもう文句は言わん。二万円出しましょう」

進藤老人は心の中で凱歌を奏しながら、しかし飽くまでも落着いていた。

「ええ、きっと探し出してお目にかけます。何処へお知らせしたらよろしいでしょう」

「ステーションホテル。少くとも十日間はそこにいるから」

紳士は頗る不機嫌に答えた。

三

進藤老人には、この獏が果してどういう値打を有っているのか、無論はっきりとは分らなかった。が、兎に角知らない者が見ては高々三円の置物である。それをうまく買い込めば二万円という大金が転がって来るのだ。

彼は紳士が店を立去るや否や、それから三週間ばかりというもの、文字通り死者狂いの奔走をした。元々紳士へ向って心当りがあるように云ったのは嘘である。

思い出して見ると、これは或る同業者が死んだ時に、その店を仕舞うことになって、彼はそれを二束三文で手に入れたのだった。

　その時からたった一つしかない獏なので、売主の同業者さえ生きていれば、それからそれと手蔓もつこうが、今では何処から手蔓を求めていいのか分らない。毎日彼は東京市中を駈け廻っていた。

　一方ステーションホテルからは、殆んど毎日電話があった。十日間の滞在を次第に延ばし、二週間目の終りには、まだもう少し礼金を増してもいいような口吻を洩らし始めた。

　すると或る日のことである。老人はその日の昼近く、とある場末の通りを歩いていた。もう目ぼしい古道具屋は殆んど調べて了ったので、今は場末でも探すより他はない。彼はぐったり疲れた身体を引摺るようにしてその辺りを物色していたのであるが、ふいに彼はその狭い汚い路の真中へ立停まった。

　そこには極彩色で塗り立てられた支那料理店があったが、するとその中からひょいと現れたのが、思いもよらぬ、曾て稀玉堂へ来た洋装の若い女であったのだ。

　老人はギョッとした。そして幸にも傍にあったポストの蔭へ隠れたが、女は少しもこちらに気付かぬ様子。然も何事か非常に興奮した面持で老人の身を潜めたポストの前を通り過ぎ、やがてバタバタと駈け出して行った。

　老人は一寸思案した後、ツカツカとその支那料理店へ這入ろうとしたのだったが、すると入口へ行ったばかりで、忽ち呀ッと叫んで了った。

　殆んど出会頭に、彼は一人の支那人に衝突した。が、それはいいとして、その支那人は両手で紛れもなく貘の置物を抱えているのだ。例の安光りする金色が、射るように老人の眼に入る。同時に、その尻尾だけ銀色なのまで見て取った。

「待て！」

老人にぐいと袖を摑まれて、その支那人は危くよろよろと倒れそうになった。

「な、なに乱暴する！」

「乱暴じアない。用がある、用があるんだ！」

と老人は狼狽てて言った。

「それだ、君の持っているその置物だ。それを一寸見せて呉れ！」

「いけない。これ、もう買手も極まってあるです。今、それを極まったばかり。今晩二万円に売って了う」

「え？　二万円！」

「二万円です。女の人二万円持って今夜来ます」

ウム、と流石の進藤老人も唸らざるを得なかった。買手というのは、明かに例の洋装の女なのである。女はいったいどうしてこれを探し出したか、いやいや、それよりも先きに、あの女が二万円で買うとは何事なのだ！

出て行こうとする支那人を、老人は無理矢理その料理店の奥まった一室まで連れ込んだ。厭がるのを宥め宥め、酒と肴を取り寄せた。

そして彼は出来るだけ要領よく支那人を説得しようと試みた。が、慾の深いことでは、この支那人は決して進藤老人に劣らなかった。

聞いて見ると、女は最初五千円位で獏を買い取ろうとしたものを、支那人が次第に糶(せ)り上げて、到頭二万円になったらしい。二万円では老人の儲けが一文も無い。しかも支那人は二万五千円という高値を出した。

いかに骨を折っても支那人が二万五千円以下では承知しないのを確かめると、しかし老人はまだ失望しなかった。

「よろしい。じア、二万五千円で買うとするが一寸の間ここに待っていて呉れ」

老人は支那料理店を出ると、すぐに公衆電話へ飛込み、ステーションホテルの辻本氏を呼び出したのだった。

「モシモシ、旦那でございますか。手前は稀玉堂でございますが、はい、漸(ようや)く獏を見付けました！」

「え、見付けたって！　有難う。実に有難い。一刻も早くここへ届けて呉れ給え！」

「はい、それはもうすぐにもお届け致したいと思いますが、実は飛んでもない邪魔者がいまして、手前の方では少々困っております」

「モシモシ、何故困るのだ！」

「いえ、例の女でございますよ、あの女が先廻りをしておりまして、二万――いやいや、三万円で買い取ろうとしているのです」

「フム、で?……」

と辻本氏の声は力強く響いた。

「で、どうしたというのだ？」

「ですから、こちらでは三万五千円、或はもっと出さないと買えません。然もそれが今夜までというのです。これはどうも、お諦めになってはいかがでしょうか」

「そ、それは君飛んでもないことだ。三万五千円、結構だ。つい二三日前にも、二万円より少々は高くてもいいと言っといた筈だ。よろしい、君に任せる——いや、君も今夜までというのでは困るだろう、今、君、何処にいるのだ。僕がすぐに現金を持って来て駈け付けるよ！」

受話器を耳に当てながら、老人はこの時ニヤリとした。現金を持って来て呉れるのは有難いが、辻本氏がいては支那人との取引の内容が知れて了う。

「いえいえ、わざわざお出でにならなくとも、手前がそれだけの金は都合します。多分、四万円まででで買い取りますが、そこで実を申しますと、手前もひどく骨を折っていますし、その辺何分よろしくお願い致したいもので……」

「無論。あれが僕の手へ這入りさえすれば、二万や三万はどうでもなるのだ。よろしい、君から買い取る時には、君が先方から買った値段の倍額出そう。ああいや、それでは君が出来るだけ高く買って来るということになる。こうしよう、君は今四万円まででで買い取ると云った。その倍額だけを僕が出す。その範囲内で君に任せる」

「有難うございます！　では三四時間お待ち下さい。手前が必らずお届け致しますから」

ガチャリと受話器を掛けて老人は、疾風のように前の支那料理店へ駈け込んだ。

「おい、君の言い値で買ってやるぞ！」

「よろしい。今晩六時まで待ちましょう。六時過ぎるとあの女来ます。よろしいか？」

進藤老人はうむとばかり肯いて見せた。

四

進藤老人がその日の午後五時五十分頃、再びこの場末の支那料理店に現れた時、老人の携えた鞄には、約束通りの金額が収められていた。忽ちのうちに、支那人との取引が終る。安っぽそうな貘を受取って、老人は、ふっとひどく物足らない感じがした。

これに、どうして何万という値打ちがあるのだろうか？　そうだ、この貘の身体の中に、素晴らしいものでも隠してあるというのかも知れない。とすれば、みすみすこれを辻本氏に渡すのも惜しいようだが、いやいや、何よりも商人には現金を掴むことが第一だ。……

鞄の中へ大切にその貘を入れて、料理店から出ようとすると、老人はここでも又ギョッとした。素早く眼を配った向うから、例の女が小急ぎにこちらへ向って来るのだ。待たせてあった自動車へ飛び乗ると、すぐに丸の内へ向けてスタートさせた。

小三十分自動車に揺られている間、老人は絶えず誰かに横から覗かれるような気がして不安だった。そしてその不安のうちに、又しても貘の中の隠された財宝のことを考えた。

いっそ、このまま自分の店へ持って帰って、これを打ち壊して見ようか知ら、という考えがうずうずと湧く。それを辛（から）くも仰え付けたのは、後に辻本氏の皮肉な言葉の中（うち）にあるように実際彼の賢明なる所であったかも知れないのだった。

「さア来たぞ！」

ステーションホテル前へ自動車が着くと、老人はドキドキと胸が躍って来た。訊ねて見ると案内人はきびきび答えた。

「二階の十三号室でございます」

「おられましょうな？」

と老人は言った。

「おられる筈です。確か進藤さんという老人の方が見えたら、すぐ通して呉れるようにというお断りでした」

昇降機（エレベーター）を待つのも躁（もど）かしく、老人は廻り階段（まわりばしご）を昇（あが）って行った。

ボーイに訊ねて左へ曲がる。

すぐに十三号室の前へ出た。

と、その室（へや）の扉（ドア）には、ノックしようとするその鼻先きへ、達筆に書かれた『進藤老人へ』という文字が眼に止まった。

一通の封書が、鋲（びょう）で扉に止められているのだ。

オヤ？　と思った老人は、反射作用のようにその封書を手に取った。中からは次のような文面が現れる。読んで行くうちに、老人は布のように顔色を蒼くした。なんと、それはこんな文句であったのだ。

謹啓　取急ぎ一筆啓上仕り候。さて長々御交宜を賜り候処、今回小生を初めとして彼の貴殿を支那料理店まで御案内申上候洋装の美女、並に貴殿御取引の支那人等、一同急用にて出立仕る事と相成、御面晤の期を失し候こと寔に残念の至りに御座候。

就而折角御苦心の結果御買取被下候金色の獏は、乍失礼記念品として御受納被下度、猶為念申添え候えば該品は決して獏などと申すものにては無之、矢張り不恰好なる犬に似せたるものかと存じ候。

これ彼の支那人が二三ケ月以前貴店内に於て偶然発見せるものに有之、且又今回御入手の珍品は小生が貴殿より代価二千円を以て購入せるものを、彼の美人が入念に尾部のみ銀色に塗り更えたる次第に有之、従って差引金二万三千円、正に有難く受納仕り候。

尚々進呈致し候金色の珍獣、決してその腹中に宝石など呑吐したる形跡無之、従って矢張りそのまま店頭に御陳列あらば最も賢明なる御処置かと愚考仕候。先は火急の際乱筆乱文御海容被下度伏而懇願仕り候。　敬白

　月　日

進藤老人は二三回それを繰り返して読んだ。そしてやがてバタリと手紙を取り落すと、そのまま扉へよろよろと凭れかかって了ったのである。

死の倒影

M君――。

僕は愈よ死刑を言渡された。

一月待つか二月待つか、いずれ僕の絞首台に上る日が来ることだろうが、そこで今日T弁護士が来ての話によれば、世間では口を極めて僕を悪態に言っているのに対し、君だけが僕を同情のある態度で批判しているということだ。

有名な犯罪学者K氏が、

「彼は先天的な犯罪者である。彼の容貌を見るに、先ず頭髪が非常に濃くて髯の方はその反対に稀薄である。耳の上部が土佐犬のように尖がっていて、頭は不恰好に大きくその割に額が狭い。下顎骨が無闇に発達し、その為に顔の下半部は歪んでいる。顔色も悪く、見るからに醜怪な容貌であるが、従来の統計によれば、こうした男こそ典型的犯罪者というべきであろう」

と言っているのに対して、君は次のように答えたというではないか。

「決して天性の悪人ではない。今の彼は骨の髄まで悪人になっていると云ってもいいかも知れない。が、それも私には彼が悪人を衒っているのだと解釈したいし、少くとも私は、彼の天性は善人だったが、或る事情のためにあそこまで根性が捻くれたのだと思っている。そしてその事情というのは、多分彼が生れてから誰にも愛されなかったという点ではないか。彼の容貌はK氏の言う如く甚だ見苦しいものである。が、その為に彼は人に愛されなかった。そしてだんだんに根性が曲がって行ったということにはならないだろうか。彼の醜怪な容貌は、彼が先天的犯罪者であるという証拠ではなくて、実は、彼が後天的犯罪者になった原因なのだ。私は彼を気の毒に思う」


　有難うよ、M君。

　流石の僕でも、君にこう同情されたことを言われて見ると、正直のところが少しばかりは感謝し度くもなって来る。

　今日までのところ、事実僕は誰にも愛されたことがないので、生れて始めて、他人の同情を感じたわけだ。

　が、そこで僕もK氏と君との言葉を考えて見たことであるが、妙なことには、自分自身でも、そのどちらが正しいのか分らないのだ。K氏の言葉も正しいようだし、君の言うことも当っているようだ。要するにどちらも、半面の真理を語っているというものだが、僕は、ふと君に僕の偽らざる過去を語って見ようかと思い立った。君は僕と大して親しい間柄ではなかった。だから君に向ってこんなことを告白するのは当を得ていないようにも思うけれど、まあ、そんなことを余り詮索するにも当らぬだろう。

実をいうとね、僕は、今度A先生殺しの犯人として挙げられた。それは大体の事情は君も知っていることだろうが、その経路を僕の口から、詳しく語って見度いと思うし、それから、実は僕は、その他にも二人の人間を殺している。今日までは誰にもそれを黙っていた。が、何故か急にそれを打明け度くなった。多分、僕にも幾分か善人のところがあって、今までは誰も友達というものがなかったところへ、君が突然あんなことを言って呉れたので、それが僕を喜ばせたのだろう。

尤も、君は僕の告白を聞いて、或は不愉快になるかも知れない。僕が余りにも恐ろしい人間であることを知って、急に僕のことを先天的犯罪者だと言い出すかも知れない。

が、それはそれでも構わないだろう。僕はどうせもう死刑になるのだし、天性善人であろうが、悪人であろうが、毫も関係のないことのように思う。

兎に角、ゆっくりと僕の奇妙な告白文を読んで呉れるようにお願いして置く。

M君——。

僕の記憶は、僕が五つの時から始まっているのだ。それ前にも朧気に何かあることはあるが、ここではそうした追憶を避けて置こう。

で、その最初の記憶というのは、今言った通り僕が五つで隣村の祭礼に親戚へ行った時のことだ。僕は兄弟が三人で、その一番末が僕だったが、その時は三人揃って母と共に行ったと思う。行って見ると、向うの親戚には大へんに可愛らしい七つぐらいの女の子がいて、僕はこの子と遊ぼうと思って一生懸命で後を追いかけた。が、その子は僕をひどく嫌って上の兄弟達とばかり遊んだ。それで僕は泣き出して母親のところへ告げに行った。すると母親が、

「それアお前無理もないぞね。そんな妙な顔をしていて、誰がお前なんぞと遊ぶものかな」

と言った。僕がこれを聞いてどう思ったのか覚えてはいない。が、このことが今でも奇妙に頭へ残っている最初の記憶だ。

それから後のことは種々あるが、僕が友達から仲間外れにされることに気が付いたのは、小学校へ行くようになってからだと思う。学校の成績は大へんに良かった。が、一度学校から外へ出ると、誰も僕とは遊んで呉れなかった。一度はこんなこともある。僕は水鉄砲を作ろうと思って近所の竹藪へ手頃な竹を伐りに行った。するとそこに多勢の仲間が相撲を取っていた。面白そうなので、僕も傍からこれを見ていたが、誰も僕に取れと言って呉れるものがなかった。

「おれ、とろか?」

言うと、皆んなは始めて僕のことに気が付いて、何かボソボソと相談を始めた。そして仲間のうちの一番弱いデン公というのを土俵へ出した。

「デン公とやって見ろやれ」

「おれはいやだ。デン公は弱いから――」

「それならよせやれ」

僕はもっと強いのとやり度かったけれど、仕方なしにデン公とやった。そして忽ちのうちにそこへ彼を押し倒した。がすると仲間達はバラバラとそこへ出て来て、上になっていた僕をぐ

るりとデン公の下へ引繰り返し、それからデン公に軍配を挙げた。

　この時も随分口惜（くや）しかったが、その後尋常科の四年になった時、もっと口惜しい眼に遭わされた。先にも言った通り、僕は学校の成績がよかったので、教室では仲々羽振りの利いた方だったが、この四年の時に受持だったSという教師が、これは何処（どこ）と言って特徴のない、面長な顔の青年だったが、これが随分ひどく僕を苛（いじ）めたのだ。尤も僕の方も生意気なところがあったのかも知れないけれど、その最初には或る時のこと、この教師が僕達に或る冒険談をして呉れた。押川春浪（おしかわしゅんろう）の小説で、シベリアへ幽閉されている西郷隆盛を壇原建闘次（だんばらけんとうじ）とかいう男が、獅子に乗って救いに行くというような話だった。教師にはそれが非常に面白かったらしい。そして同じクラスの仲間達も、息を詰めてその話を聞いていた。が、僕だけ一人、その話の途中で、兄の机からこっそり持ち出して来ていた中学世界を読み出したのだ。

「B、何を読んでいる！」

　突然その教師が言った。そして僕の持っていた雑誌をぐいと取った。

「ふむ、こんなものがお前に分るのか」

「分ります」

「そうか。分るなら分ってもいいが、人が話をしてやっている時には聞いているものだ」

「でも、その話は出鱈目（でたらめ）だから面白くありません。押川春浪のものでは怪人鉄塔か海底軍艦の方が面白いです」

　何か言うかと思ったが、その時は苦い顔をしただけで黙って了（しま）って、だがその後次のようなことが起った。

当時僕の村には汚い芝居小屋があって、なんでもあれは春蚕の上簇った頃だったろう。その小屋へ岡本某女という源氏節が掛って来たが、その一座のうちに、非常に可愛らしい子役がいた。女の子だった。僕は一座の町廻りの時にこの女の子を見て、是非もう一度顔を見度いと思った。が、家では芝居へなど決して僕を連れて行っては呉れなかったし、そこで一策を案じ、前にも言って置いたデン公を騙した。

即ちデン公はその頃村の共同所有になっていた池へ行って、こっそりと鮒や鯉を釣って来ていた。僕はデン公に会って、村の者達がこれを知ってひどく怒っている。だから家から十五銭ばかり持って来い、代りに行って謝って来てやるから、とこう言ってやったのだ。

僕達の村ではその頃小遣銭を常に持っている子供などはなかった。それでデン公はその十五銭の金を盗み出して来て僕に渡した。僕は早速芝居を見に行ったのだが、その翌日である。デン公の母親がこのことを知って学校の教師に告口した。多分、デン公が金を盗み出したところを母親に見付かり、遂に僕のことが知れたのだろう。

その日の授業が終ると、S教師は僕を呼んで折檻を加えた。その折檻がどんなにひどいものであったことか、今の僕でも僕が悪かったことは認めるが、教師も又甚だ没常識であったと思う。不恰好なこの頭が悪いといっては打擲し、この大きな顎がそうした嘘を言ったり、或は生意気な口を利くのだと言って、唇や頬をぐいぐい抓った。最後に雨天体操場へ立たされて日の暮れるまでそこにいた。チチ、チチ、と雀が鳴いて体操場の軒を飛び交していた。窓から見ると、教師達がテニスをしていて、その球が時々夕日を浴びては高く高く空へ上がった。グラウンドの隅では、廻転ブランコが、ギリギリ、ギリギリと音を立てて、さも愉快そうに廻っていた。

僕は終いに涙が出て来て、その時に、涙というものは鼻汁と一緒に出るものだということを始めて知った。眼を細めて涙の玉を透かして外を見ると、遠くの山の輪廓が二重にも三重にも見えるのが面白かった。

で、最初は兎も角、僕にも悪いところがあったのだし、折檻されたのは仕方がないとして、だがそれからS教師は、目立って僕を疎んじた。僕のやっていた級長の役が他の者に譲られたことは無論だった。又、いつかのように、放課後にでも皆んなに何か話をして聞かせる時には、僕だけに早く家へ帰れと言った。僕がどんなに上手な作文を書いても、決して賞めて呉れなかった。修身の点は丙になった。その他、一つ一つ挙げていては切りがない。僕も又、次第に学校へ行くのが厭になって、と言って、家からは学校へ行くようにして弁当とカバンとを持って出て、そのまま、山の方へなど遊びに行った。山には花が咲いていて、その花などは僕は嫌いだったが、誰もいない所で数時間を暮したものなのだ。それが又教師に知れて、この時も前と同じように折檻された。

「お前は大きくなっても碌なものにはなれないぞ」

そう言われたことを、僕はよく覚えている。時には、なる程そうかも知れないと思ったりした。

四年の年はそのようにして終り、五年になったが、その時僕はがっかりした。S教師がそのままで同じく僕の級の受持になったのだ。益々僕は学校が厭になり、成績の方も今度はほんとうに悪くなった。国語と算術だけはよく出来たが、その頃教わり始めた地理などは、少しも覚える気にはなれなかった。そして一番嫌いなのは理科だった。花や蝶々やバッタのことなど、聞いているのが莫迦らしかった。そしてそのうちに夏が近づいて来て、この時一つの事件が起ったのだ。

慥か七月の半ばであったと思う。僕等のクラスはS教師に引率されて、学校からは余り遠くない、Hという山へ登ることになった。海抜では五千尺乃至六千尺の山であろうが、元来その土地が海抜三千尺に近い所だったので、実は二三千尺の山である。それでも五年生としては頂上まで往復一日はたっぷりかかって、それで僕等は朝早く村を出かけ、その十一時に峰へ着いた。

深い谷の底に生れて、朝夕山を見て暮らした僕等だった。が、それにしてもこれだけの高さまで登ったのはこれが始めてで、僕にでもそれは素晴らしい愉快なものであった。空気がそこでは冷たくて、胸のすくような気持だった。見下ろせば、国語の教科書にあったように、T川は銀の帯のように流れているし、村や原や森などが、玩具のように見えたり、又は一面に広い絨氈だった。そして何よりも驚いたことには、それまではそこまで行けば向うの変った谷を見下ろせると思っていた峰の奥に、まだまだ、沢山の嶮しい山があることであった。僕等の登った山とはその色までが全く変って、紫色のギクギクした山肌に、峰には雪さえも積もっているのであった。

僕は、いつものように仲間を外れ、たった一人で、ぼんやりとこの雄大な景色を眺めていた。が握り飯を食べて了ってから、何気なくその辺を歩き始めた。そしていつの間にか皆とは大分離れた所まで来て了って、だが、S教師がまだ二時間は大丈夫遊んでいてもいいと言っていたし、それに帰る前には喇叭（らっぱ）が鳴ることになっていた。それで僕は何も心配をしなかった。

と、僕等が登って来た方からは裏側に当る、少ししゃくれたような斜面へ来た時であった。その斜面には何かの灌木（かんぼく）があちらこちらに生えていたが、四五間（けん）も下がると、急な断崖になって深い谷に臨んでいた。僕はその崖を覗いて見ようとして、そこにあった灌木の藪（やぶ）を抜けようとすると、崖の縁に近い所で、向う側の紫色の山肌を背景にして、にゅっと黒い影が立上がった。

その影はS教師だった。

S教師が僕の顔をチラリと見て、そのまま又しても蹲（しゃが）み込んだが、その途端に僕に向って声を掛けた。

「B、一人で来たのか」

「へい、何です?」

何故か僕は嬉しかった。それですぐに近づいて行ったが、見るとS教師はそこにあった灌木の根元にロープを捲き付けそれを伝わって下へ降りて行くところであった。

「先生、何か取りに行くんですか」

と僕は言ったが、彼はそのまま答えずにズルズルとロープを下り始めた。そして頭が断崖の縁から没した所で思い付いたように言った。

「B、危いから余り近づいてはいかんぞ」

後に分ったところでは、S教師はこの断崖を三十尺ばかり下った所に、雲母(うんも)の層があることを知っていて、これを学校の標本にする積(つも)りで採(と)りに行ったわけなのだった。

危いから近づくなと言われた僕は、しかしじきにその断崖のところで腹ん這(ば)いになり、そっと下を覗いて見た。

実に恐ろしい谷だった。崖の肌も、それからずっと下の方の平らな所も、真黒な岩ばかりで出来ていて、ピンと張り切ったロープだけが、妙に白く眼に映った。静かに下がって行くS教師の帽子と肩が、こう、しーんと沈んで行くように見えたものだ。

「先生、何をしに行くんですかア」

思わず僕が訊くと、S教師は上を振り仰いで、鋭く僕を叱った。

「こら、B！　いけないと言ったのに何故そんなところへ顔を出すのだ。向うへ行って了え。こら、こら！」

僕は又しても叱られたのですぐに顔を引込めようとして、その時に、ふと例のロープへ眼を留めた。灌木の根から叢(くさむら)を分けて、真一文字に走ったのが、崖の縁の岩角で鋭く曲り今言ったように、深々と谷底へ垂れているのだ。が、それは恰度(ちょうど)岩角に当ったところで、微かに、ピリ、ピリ、ピリ、と音を立てて切れかかっていたのだ。

「ア、危い。縄が、縄が――」と僕は叫んだ。

「え？　なんだと？」下から声が聞えて来た。

「縄が切れかかっています！　先生！」

「え？」

S教師は吃驚(びっくり)して再び上を振り仰いだ。が、ロープの切れかかっていることが、それを握っていた手の響きでも分ったのだろう。忽ち必死の勢で上へ昇り始めた。

僕はハラハラしてそれを見ていたが、この時どうしたのであったろうか、僕の右手には恰度手頃な岩の破片(かけら)が掴(つか)まれていた。

ここで、あの縄の切れかかっているところを叩いたらどうなるだろう。ふと僕はそんなことを考えた。

S教師は、その間に五六尺上って、崖縁まであと二十尺ばかりに近づいていた。懸命な努力で焦(あせ)っていた。

と、僕が突然、ロープの切れかかった所を、下の岩を台にして、ガチンガチンと叩き始めたのである。

「や、B、貴様何をする！」

僕は答えなかった。猶(なお)も続いてロープを叩いた。今もよく覚えているが、ロープは数本の細い麻縄を、更に一本の太い縄に縒(よ)り上げたものであった。だからよく見ると、先刻(さっき)切れ始めたのは、そのうちのたった一本が、それもまだ完全に切れていないのだった。

僕はしかし、もう夢中になってそれを叩き切っていた。手に摑んでいた岩が尖がっていたので、見る見る二本ばかり切って了った。

何か頻(しき)りに喚(わめ)く声がした。そしてその声はだんだんに下から僕の鼻先へ近づいて来た。顔を上げて見ると、もう四五尺でS教師の手が崖の縁に届こうとしていた。が、疲れたのであろうか、進み方は大変に遅くなっていて、只、声だけががんがんと僕の耳に響いた。

「貴様、うぬ、な、なにをするんだ！」

「許さんぞ貴様、B、Bったら？」

が、僕は猶もロープを叩き続けた。

そしてS教師は、五寸、六寸ずつ上へ昇って来た。

やがて、ピッ！　という音がしてロープが切れた。途端に、これこそ死を期したS教師の最後の努力ででもあったのだろう、不思議にもその両手がパッと崖縁の岩にかかった。そして、だが、それは親指までかかってはいなかった。両手共、僅(わず)かに四本の指が爪先だけかかっただけであった。彼は渾身の力を籠(こ)めて、その指先きでぶら下がった。

僕はスルリと横へ逃げて、そこから首を突き出して見た。S教師の両脚はぶらりと伸びてぶら下がって、だから、折角指をかけたものの、そのままどうにもすることが出来ないらしかったが、じっとその指先きを見ていると、それがほんの眼に見えぬくらいずつ、じり、じり、と深くかかって行くようだった。

「助けて呉れ！」

とS教師は叫んだ。そして僕は例の石で僅かにかかっていた八本の指の爪を叩き始めた。

「ウワッ！」

と、この最後の叫び声と、そして僕が爪を叩いていた時の彼の恐怖に充ちた顔と、その二つを僕は未だに忘れることが出来ないのだ。やがて遥かの谷底で、鈍い音がしたかと思うと、僕は手に持っていた石をポンと抛げ捨て、こっそりと其の場を立去った。

第一の殺人は、かくして突然に行われたものだったのだ。それから後一時間程して、一緒に行っていた学校の小使が騒ぎ始めて、だが、誰一人として僕を疑うものはいなかった。僕が現場へ近づいたことをすら見たものがないのだったし、谷底に落ちていたロープは、岩角で擦り切れたのだろうということになった。僕は今から考えて、よくも他殺だということが知れなかったと思う。

何故なら、自然に墜落したものなら、S教師は多分ロープを掴んでいた筈ではなかったか？又ロープが切れた瞬間に、彼が両手を離したにしてもロープよりは、身体の方が、先きに墜ちて行きそうなものだ。だから死体の上にロープの一端が載っていなくてはならない筈だ。そして少なくとも、崖の上の岩角には、僕がロープを叩き切った跡が残っていた筈だ。或はそれが屍体の指にも――。

僕はその夜から続けて数日の間、S教師の断末魔の、あの恐ろしい顔を夢に見た。

M君――。

僕が中学校へ入ったのは、それから四年の後であった。僕は両親にさえ余り愛されてはいなかったと思うが、家は相当に裕福だったし、上の兄二人も中学から上の学校へ進んだので、言わばその惰勢で学問をさせられることになったのだった。そして、だがこの中学時代も、僕には一向に愉快なものではなかった。相変らず孤独で、友達も寄り付かなかった。又僕も友達を作ろうとは思わなかった。成績は三年級になるまで相当だったが、その頃から又悪くなった。上の二人の兄は成績がよかったのに、僕だけがこうして益々見込みのない人間になって行ったので、兄達は会う度に僕を叱責した。お前は百姓になれと言った。が、流石の僕も、まだ何かしら自分には天分が有るような気がした。他人は皆僕を此上もなくやくざな人間だと思っていたし、外見上はいかにもそれに違いなかった。しかし自分自身にして見れば、そこにはまだ誰一人発見出来ぬところの、隠れた宝が有るのではないか。——と、実際それは有るようにも思えたのだった。学問では敵わなかったが、僕の眼からは、クラスの首席を占めている男などが、実に下らない平凡な男に見えた。あの男などの全然有っていない何物かを僕は必らず自分の中から掘り出すことが出来るのだ、とそう考えていたものだ。そしてその末に選んだのが芸術である。僕は中学卒業後、どうにか両親を口説き落して、君も知っている通り、美術学校へ進んだのだ。

先きに僕は、僕が花などを余り好まなかったことを一寸述べた。で、そうした僕が何故に美術の方面へなど踏み込んで来たか、これは他の人々には分らぬとしても、君にはよく分って呉れるはずだ。僕の此世に遺すべき作品は、総てグロテスクなものばかりである。普通の意味で言うところの美は、対象が整っていることであるようだ。が、僕はそれを決して美とは認めない。円満な形式が何かの原因でひょっと破綻を来たし、人の心臓をぎゅっと刳るような刺戟に変ったところ、そこに僕は不可思議な美を感じるのだ。無論駘蕩たるものではない。戦慄、狂気、圧迫、そういったようなものばかりだ。詳しく言えば際限がないが、要するに僕の狙ったところはそこにあった。君は充分に理解して呉れるだろう。そしてこのことが又、やがて僕がA先生を殺す遠因にもなったのだ。——遠因と僕は言った。君はこの遠因とA先生殺害との間にもう一つ事件のあることを当然想像するに違いない。

その通りだ。

僕はA先生より前に、当時新進画家として売り出していた、君も個人的によく知っていた筈の、あのEを殺して了ったのだった。

Eが奇怪な死を遂げたこと、そしてそれが他殺らしいとは思われながら、遂に犯人が挙がらなかったこと、いや、一時はその嫌疑がA先生へかかったこと、これ等は凡て君の知っているところだ。が、その犯人が僕であったとは意外だろう。

僕は、A先生のことを後廻しにし、Eのことから話して行こう。

M君——。

思ってみれば、この僕を中心にして、君やEやA先生や、そこには不思議な因縁があるではないか。五年前のことではあるが、あの二人を僕に紹介して呉れたのは君だった。君とは、それ前から君が犯罪を中心にした小説を書いていて、それが僕との間の一脈相通ずるものとなり、親しいという程でもなく交際していたが、あれは秋で、碧洋会の展覧会が開かれた二日目であったが会場下の喫茶店へ行って、そこでA先生とEとに紹介されたのだ。君に宛ててこうした手紙を書くというのも、して見れば、満更無意味なことではなくなって来るね。

当時の僕は、画家として実に不遇なものだった。僕の絵を誰も賞めて呉れる人がなかった。僕の絵は只怪奇なだけで、美がないという評判だった。甚だしい時には、怪奇どころか汚いだけだという人もあった。内心で僕はそれ等の批評を軽蔑したが、財政上僕はひどく苦しまねばならなかった。そしてその為には、あらゆる嘘の口実を使って知人の間を廻って歩いた。この点で君にも迷惑を掛けているが、僕は遂に秘密出版物にまで手を出して、而もそれすら金を貰って了えば、殆んど約束を果したことがなかった。僕の人格が全く零だと言われたのはこの頃からだ。――が、その時に当って、君がA先生を紹介して呉れたのは、実に有難いことであった。あの鋭い批評眼を有っているA先生、この人に直接近づけさえすればどうにかなる。僕はそんな風に考えたのだった。事実又、それまでは僕とA先生との間に種々な障碍が存在していて、殆んど故意に、僕の作品は先生の眼から遠ざけられていたのである。

――紹介された時、僕はA先生のことばかり考えていて、Eのことなどは眼中になかった。そしてそのEを、やがてどうしても殺さずにはいられなくなった。君には僕のその時の心理が、果してどんな風に見えるだろうか。M君、僕は最初には何とも思わなかったこの男を、それから後二度か三度会ううちに、極端に忌み嫌うようになった。僕はA先生を一月に一度か、又は二月に一度か、そんな割合で訪れていた。が、その度に不思議とEにかち合った。そしてEの顔を見る度に、僕はぞくんとする程奇妙な恐怖を感じたのだ。

Eは非常に端正な容貌を有っていた。僕の醜怪さに反比例して、能面のようになめらかな——ああ、今思っても僕はぞくぞくするよ——所謂美男型の顔だった。とこう言えば君は多分僕がその美男である点を憎んだというかも知れない。が実は決してそうではないのだ。美男なら、E以外に随分知己もある僕なのだが、そうだ、強いて言えば、僕はEの、美男ではあるけれども余りに無表情なところを嫌ったのかも知れない。と言って、それでは充分に僕の気持を説明してはいないようだ。単にそれだけなら、何もあれ程の恐怖を感ずる筈がない。簡単に言えば、極端に性が合わないとでもいうのだろう。僕がA先生のお宅にいたとする。するとそこへEが訪ねて来て、僕は何故か知らぬが一刻もそこにはいられなくなった。あたふたと暇を告げて了うのだ。五回六回と重なるうちに、僕はEをこの世の中で最も呪うべき存在だと思うようになった。

分らない、と君は言うかも知れない。が、僕にはそれで分っているのだ。そして君に分るようには説明が出来ないのだ。僕はそれから一年余り経った時、ふとしたことから巧妙な殺人法を思い付いて、遂にそれを実行して了ったのだった。

で、尤も、このEを殺した時には、自分では気持の上で充分に理由があると思いながら、それが言葉に現せないものであるだけに、又一方では何も理由がないような感じもあった。だから愈よ殺人方法を思付いた時にしても、すぐには実行にかかれなかった。僕の腹の片隅には、何か知ら一向に煮え切らないものが残っていて、僕は極めて荷厄介な感じを持余したのだ。是非とも殺さねばならぬという程の決心があるでもなく、と言って、では単なる妄想かというにそうでもなかった。こんなことを考えていても、結局は彼を殺すだろう。と、こんな風に思ったりして愚図々々と二ケ月ばかり過ごして了った。

そして、その妙ちきりんな不透明さのうちにあって、僕はひそかに機会を窺っていたのだ。序でに言うが、僕の考えた殺人方法というのは、Eが常に愛用の刻煙草ダルハムをストロウ紙に捲いて喫うのを利用したものだった。そして、僕の気の付いたところでは、彼はいつもそのストロウ紙の束を蔵い忘れて、チョッキのポケットへ入れて見たり、上着のポケットへ入れて見たり、莨を喫おうとする度にあちらこちらを探すので、そこが大変便利であった。と、こう言っても君にははっきりそれが呑み込めぬかも知れぬ。が、それはそれでもよいだろう。後をよく読んで貰うことにして、兎に角僕はそうした方法を選んだのだ。そして前言った不慥かな気持でいるうちに到頭その機会が来たのだった。

それは雨降り揚句の、空気の湿った三月の夜だった。僕はその夜A先生を訪ねて行った。行って見ると家中に書生も女中も奥さんもいなかった。A先生として、これは珍らしいことでないのを君も知っていよう。奥さんは時々書生や女中達を一緒に引連れて活動だとか寄席だとかへ出掛けるので、先生一人が留守番になる。そうしてこうした時には、訪問者は玄関の呼鈴を押して、その返事が聞えたら、勝手に先生の書斎へ上がって行ってもいいことになっているのだ。で、この夜も矢張りこれであった。上がって行くと、先生は中庭に面した書斎で、ミミイと呼ばれる白い毛並の肥った猫を膝に乗せて、古ぼけた和綴じの本を読んでいた。

「スケッチ帖ですが、一つ見て戴けますか」

「そう、そのうちに拝見します」

いつもこの調子だったが、僕はそこで持って行ったスケッチ帖を、遠慮勝ちに書棚の横へ置いて来て、暫くもじもじと坐っていた。元来が口数の少い人ではあったけれど、この時もそれっきり先生は黙って了って、僕のいることなどは忘れたように、頻りに本を読み出したのだった。仕方なしに僕は間もなく暇乞いをしたのである。

が、そうして僕が、来た時と同じように、一人きりで玄関へ来て、それから靴を穿いて外へ出た時であった。

僕はそこで、思わずドキリとして彳んだ。

向うから門燈の明りを斜めに浴びて、Eがまるで約束をしたようにやって来たのだ。

Eはこの時、オーバーを脱いで左の腕に掛けていた。僕が彳んでいるのを認めると、いつものような無表情な顔で、軽く頭を下げたまま玄関の方へ行こうとする。僕は何かしなくてはならんような気がした。そして彼が僕の傍を擦れ違って行こうとした時に、いつの間にか手にしていたストロウ紙の束を、彼の上着の右のポケットへ辷り込ませた。その僅かな所作を、彼は全く気付かなかった。僕は彼が玄関の中へ這入って了うと、足音を忍ばせて中庭へ廻った。結果を見て置かなくては気が済まなかったのだ。

僕が静かに先生の書斎へ近づいて行った時、Eはもう挨拶をして了った後であるらしかった。

百日紅(さるすべり)の蔭から硝子戸越しに、先生が相変らず先刻の本を読んでいて、傍(そば)にポツンとEの坐っているのがよく見えた。ミミイも先刻のままで丸くなっていた。

それは、動きのない絵のようなものであった。そして能面のようなEの顔が、例の無表情なものなので、僕にはそれが死人のように見えた。

と、Eが僅かに上体を動かして、右手で胸のポケットを探り始めた。そして次には上着のポケットへ手をやって、あの手帳型になっているストロウ紙の束を取り出した。同時に黄色いゴム製の莨入(たばこいれ)を、これは左手で内ポケットから掴み出し、慣れた手附きでストロウ紙を一枚剝ぎ取り、それにダルハムをサラサラとあけた。

僕は、胸をドキドキさせた。僕が彼のポケットへ投げ込んだのには、その最初の一枚のストロウ紙に、糊(のり)の部分を喰(は)み出さぬよう、劇毒××××を塗って置いたのだ。極微量を以て人を殺す××××である。彼が今右のポケットから取出したところを見れば、それは明(あきら)かに僕が投げ込んだ奴に違いなかった。ダルハムを捲く為に、それを舐(な)めさえすれば彼は死ぬのだ。

ふと、僕はあのポケットに二冊のストロウ紙、元来彼が持っていたのと、僕が辷り込ませたのと、その二つがあって、彼の取出したのはその実、毒の無い方の奴かとも思った。

が、そうではなかった。

彼がくるくるとダルハムを捲いた後、ストロウ紙の一端を舌ですっと横に舐めた。その時バチバチ眼瞬(まばた)きをしたのであったが、それは舌が何かの刺戟を感じた証拠であった。そして、だが彼は何も気が付かなかったのだ。そのままゴクリと唾を呑み込んで了った。ポカポカとそれ

を喫い続けて、やがて喫い残りをポンと火鉢の中央へ投げ入れた。そして、それが全部灰になったかと思う頃、

「…………」

低くて聴き取れなかったが何か言った。と、先生がそれまで無関心に読み続けていた本から眼を離した。

「どうしたのだね、E君」

静かに先生はこう言った。が、それはもう遅かったのである。何事もない様子なので、先生が再び本を読み始めようとした時に、Eの唇からはつらつらと、血が流れ出したのだった。

そしてそれは、Eの相変らず無表情な顔であった。只、赤い血だけが二三本顎の方へ垂れて来ただけであった。

そのまま、ゆらりと彼の身体が横へ傾いた時、僕は慄然としてその中庭を飛び出したのだった。

M君——。

もう丸二年、足掛け三年にはなることである。が、君はあの頃のことをまだ詳しく覚えているであろう。

新進画家Eの死は、世間へ相当大きな衝動を与えたものであった。彼は恰度某女と結婚するという間際でもあったし、それが自殺するとはどうしても考えられぬところであった。屍体を

解剖すると、毒薬×××××を嚥下したことが分った。薬の性質から判断して、それは少くとも彼がA家を訪問したその前後に嚥んだものらしいと言われた。

僕はこの時多少心配していた。ストロウ紙の束には、最初の一枚だけに毒薬を塗って置いたし、而もそれはEがその喫い残りを火鉢に投じたことによって、完全に灰となって了った。だから、例え彼の服から二冊のストロウ紙が発見されたにしたところが——事実では四冊発見された。彼は案外ずぼらで、僕があれを入れる前に、三冊持っていたのである。恐らくは、自分でも常にストロウ紙を蔵い忘れることを知っていて、それでその三冊をあちらこちらのポケットに入れて置いたものであろう——何も危険は無い筈だった。が只一つ、当夜僕がEと入れ違いにA家を辞したことが、何かの端緒になりはしないかと思った。それで何となく気が落着かずにいたものだったが、間も無くその嫌疑は、寧ろA先生の方へかかって行った。

「さあ、当夜は僕以外に家の者が誰もいなかったので都合が悪いが、Eが来てからどの位経ったか僕は覚えておらん。三十分か一時間、いやいや、来てからすぐではなかったのかね——」

先生はこうした曖昧なことを言ったそうだ。それに、後に分ったが、先生は僕の当夜訪ねて行ったことをすっかり忘れていた。これも又先生としては有りそうなことだが、兎に角そんな工合で、先生の答弁が曖昧だったことは、当然其筋の注意を惹いた。先生は二三度繰り返して訊問を受け、だが、結局この事件は有耶無耶になった。

僕は完全に嫌疑を免れたのだ。

そしてそれから一年半ばかり、僕には割合に幸福な日が続いた。

「僕は、君のような人にこの天分のあることを不思議だと思う。いや、或は君だからこそこれだけのものが出来るのか知らないが、兎に角君の作品に対しては尊敬する。君の作品には、ゴヤとかムンクとかいう人達のような怪奇美がある」

或る時、A先生がこうしたことを言い出したからである。この言葉の裏に、僕は先生が矢張り僕を愛しては呉れないということを知った。が、それでも僕は満足しなければならなかった。ムンクやゴヤこそは、当然僕の狙い所だった。僕自身が誰からも愛されないことは、今に始まったことではない。僕を離れて、作品さえ認めて貰えれば充分なのだ。

無論そのために僕は、物質上でも以前よりはずっと恵まれるようになったのだった。そして順当に行けば、今頃は個人展覧会でも開いて、又一段と名声を駛せる時期になっていたのだ。それが遂に、A先生を殺すようなことになろうとは！

僕は愈よそれを語らねばなるまい。

M君——。

君はこの後、どうかした機会で僕の事件に関する公判記録を読むこともあろう。そしてその場合には、公判決定理由書中で、多分次のような文句を見出すだろう。

「……被告Bハ従来Aノ庇護ヲ受ケテ画壇ニソノ地位ヲ占メ来リシモ、最近Aノ反感ヲ買イ、ソノタメニ次第ニ又地位ヲ失ナワントセリ。爾来彼ハAヲ恨ムノ念強ク、遂ニ——年七月頃ヨリ殺意ヲ生ジ……」

これは僕が公判廷で陳述した通りなのだ。僕はその時、Eを殺したことについては、一言もそれに触れなかった。向うで少しもそれを訊ねなかったからだが。それでA先生殺しの動機としては、そんなことを申立てて置いたのであった。尤もそれも全然の嘘ではない。去年の七月頃から、先生は急に僕を疎んじ始めた。が、その疎んじたということ、それ自身に全く別な理由があり、同時にそれが又A先生を殺す理由にもなったのだった。

最初から話そう。

君は僕が去年の六月下旬、「死の倒影」という絵を描いたことを知っているか？　多分知るまいと思うが、これは一人の非常に端麗な僧が、沼の岸で縊死を遂げ、その姿が泥の水へ倒さまに映っている。それを描いたものなのだ。僕はカンバスの上部四分の一に、岸の一部と、ぶら下っている僧の足頸だけを現し、下部四分の三で、水に映った全身を描いた。自分でも近来にない傑作だと思って、出来上るとすぐにそれをA先生の手許へ持って行った。

「そう、いつか又拝見します」

僕がもうこれだけ名を成すようになっても、先生は例の調子だった。僕はそのまま帰って来たが、月を越えて四五日目のこと、僕は思い懸ず先生の訪問を受けた。

「先生、先日の絵のことでしょう？」

僕は勢い込んでこう言った。出来栄えが素晴らしかったので、先生がわざわざ出向いて僕を賞めに来て呉れたと思ったのだ。

「そうです」プツリと先生は答えた。

「で、如何(いかが)でしょう。僕は大分自信を有っていますが――」

「出来栄えはいいです。が――」

――がと言ったきり、先生は暫く喋(しゃべ)らなかった。そしてやがて静かに言ったのは次のような意外な言葉だった。

「君は、E君が僕の家の書斎で死なれた時、慥(たし)かE君と入れ違いに帰って行った筈だったね」

「はア――」

僕は何かこう、非常に困惑した気持だった。先生が突然どうしてあの時のことなどを言い出したのか分らなかった。そこには明かに何か陥穽(かんせい)らしいものがあった。僕はそれを見極めようとして一心に焦りながら、はっきり見当が付かなかった。なるべくは作った嘘を言わないように。だが、そうしては又悪いのか知ら?

「で、あの時に君、君はすぐに帰って行って了ったのかね?」

「は、慥か、すぐに帰ったと――」

「はっきり思い出して見給え。え、帰ったのか、帰らないのか?」

一歩ずつ、僕は陥穽に近づくことを意識した。眼の前へ急に大きなヴェールが垂れ下がって、そのヴェールのために何もかもが、もやもやと隠されたような気持だった。そしてそれが無性に僕の心を苛立(いらだ)たせた。が、思い切って答えたのだ。

「帰りました、すぐに帰って了いました」

「きっとだね、間違いはないね?」

「え、ええ——」

「帰ると見せて、庭の方からでも書斎の中を覗いておったのではないのかね？」

「いえ、そんなことは——」

「無いというのか！」

突然先生は大きく怒鳴った。先生がこんなにも大きな声をする人だとは思わなかった。僕はハッとして顔を伏せたが、頭の中を種々な考えがごっちゃ混ぜに通り過ぎた。何を、どんなことを、この僕は遣り損なったか。どこにも手落は無かった筈だ。が庭へ廻っていたことは知られたらしい。そしてそれは当然僕を怪しませるに足る行動だった。とは言え、それは又何故なのか？

僕の頭の上では、再び以前の静かな口調に戻った先生の声がした。

「B君、君はそれ程莫迦な男なのかね？」

「な、なぜです？」と僕も弱味を見せまいとして顔を上げた。先生の眼差がじっと動かずに僕の方へ向けられていた。

「君はまだそんなことを言っている。分らないのかね？」

「分りません。先生の仰有る意味が全然何のことだか分りません」

「そう、じゃア仕方がないから説明しましょう」

先生は不機嫌な顔で、しかし口調だけは相変らず静かだった。

「僕は、君に説明をしなくてもいいかと思った。そしてなるべくはあまり露骨なことを言わずに、君の反省を促がして帰ろうと思った。が、君の態度には、この僕が見ていると、却（かえ）って僕の方が気恥かしくなるような図々しさがある。よろしい、説明しましょう。僕はねB君、実は今日まですっかりその事を忘れておったが、今日になって漸（ようや）くあの晩に君がE君より前に僕を訪れて来ていたことを思い出した。あの事件で僕も一寸（ちょっと）調べられて、それでもそのことは忘れておった。が、そこでふいにこれを思出させて呉れたのが、先月君の持って来た『死の倒影』だったのだ。そして先刻それをじっと見ているうちに、だんだん訳が分って来たのだ」

「…………」

「つまりだね、僕は君があの絵の中へ巧妙に押し隠して置いたものを探り出したのだ。成程あれは普通の人が見たのでは分らないだろう。一寸見たところでは全然違っているようだが、君も僕の眼を誤魔化せるか否か、それを不安には感じなかったか？　肉を着せ皮を蔽（かぶ）せて、あれだけに変えたものではあるけれど、少くとも素描（デッサン）には明（あか）らさまにそれが現れたに違いないのだ」

　僕にはこう言われてもまだ意味が分らなかった。

「な、なんのことです、それは――？」

「どうしても僕の口から言わせようというのか――」先生は微かに溜息（ためいき）をした。「つまりだね、あの水に映っている縊死をした僧の顔だ。今言ったように、一寸見たばかりでは分らないけれど、あの僧の顔は君、E君が口から血を垂らした時の顔と同じだねえ」

「え！」

　僕は慄（ふる）え上がった。

頭がつーんと氷のように痺れて了った。

あれが、あの絵の中の顔が、Eの死際の顔になっていようとは！

先生は僕の顔をじっと見ていた。そして、厳粛な声音で言った。

「君は先刻、あの時僕の宅からすぐに帰ったと言ったようだが、嘘を吐いても駄目だったね。君は当夜、慥かに窓の外から覗いていたのだ。そしてその時の印象が今度の『死の倒影』として纏まったのだ。僕はあの時、E君が例の動かない顔のまま、ゆらりと横に倒れて行った、あの刹那にE君の様子の変ったのに気付いたのだが、唇からは赤い血が垂れていてそれは無表情なだけに凄かった。ね、僕はその顔を君が捕えたことを豪いと思う。完全に君はあの凄さの要素を摑んだのだ。この点には僕も敬服しよう。が、何故に君はそれを覗いていたか？　いやいや、僕にはよく分っている。君は元々E君がああした死方をするのを予想していた。言い換えると君はあの『死の倒影』を描く為に、E君の命を犠牲にしたのだ。モデル、――恐ろしいモデルを君は選んだのだ」

この最後の言葉、それは余りにも僕を善良に解釈したものだった。先生は、僕がその目的でEを殺したと思っていたのだ。が、それにしてもこれは恐ろしいことであった。

先生は悲しげな口調で言った。

「B君、僕は君が善人であって、それでいてあれだけの悪の美を描き出すことが出来たら、どんなによかったろうと思うのだ。不幸にして君はそうではなかった。そしてあの絵は、君の悪人であることを現すだけに過ぎなくなった。が、僕はそうは言っても、前々から言うように、君の天分だけは尊敬し度い。どうか君、善人に帰って呉れ給え。僕があの絵から君の犯罪を見付け出したのは、結局、あの絵を値打ちづける上に役立つのだ。君は芸術のために殺人を犯した。が、それが罪でないとは言い得ないだろう。君は立派に自白し給え、告白によって、あの絵が有っている君の罪を清めるのだ。僕はそのためにわざわざここへ来たのだった。自首した後で、僕は君の不朽の名作を世に出して上げよう」

先生はやがて帰って行った。自首する迄は僕に会わないということ、その代りにはその時まで決して先生の口からはそれを口外せぬこと、幾度も念を押してそんなことを約束しながら帰って行った。

何という意外な、不気味な結末であったことか。

僕はその夜、殆んど一睡も出来なかった。部屋の中を真暗にしたり、又は煌々と電燈を灯してみたり、どうにも眠ることが出来なかった。眼を塞ぐと、そこに僕は曾て味わわなかった戦慄を感じた。僕の室の中へあの不可思議なＥの顔が充ち充ちて、それは床から天井から書棚の蔭から、無際限に湧き出しては重なり合い、犇々と僕の寝床へ押し寄せて来るように思われた。或は又、それらの数千万の顔が忽ち部屋中一杯の大きな顔に変って了い、それがゆっくりと僕の胸の上へのしかかるように思われた。君は僕のような男が、このようにも臆病な一夜を過ごしたことを、定めし意外に思うだろう。が、それはほんとうのことであった。流石にその後は一日々々その恐怖に慣れて行ったとは言え、僕はＥの生前に、彼を見るといつも脊筋がスッと冷たくなったことを思い出した。すると今では、その不可解な恐怖がピタリと僕を釘付けにした。僕は殆んど絶望的にEの顔を忘れることに努めたのだ。

　が、そこで一方、自首するかしないかという現実の問題。ここまで話して来た以上、君はもう大体の事柄を想像しておられるだろう。僕も一度はA先生の言葉に従って自首しようかと思ったのだった。が、それは已むを得ずにそう考えたのであった。そしてそのうちに、あの「死の倒影」について、それが恐らく先生以外には、Eの顔に似ていることを誰も発見し得ぬものであることに気が付いた。又、例えどんなに似ていたにしたところが、それは決して直接証拠になるものではなかった。

「A先生を殺して了いさえすればよい筈だ」

　僕は秘かにそう決心したのだ。そして先生には、自首するまで種々準備して置きたいこともあるし、相当の猶予を与えて呉れるようにお願いした。二ケ月間、僕は先生の門を潜らなかった。が、そうして世間には、僕が全く先生から疎んぜられたという噂が立つ頃になって、漸く僕は先生を殺す機会を摑んだのだった。

　その機会、いや機会というよりは殺人方法が、いかに拙劣なものであったか、これはもう新聞にも出ていることであろうし、詳しく言うにも当るまい。僕は最初Eの時と同様に、毒薬××××を用いようと思った。が、先生は莨を喫わぬし、それに後になって先生の屍体が解剖された時、Eと同じ薬で死んでいたのでは、何かそこに危険があると思った。結局僕は、先生を絞殺して置いて、然も自殺と見せかける為に、屍体を先生のアトリエの天井からぶら下げて置いた。恰も先生が、曾てEを殺したことを悔悟して、その揚句に自殺したかのように見せかけたのだ。が、屍体はすぐに他殺だと断定された。そして当夜僕がA家へ忍込(しのびこ)む途中を見たものが、二人までも現れて来た。チラと見られただけだったのが、僕は不幸にして、一度見られたら容易に忘れられない程醜悪な容貌を有っていたのだ。

予審から公判へ進んで、凡ては僕に不利だった。A先生と疎隔していたこと、そして又、この二ケ月ばかり、三四年前の自堕落な生活をやっていたこと、到頭T弁護士も匙(さじ)を抛げて了ったのだ。

M君――。

これで僕は語るべきだけは語ったと思う。

僕が先天的犯罪者であろうがどうであろうが、要するにこれが僕の過去なのだ。そして、今までに嘘ばかり吐いて来た僕なのだが、これこそは偽らない僕の告白だ。

どうせ死ぬなら、早く死んで了い度いと思っている。

では、左様(さよう)なら――。

× × ×

(筆者補記)

以上掲げたところは、読者諸君にもお分りのように、画家Bが獄中から友人Mに送った書面である。事件の経過はこの通りであったが、そこで筆者は後日譚(ものがたり)として、次のような一節を書き加えて置き度いと思う。

やがて画家Bは死刑に処されて、それから数ケ月の後、碧洋会の展覧会へは、Mの手で「死の倒影」が出品された。

その時この絵に関した事情は秘密にされていたにも拘らず、これは身に迫るような鬼気を帯びた作品であって、非常な評判となったのであるが、或る日のこと、この絵の前で三十歳前後の二人の男が、次のような会話を交していた。

「……どうもよく似ているよ」

「そうさね、そう言われれば僕もそんな風に思うのだが、よく見ると矢張り別な人間だし——」

「いや、僕にはそっくりそのままに思えるのだ。無論漫然と眺めただけでは分らないが、凝っと見ていると、どうしたってあれに違いない。君も僕もまだ子供の頃のことだった。S先生がH山から戸板に載せられて帰って来て、村役場の前へ下ろされた時のあの顔なんだ。紙のように蒼くなった、あの凄い顔にそっくりだよ。僕はどうしてか時々あの時のことを思出すのさ」

筆者はここで、BがEに対して感じた不可解な恐怖を、ここで朧気に分ったように思うのである。

多分教師Sと画家Eとは、一見したところでは少しも似ていなくて、然しその特徴だけを抽象すれば、全く同じ顔ではなかったのか？

情獄

到頭、最後の時が来たようだ。

牧田君――。

僕は今日の新聞によって、愈々(いよいよ)当局の捜査手配が、この信州の高原にも伸びて来たのを知ったのだ。鋭い、豹のような眼をした刑事達が、この平和と静寂とに恵まれた温泉場へ、やがて僕を追って来るのも遠くはあるまい。

その前に僕は、何もかも準備が出来たのを嬉しく思う。遺産のこと、未発表論文の後始末のこと、凡(すべ)ては手落なく別な遺書へ書いた積(つも)りだ。たった一つ、幼い、あまりにも幼い浩一郎(こういちろう)のことだけが心残りだけれど、それもこうして君という人を思い付いて見れば、そう大して苦にする程のこともなくなって了(しま)った。僕はね、君に浩一郎の将来を特にお願いして置こうと思うのだ。そして、それには僕が死を決するに至った詳しい経路を、君にだけ全部語り残して置こうと思うのだ。実をいうと、僕はこのことを、浩一郎が成人してからでも読めるように、彼への遺書の中に書き込んで置こうかなどとも思ったのだが、考えて見ると、それは非常に残酷なことであるのに気が付いたのだ。これから書き続けて行く事柄を、君がじっくりと読んで呉(く)れれば解るだろう。浩一郎には、何としても簡単な遺書を残すより外にはない。――僕は浩一郎が、やがてすくすくと成人した暁に於て、彼の本当の父親井神浩太郎の血をそのまま享け継ぐであろうことをのみ望んでいる。どんなにか濶達な、どんなにか情味のある、どんなにか好ましい人間に彼はなるだろう。彼の素直であるべき性質を、悲惨な一家の歴史によって、不必要に傷つけたり歪ませたりしたくはない。何年かの月日が経った時、彼が彼の父親そっくりの人間になれたら、ああ、それこそはどんなに素晴しいことであろうか。

　思って見れば、僕がこの浅間の温泉へ遁れて来てから、今日で恰度一週間になる。ここは、僕の少年期から青年期へかけての、悩ましく慌しい時代を育くんで呉れた、あの古めかしい松本の街からは程近い所だ。僕があそこの城跡にある、緑色の濠に囲まれたM中学の出身だったという事を、慥か君には話したね。――あの恐ろしい出来事のあとで、僕は母の懐を慕う小児のようにして、ひたぶるにここへやって来たのだ。そして、倖せと誰にも掻き乱されることがなく、今日が日まで、静かに考えることが出来たのだ。今は夜の八時を少し過ぎたばかりだけれど、雪がどんどんと降っているせいか、常にも増してここは静かだ。女の弾く三味線の音が、つい先刻まで隣りの宿から物淋しく聞えていたが、それももう歇んで了ったし、耳を澄ますと、階下の浴槽からは、深い深い地の底から沸り出る湧湯の音が、非常に静かに、まるで僕の胸へしーんと沁み込むように聞えて来る。こんなにも僕の心が落着いたのは、殆んど何年ぶりのことであろうか。――ああ、ではこの和やかな気分の失せないうちに、僕は言うだけのことを言って了った方がいいのだろう。気の毒な淑子刀自を初めとして、浩一郎の母親の潤子と、更に又、井神浩太郎とこの僕とが、四人共揃いも揃って、非業な最後を遂げるのだ。その経緯をさえ語って了えば、僕はもう、何時刑事に踏み込まれても困りはしない。

　書きたいことは、何しろあまりに沢山有り過ぎる。それで僕は、いくら落着いているとはいっても、それを順序正しく徹底するようには書けぬかも知れぬ。牧田君、どうかその点は、君の明快な洞察力によって、充分に判読をして呉れ給え。――出来るだけ納得をして貰うために、そうだ僕は兎に角、僕が井神浩太郎と初めて相識った時のことから始めて行こう。

　それは、忘れもしない、僕があのM中学の四年生になった時なのだ。

　何でも、四月の新しい学年が始まってから、ほんの二三日過ぎた或る日のこと、僕は朝の一時間目の授業が始まる間際に教室へ入って行って、すぐと彼を見付けたのだった。その時彼は、教壇に一番近い列の、窓に喰付いた席に着いていて、片肘をこうぐいと机の上に載せ、ボンヤリと庭の方を眺めていたように思う。近いうちに東京のK中学から転校した男が来るという噂は聞いていたので、僕はその時、ハハン、この男がその転校生だナとはすぐに思ったが、それと同時に、一寸あての外れたような気持にもなったものだ。何故といって、当時僕はその転校生が、きっと色の白い肌理の細かい、そして痩せ型のスラリとした美少年だろうと予想していた。――都の中学生というだけのことで、すぐにそんなことを考えたのだが、そこで、見ると、まるっきり予想したのとは正反対、色が黒くてクリクリ坊主で、ひどく恰幅のいい男だったからなのだ。

「あれかい、東京から来たというのは?」

「うん、そうだってさ。ひどく頑強な奴らしいぜ」

「東京にも、随分でかい奴があるもんだね」

「真個(まったく)だ。どえらくビッグな奴が来たもんだよ」

じきに教師が入って来て、英語だったか数学だったかの授業が始まったが、僕は隣席(となり)の男とこんなことを囁(ささや)き交したものだ。要するに、これが彼の僕に与えた初印象というべきであろう。

当時僕は四年級全体の首席を占めていた。従ってそのクラスの幹事をやっていた。それでその時間が終ると、すぐにこの大きな男の名前を訊きに行ったものだが、すると彼は稍(やや)改まった口調で、しかしハッキリと答えたのだった。

「僕は井神浩太郎です。字は井戸の神様の浩然の気の浩太郎です。僕は去年の夏日本アルプスへ登って、その時にここの中学にいる人達はとてもいいなアと思いました。それで今度、口実を作って転校をさせて貰ったんです」

彼が、この鄙(ひな)びた中学へ移って来たのは、つまりそこに理由があったのだ。その頃は、松本にはまだ高等学校というものがなかった。有れば、無論そこへ入学する手段を選んだに違いないが、せめて中学の間だけでも、松本にいて見たいというわけなのだった。少しく気障(きざ)な言方をすれば、「高原に憧れて来た男」とそういっても勿論いいのであろう。牧田君、君は井神の有(も)つ素質の一つを、そこにもうハッキリと見極めることが出来はしないか。

途中から舞い込んで来たこの突飛な男が、それから後はどんな風にしてクラスの者に馴染んで行ったか、その管々しいことは全部省略するとして、兎に角彼は、クラス中の気受けが大変に好かった。中には、井神が東京から来たのにも拘らず、少しく野蛮だというものなどもあったようだが、それにしても彼には、富裕な育ちのよい若者にのみ特有な、どこか上品でそしてゆったりとしたところがあった。日が経つに連れて、誰も彼も井神を好むようになり、そのうちでも僕と彼とは、たった一ケ月も経たぬ間に、目立って親密になったものだ。僕は生来、田舎者に似合わず華奢な体格を有っていたが、それに対して井神は、飽くまでも立派な肩や広い胸を有った男だった。この二人がどうしてそんなに親しくなったのか、考えると少しく妙に思わぬでもないが、少くともそれを僕の方からいって見ると、僕は井神が、この野蛮とさえ見える挙措の蔭に、意外に情熱的なところを有っているのに気が附いて、その点でも彼に惹き付けられて行ったのだった。それにつけても思い出すことが一つある。というのは、当時は藤村詩集というものが、僕達の胸にこの上もない感激を与えていた頃だったのだ。僕達の使った黄色い和綴じの国文教科書にも、その中の一篇、常盤樹というのが、載っていたことであるが、あの詩を君だって多分愛誦したことがあるだろう。あれは何でも、冬の広い広い原っぱに、たった一本きり立っている常盤樹の悲壮な美を唱ったものだと思う。井神が或る日、教室で、それを読み上げた時のことを、僕は今に至るまで覚えているのだ。

あら、雄々しきかな傷ましきかな
かの常盤木の落ちず枯れざる
常盤木の枯れざるは

百千(ももち)の草の落つるより
傷ましきかな

と、こんなような文句だった。教師に当てられた井神は、大きな手に教科書を確乎(しっか)りと摑(つか)んで、朗々とそれを読んで行ったのだ。読むというよりは、唱うという方が近かったかも知れない。その声は次第に微かな顫(ふる)えを帯びて行って、泣いているようにさえ思われたものだ。彼が浅黒い顔を上向きにして、切々とその一篇を読み終った時、僕等も教師も、一様にホッという溜息を洩らした位だ。僕が女であったら、僕はそのことだけでも、きっと井神に惚れて了ったに違いあるまい。

で、兎に角そんな工合にして、井神と僕とは益々親密の度を増して行った訳だ。そうして、その年の冬が近づいて来て、槍(やり)も乗鞍(のりくら)も常念(じょうねん)も、あの峻厳な一続きの峰々に、又新しく銀色の雪が降って来た頃には、僕等二人は、もうお互に家庭の事情などを、すっかり知合って了う程の仲になったのだ。

僕は、僕が貧乏な田舎の小料理店(や)の悴(せがれ)であって、たまたま小学校の成績が図抜けていたため、中学へまで進んだものの、実はその学資さえかつかつの身の上だということを話した。

これに反して、彼は又、莫大な財産を有する井神貿易商会の一人息子であるということや、それから今は、母親の淑子刀自と、親一人子一人の間柄であることなどを話した。

序(つい)でにここでいって置くが、井神は父親を極く幼い時に失って了って、だからそれから後(ご)は、浩一郎のためには祖母に当る、淑子刀自の手によって育てられたのだった。井神の談(はなし)では、この淑子刀自が一種女傑肌の人物で、良人を失った後は、その遺児の浩太郎を育てる傍ら、前からやっていた小やかな貿易商の手を充分に伸ばし、未亡人ではありながら、店の男達に勝手な口一つ利かせず、忽ち財産を百万近くに殖したということだった。——尤も、これだけの女丈夫でも、井神がこちらへ転校することについては、最初は仲々承知しなかったらしい。

「でもお前、信州へそんなに行きたいのなら、休暇にでもなった時に行ったらいいじゃないか」

と、こんな風にいって、井神のその思い付きを翻えさせようとしたのだそうだ。多分、一人っきりの子供を、片時も傍から離したくはなかったのだろう。そうして、それでも到頭井神が自分の我儘を押し通した後は、時々刀自が、激しい店の方の暇を偸んでは、この松本へやって来たものだった。来るとすぐに、その時寄宿舎にいた井神のところへ電話がかかり、すると彼は、流石に嬉しそうにしてこの浅間の西石閣という温泉旅館へ駈け付けるのが常だった。(僕も今、その西石閣の一室にいるわけだが、当時はこれが淑子刀自の常宿になっていたのだ)

「お袋だ、お袋だ、お袋が来たんだ!」

わざとらしく、彼は「お袋」などという言葉を遣っていたが、そんな風に叫びながら、彼が中学校の正門前から、特にそんな時だけ、豪奢にも黒塗りの馬車を呼んで乗って行く姿を、僕は幾度見送ったことであろう。時には彼が、その馬車へ僕を乗っけて行って呉れることもあって、だから僕は、もうその頃から刀自を知っていたわけであるが、それはいかにも井神浩太郎のお母さんらしい、肉づきのいい、ゆったりとした老婦人であった。実は僕は会う前に、一般女丈夫と言われる婦人の、一種骨ばった型を想像したが、会って見ると、まるでその予想が外れていたので、前に井神自身を予想した時と同様に、一寸吃驚させられたものだった。

「しっかりしていて優しくて、君はほんとうにいいお母さんを持ってるね」

と、僕がお世辞ではなしにいうと、井神は嬉しそうにして答えたものだ。

「うん、僕にはね、仲々いいお袋なんだ。僕が生れてから、一年ばかり経つと親父が死んで、それに第一僕はお袋がいい加減お婆さんになった時、ひょくりと生れた子供だろ？　だから、お袋は僕をとても可愛がっているらしいのだ。あれで、八ケ間敷い時にア、とてもたまらないこともあるんだけれど――」

寄宿舎中の生徒へといって、その淑子刀自が時々素晴らしい菓子の包みを送り届けることなどもあった。恐らくは井神が、眼に入れても痛くない程の、大切な、大切な子供であったのに違いないのだ。


牧田君。僕は今ここまで書いて来たところを読み返して見て、僕が無闇にあの当時の追憶ばかりしているように思って了った。何故か少しく気持が苛々して来て、早く肝腎なところを書いて了わねばならぬと思う。が、それにしてもここは出来るだけは詳しく書き度い。そうしないと、後になって、僕の犯した恐ろしい仕業が、充分に説明することが出来なくなる。一寸待って呉れ給え。気を落着けるために、僕は一風呂だけ浴びて来よう。

さて、何処まで書いて来たのだったっけ。そう、淑子刀自がどんなに井神を大切にしていたかということだったね。兎に角それは、最後になって充分思い当ることが有る筈だから、ここで特に詳しく書いて置いた積りなのだが、そこで一方井神は、そんな風にして二ケ年の歳月を過ごしたのだった。その間に彼は、冬にはM中学を取巻いていたお濠でスケートを習い、時には諏訪湖までも出掛けて行ったし、やがて高原にも春が来て、四囲の山々がそれまで雪に蔽われていた紫色の肌を現す頃になると、今度はそうした山々を手当り次第に登って歩いていたものだ。――そうして遂に、あと一二ケ月すれば、僕等の感傷的な中学時代が終りを告げようという時になったのだ。

牧田君、君も無論記憶していることだろう。当時は慥か、中学の四年から上の学校へ行くという制度が、まだ出来たか出来ないかの頃だったね。

そのために、自然僕等もべんべんとして五ケ年の課程を終えたわけだが、そこでしかし、愈よ卒業の時期が来たとなると、これだけは今も同様に、僕等は皆んな自分の前途に対して、いろいろの迷いや不安を感じ始めたものだった。そして、それは貧乏な家に育った者にとって、一入味気ない時期でもあるのだったが、僕も矢張りその味気ない仲間の一人であった。いや、或は僕がその味気ない仲間の筆頭であったかも知れない。僕の本当の気持からいえば、無論僕は高等学校から帝大へ進みたくて仕方がなかった。けれども、それにはどう考えても学資の方が無理だったのだ。仕方なしに、僕は何処か官費でやって呉れる所をと思って探した揚句、それでもどうやら高等師範の給費生になろうと決心したが、それがひどく残念に思えて堪らなかったのだ。今ではそうも思わないのに、なにしろ当時は帝大万能という時代だった。一生を中学の教師として過さねばならぬというのが、考えると気が狭い、涙の出るほど切なかったのだ。僕より席順の下の男が、仙台の高等学校へ無試験入学を推薦された、いや、されるそうだというような噂もあって、そんなときにも僕は堪らなく不愉快になった。数年ののちの、僕とその男との社会上の位置などを対比して見て、どんなに悩んだり口惜(くや)しがったりしたか知れない。

　来る日も来る日も、灰色の真暗な日ばかりが続くように思えて、卒業試験を受けるのさえ、何だか一向に気が乗らなくなって了ったが、するとその時だ、僕は井神の手で、思い懸けず、その暗い気持から救われることになったのだった。

　あれはなんでも、お濠に死んだ鯉が浮んで来る頃だったから、多分卒業式を目前に控えた、三月初旬であったのだろう。その時僕は、中学のグラウンドの隅にある天守閣の根っこで、石垣に倚(よ)りかかって、薄い春の陽射しをボンヤリと見詰めていたように思う。石垣の下にはお濠があったが、そこは冬中厚い氷が張り詰めていて、いつも春先きの温(あたたか)い風が二三日その高原の上を吹き廻すと、忽ち氷が解けて行ったものだった。そしてその時になると、黄色く温(ぬる)んで来た水の面(おもて)に、今いった通り、幾匹かの死んだ鯉が、白い腹を見せてポカリポカリと浮いて来たものだった。死んだ鯉は、天守閣の影が濠へ斜めに落ちた境目のところで、三つも四つも重なり合い、静かに波で揺られている。見るともなしにそこへ眼をやっていた僕は、ふと、跫音(あしおと)を耳にして振り向くと、

「あ、梶村君！」

という声がして、石垣の角を廻りながら、大きな井神の姿が現れたのであった。その時彼が、肩には写真機の箱をぶら下げて、そしていつもにも似ず、気まりの悪そうな顔をしていたのを、僕は何かしら、不審に思ったものだった。が、彼は実は僕を散々探していたのだそうで、珍らしくおずおずした口調で次のようにいった。

「君、君はねえ、高等師範へ行くといっていたようだが——」

ああ、そうなんだよ、と僕が負け惜しみにも似た元気よさで答えると、彼はしかし、余計に困った顔になったものだ。

「そう、それはいいね。教師になるということだって、きっといいことに違いないと思うんだ。——でしかし、君は本心から高等師範へ行き度いと思ってるか知ら」

「ああ、まあ本心からそうなのだ。けれど、それについて何か君は——」

言いかけた時、僕は既に、井神の言いたいと思っていることを充分に看抜いて、それでもわざと空とぼける程の卑屈さを有っていたのだった。井神はいった。

「いや、別にどうしようっていうじゃないんだけれど、——そう、僕はね、とても口が下手だもんだからいけないんだ。ほんとをいうと、僕は君が師範学校へなんか行くよりは、高等学校へ行った方が遥かにいいと思っているんだ。君のような頭の持主が、帝大へ行かないのは嘘だと思う。教師になるなら大学の教師になったっていいわけだ。——ああそれにね、怒って呉れちア困るんだよ。僕は君が給費生志願だってことを聞いているし、それやこれやで、昨日お袋が来たもんだから、ひょっとその話が出て了ったんだよ。そしてね、そいつを僕がいったんじゃないんだぜ、お袋がいって見ろっていっているんだ。君に若しその気さえあるなら、何も心配することはないんだから、高等学校へ行くようにして、僕と一緒に受験したらどうだろうって、お袋がそういっているんだよ」

境遇から来る僕の僻んだ根性を傷つけまいとして、井神は言い訳のようにしていうのだった。後に分ったところでは、無論井神は、自分からそのことを刀自に頼んで、僕の学資を心配して呉れたのだが、彼は、僕の自尊心を傷つけやしないかとそればかりを心配していたらしい。そして僕は、だんだんとそれを聞いているうちに、ケチな自尊心などは一気に何処かへ吹き飛ばしたくなった。

「有難う。兎に角、僕は考えて見よう」

卑劣にも、こんなことをいってその場だけは過したが、間もなく僕は、井神のその好意に、漸く甘えるような態度をとり始めたのだ。

その時の僕が、内心ではどんなに有頂天になっていたことか。兎に角僕は、そうして井神の恩義を蒙ることになったのだ。

この好意ある善良な恩人を、この僕が遂に殺すようなことになったとは！

そのことを、僕は今日が日まで他の誰にも話さずに隠して来た。恐らくは、僕の行方を探している、当局の人達でさえそれは知るまい。――僕は今、急に思い切り泣き度くなった。泣いたとて、あのよき友は帰って来ない。ああ、けれども、小児のようにオイオイと声を立てて泣くことが出来たら――。

僕が一度入学試験のために上京し、それから又、改めて愈よ東京での学生生活を送るようになったのは、そんな訳でその年の九月のことであった。

井神も勿論松本を引揚げて了った。井神は一高の一部（今の文科或は法科に当る）へ入学したし、僕は二部乙（今の理科だ）へ志望通り入学したのだ。僕本来の志望は文科にあったが、これからの文学というものが、少くとも根柢（こんてい）には科学的素養が非常に必要であるというような考えで、僕はわざと堅苦しい理科へ入ったのだった。当時は専門学校以上の新学年が九月からで、それはまだ残暑の激しい頃であったが、僕等はあの殺風景な一高の門を、実に意気揚々として潜（くぐ）ったものであった。余計なことだが、その頃の僕が持っていたプライドというものは、今の人達から考えると、随分滑稽なものであったのだろう。

で、この一高へ入学してから、牧田君、君と僕とは知合ったのだ。だから僕は、ここで僕の一高時代を詳しく語る必要もあるまいと思う。君は更に、僕が一高から大学へ進み、大学卒業後は講師から助教授へと、とんとん拍子に進んで行って、最近では博士論文も無事に通ったことまで知っている筈だ。僕はただ、その間も井神とは最も親密にしていたということと、それから一高の時は寮にいたが、大学へ入ってから後、井神の麻布（あざぶ）にある邸宅から、彼と一緒に通学していたことだけを断って置こう。当時僕は知識慾に渇えていて、今から考えると痛ましい程の勉強をした。元来それ程には強くない身体（からだ）が、よくもあれに持ち耐（こた）えたものだ。

「そんなに無茶をやると死ぬぞ」

井神が時々こんなことを言ったものだが、それもまあ大体は君の知っている通りなのだ。君に宛てて書き遺そうと思うのは、僕が助教授になるその前後からのことであって、而も、これからが僕の最も語り辛いところなのだ。最初には先ず、当時の井神家、それがどうなっていたかを話して置こう。

僕が井神を識ったのが、M中学の四年の時で、それからは、もう十年という月日が経っているのだ。その間には井神家にも当然何等かの変化が起らねばならない。その変化のうちで最も痛ましいことは、あの淑子刀自が生れも附かぬ癈疾者になったことだった。

あの老いたる婦人のことを考えると、僕は胸がキリキリと痛む！

世の中に、あんなにも善良な、あんなにも気の毒な婦人があるであろうか。あの老婦人こそは、僕を井神同様に庇護して呉れた人だった。そして又僕も、母或は母以上に慕っていた人だった。（だから僕は、益々済まないことをしたことになる）その善良な淑子刀自に、いったいどうしてあんな不幸が降りかかったのだろう。それは僕等が大学の二年を終ろうとしていた頃であったと思うが、彼女には最初軽い中風の発作が起った。そうしてそれが、だんだんに悪くなって行ったのだった。それも、普通の程度の中風であったらまだよかったものを、そうして次第に病気が重って行った時、彼女は根が気性だけは確乎りしていた人なのだから、或る時附添いの看護婦の眼を偸んで、無理矢理一人歩きをした揚句、縁鼻から泉水の中へ、ドッとばかりに墜ち込んだのだった。中風患者にとって正にこれは致命的なものなのだ。じきに女中が見付けて助けたため、命だけは辛くも取止めたものの、このことは急激に病状を進ませる基となった。俗に女の中風は右半身、男は左半身などといっているようだが、この場合彼女は、忽ち全身不随になって了った。

これは、井神家を見舞った最初の大きな不幸だといえる。同時に又、どうすることも出来なかったことだといえる。あれだけの男優りであった女丈夫が、文字通り、生ける屍に変ったのだった。中風から来た麻痺のために、咽喉も舌も、カラカラに乾いた軍隊靴のように固まって了って、刀自は、一口も喋れなくなって了ったのだった。

「何という可哀想なお母さんだ！　一生涯を働き通して、老後の楽しみというものを見ないうちにあんな身体になって了うとは！」

井神は、愚痴のようにして、それを僕に言い言いしたものだった。そして僕も刀自が気の毒で堪まらなかった。僕は自分の部屋で、（断るのを忘れたが、刀自が全く癈疾者になった頃、僕等はもう大学を卒業していた。そして僕は、もう充分、自活出来るようになっていた。が、それにも拘らず、まだずるずるべったりに井神家へ寄食していたのである。そこがもう、まるっきり自分の家のような気がしていたのだ）何か読書でもしている時、刀自が輪のついた肘突椅子へ載せられて、邸内の長い廊下を静かに押されて行くところなど見たものだが、そんな時に僕はふと、それが人間ではないような気がして仕方がなかった。食物の工合で、全身へむくみの来た時などは殊にそうだった。蒼く土気色に膨らんだ顔の中で、ドンヨリした小さな眼が、僅かに生きていることだけを示すように、凝ッと一つ所を見詰めていて、せいぜいのところ不細工に出来た人形か、或は又、椅子の上へドサリと置かれた荷包みのようにしか思われなかったのだ。

井神は、椅子の上から刀自の方へ覆（かぶ）さるようにして、

「お母さん、歌舞伎の新しいレコードを買って来ましたよ。一つかけて見ましょうか」

などといって見たり、或は又、ラジオの演芸放送などを掛けてやったり、そんな場合に僕等はこの生きた屍のあらゆる表情を読み取ろうとして苦心したものだった。残酷なようではあるけれど、鏡に日光を反射さして、それで刀自の顔を照らしたこともあった。何か考えるだけの力はあるのか、いや、それよりも眼と耳だけは役に立つのか、それを確かめようと思ったのだった。そうして、だが悲しいことには、それすら更に分らないのだった。刀自は眠る時には瞼（まぶた）を閉じた。そして医者は、視力はまだ有るらしいといった。けれども、いつもその視線はボンヤリしていて、少しも動いては呉れないのだった。

井神の気質が元来、非常に濃（こま）やかであるということが、それで余計にいけなかったのだが、彼はだんだん濶達なところを失い始めた。母親が自分の嘆きを、少しも訴えることが出来なくて、それを只凝ッと自分一人の胸の中（うち）に蔵（しま）っているのではあるまいかと、そんなことを考えるのが彼には一番堪らない風であった。

「思考力が全然無くなっていると分っておれば、まだいいのだけれど——」

と彼はいった。そして、時には長い時間に渡って、母親と二人きりじっと一室に閉じ籠（こも）り、何かの反応を試しているようなことがあった。そうしてしかし、その度に失望し切ってその部

屋を出て来るのだった。

井神家は、次第に重苦しく暗くなって行くように見えた。危く、ポウの「アッシャア家」にも似た陰鬱さが襲いかかった。

そうしてこの時、井神にふと結婚の話が持上って来た。それが、ああ、何よりも又いけないことであったのだ。


牧田君。――僕は君が、井神の結婚披露式に慥か出席したと記憶している。それで、あの結婚については、外面的に表れたようなことは、なるべく話すのを止して置いて、ここには寧ろそれ前のことを少し話した方がいいと思うが、元来これは、淑子刀自がまだ全くの癈疾者にならぬ前にも、一度起った問題なのだ。

中風に罹った刀自が、そうなって見ると急に井神家の行末のことが気になったり、又は孫でも生れたら、病気の退屈さが幾分か紛れるなどと思ったのだろう。刀自は、その頃は、まだ不自由ながら喋れる口で、早く嫁を迎えろということを井神に勧めたのだった。そうして井神は、この時はまだ大学を出たか出ないかという時であったし、それに対しては殆んど全く無頓着だった。それで話はすぐに立消えになり、刀自が癈疾者になった後、今度は僕が二三度勧めたこともある。が、矢張り同じ結果になっていたのであった。

それを、或る日ふいに彼の方からいい出したのだった。

「君、僕は結婚しようと思うのだがね」

僕は、思わず「ほう！」といったものだ。「珍らしいことをいうじアないか。いいね、結構だね。ナニかい、気に入った人でも見付かったかい」

「まアそうだ。一寸他所から勧められてね」

　彼は明るくニコニコした。そして一枚の写真を取り出して見せた。

「一つ、遠慮のない批評をして見て呉れよ。これがその候補者なんだ」

　僕はその時、愈々そうなったとすると僕もここを立退かなくてはならなくなるぞ、と甚だ呑気に冗談をいった。そうして、彼の手から受取った写真を、巻莨を喫かしながら眺め入った。それが、僕も初めて潤子の顔を識った時なのだ。

　写真で見ても、それは惚れ惚れするくらい美しい潤子なのだった。いくらか痩せ型ではあったけれど、右上からの光線が彼女のなよなよとした輪廓を、黒い背景から夕闇に咲く花のように浮ばせて、ぼかしたような美しい眉毛と、その下に見開いた蠱惑的な瞳と、更に耳から頸筋へかけての微かに息づいているようになめらかな線と、それはどうしてこんな美しいものがあるかと思われる位、不思議に美しい潤子なのだった。

「どうだい、羨ましいだろ」と井神がこういったし、

「うん、とても羨ましいよ」と僕もこう答えたものだ。

　無論僕は、それを出来るだけ冗談めかしていったのだし、井神も矢張り、冗談の積りで聞いたのだった。常にこうしたことは起り勝ちなのに、最初の大切な瞬間に於て、誰もそれを意識しないというのは、いったい、何という懲り性のない人間なのだろう。既にその時、僕はチラ

リと嫉妬の念を感じながら、殊更に嫉妬ではないと思ったのだ。井神がそれを、気にさえ留めなかったのは是非もない。彼はそれから後、どしどしと話を進行させた。そして間もなく潤子を迎えた。――井神家へは、こうして凡ての恐ろしいことの根源が、ひょいと乗り込んで来たわけなのだった。

我々は、最初それに殆んど気付かずにいた。前にいった通り、危くポウの「アッシャア家」になろうとしていた井神家が急に明るく美しい「アッシャア家」になったことも、兎に角事実であって否むことは出来ない。一年半の後に、浩一郎が生れてからは猶更だったが、結婚当座も井神は非常に幸福だった。

潤子は面と向って見ると、写真よりも一層立ち優って美しかったし、それに高尚で聡明だった。少くとも僕にはそう見えた。殊には、結婚してから一週間ばかり経った時、井神が嬉しそうにいったことがある。

「君、意外なことが起った。この結婚のためにね、母が確かに幾分か元気付いたのだ。――つい昨日になって発見したが、あれがね、僕と一緒に母の前に立つと、母の眼に、今まで見たこともないような輝きが現れたのだ。――可哀相に、全く無意識じアなかったんだ。そして、淋しく思っていたに違いないんだ。が、それにしても母は喜んでいる。母の笑顔を見るなぞということは、もう全く望みのないことだと思っていた。それが、こうして潤子が来て呉れたばかりに、母を喜ばせることが出来たのだ！」

僕は、淑子刀自の表情の変化を、そう注意してはいなかったせいか、それをハッキリと認めることも出来なかった。が、実際井神は、そのことで余計に幸福であったらしい。

そうして僕も（ここでこんなことをいうのは、いかにも弁解めいて聞えるかも知れない）矢張り幸福だった。最初に感じたあの嫉妬を、まだそれ程ひどいものだとは思わなかったし、何よりも家の中が明るくなったので嬉しかった。只一ついけなかったことといえば、それは僕が、相変らず井神家に寄寓していたことでもあろうか。自分では引揚げようと思ったのだが、井神がどうしてもそれを承知しなかった。そして僕を、彼等の楽しい団欒の中へ、いつもいつも招待していた。誘われれば僕も断われなかった。団欒の席では彼女が兎もすれば文学の話を持ち出したが、それに対して主として対手になるのは僕だった。分るだろうが、その頃井神は貿易の方を自分一人の肩に背負っていた。それは傍で見ていても、非常に忙しい仕事であった。そのため彼は自然文学などとは次第に縁が薄くなり、只、僕と彼女との会話を、ニコニコして聞いているようになった。彼女がピアノで新しい作家のものを弾く時などにも、その批評が出来るのは僕だけであった。

僕は楽しかった。そうしてその楽しみの蔭に、徐々に邪しまな恋が成長して行った。

一月の後であったか、それとも半年位も経った時であったか、僕はふと、いつも僕が彼女のことばかり考えているのに気が付いた。これはいけない、と思わぬではなかった。が、それでも猶、彼女の幻しは執念深く僕の頭にこびりついた。時として、終夜僕を眠らせないようなこともあった。

それが一番ひどかったのは、彼女が身重になった頃だと思う。恥かしいことだが打明けて置く。その頃僕は、酷い不眠症を幾日か経験した。寝床の中で夜っぴて輾転反側した。彼女の姿態を、或はその悩ましい断片を、無残に頭の中で捻くり廻し、暁方になって漸く不愉快な眠りに陥ちた。

その時僕は、一方では心から彼等の結婚を祝福する、仲の好い友達であったのだ！

牧田君。――僕は今、ここで当時の僕がどんなに苦しんだかということや、それから潤子が浩一郎を生み落した後、何か知ら、少しばかり様子の変って来たことなどについて、猶詳しく説明する必要があるように思う。

が、実は今、急に又気が落着かなくなって困っているのだ。

というのは、僕はね、前のところまで書きかけて置いて、廊下の外れにある二階の便所へ行って来たのだ。宿はもうすっかり寝鎮まっているし、四囲は非常に静かなのだが（恰度午前二時になっている）すると僕は、その便所の窓から何気なしに外を覗いてギクリとした。そこは、もう雪が歇んで了って月が出ていた。そうしてその月明りの下で、二人の男が宿の裏手に佇んで、じっとこちらを眺めている様子なのだ。

別に何でもないかも知れない。が、或はという気持もある。

何しろ、時間がもう遅いのだし、変だといえば変なのだ。刑事達が、何かの手蔓で僕のここにいることを嗅ぎ付けて、見張りをしているのではないだろうか。そして僕を強暴な一般殺人者並に取扱って、あるいは何かの画策をしているのではないだろうか。

兎に角僕は、ペンが顫えて仕方がない。僕は、僕が井神を殺すようになった時まで、非常に煩悶をしていたのだし、しかも、それは、決して前々から計画したものではなかったということを、呉々も書いて置きたいのだが、何だか、ゆっくりとそうしている暇がなさそうだ。

あの刑事達が、今にもここへ踏み込んで来たら――。


大丈夫だ、牧田君。――今僕はもう一度行って見て来たが、恰度あの二人が、電車線路の方へ肩を並べて立去るのを見て来た。

そうだ、僕は偽名をしているのだし、ここへ来てからは、宿の人間以外、滅多には人に顔を見せない。同じ中学の出身者が、この附近では、小学校の校長などにもなっているが、誰にだってまだ僕のこの宿にいることは気付かれてはいない筈だ！

乱筆になるかも知れないけれど、兎に角先きを書いて行こう。

苦しんで――いけない、どうも胸が躍って困る――それから、まアだんだんにそんな恐ろしい機運が醸されて行ったわけだ。

今いった通り、殺そうなどとは、少しも考えていなかったのだが、そこで、浩一郎が生れてから三月ばかり経った時だと思う。その時、僕等は箱根へ遊びに行くことになったのだった。最初は、僕が一人きりで行く積りだったが、すると井神が一緒に行こうといい出した。同時に潤子が、その時はもう産後がすっかり健康になって、以前と同じように美しくなっていたが、自分も矢張り一緒に行くといい出した。
抑も二人が先きに旅行のことを言い出したのなら、僕は誘われてもその同行を断ったのだ。が、それがこの場合、逆であったのが何よりいけない。まだ紅葉には少し早い秋だった。——三人は、僕がそれをいい出した日の午後すぐに出掛けて、此日の夕方、兎も角小涌谷まで行って泊ったのだった。

この小涌谷へ泊った夜のことも、実は少し書き度いように思う。宿は美河屋ホテルで、僕等は、二階の、眼の下にはホテルの広い庭から続いて、深い谷をずっと瞰下せる、一番隅っこの部屋へ陣取った。そうして、そこで一晩を明す間に、確かに僕は、潤子に或る変った挙動のあるのに感附いたのだ。が、ここではそのことを省略して置いて、すぐ翌日のことに移ろう。美河屋から朝の十時頃、ゆっくりと歩き出した僕等は、わざと自動車を避けて芦の湯から元箱根へ行った。そして芦の湖を渡って湖尻へ出、それから大涌谷へ行く途中、日が暮れても了ったのだし、急に霧が巻いて来て、天候もひどく怪しいので、尼子温泉の春明館へ泊ることになった。

その春明館へ着く前に、僕等三人の間には、ふと、非常に愉快な明るい気分が湧いて来たことを覚えている。あそこは湖尻から始まって非常に急な坂道だ。暗い杉木立の間を抜けて湿った狭い道を登るのだ。ところが、井神は脊も高かったがその頃もう重役タイプに肥って了って、その坂を登るのがあんまり楽ではなかったようだ。それで彼は、途中から、「ヨイショ、ホラ、ヨイショ」と掛声を始めた。すると、先頭に立っていた洋装の潤子が、それを面白そうに真似をして、「ヨイショ、ホラ、ヨイショ」といった。到頭僕までもその仲間になって、三人が代る代る、ヨイショ、ヨイショ、といって進んだものだ。

「意気地のない肥っちょさん、あたし、あとから一つ押したげましょうか」

潤子はそんな風にいって井神をからかったりなどした。その間だけ、僕は非常に愉快で、彼等の最もよい友人のような気がしていたのだった。

そこで、あの春明館という温泉宿は、君も泊ったことがあるかも知れない、位置が不便なため、泊り客はいったいに少いらしいが、何もかもが非常に古風で、大変にいい宿なのだ。未だに、黒光りのする台ラムプなどを使っていて、それに宿の人達も純朴だ。温泉の質が硫酸アルミニウムか何かを含んでいて、それが大変に眼の病気に利くというので、宿へは眼の療治に来ている人が沢山ある。この人達は、自炊でもやっているのか、妙に汚ならしくて不愉快だが、それを我慢することが出来さえすれば、あとは箱根で第一等の温泉だと思う。僕等はそこへ着いてから、取敢えず一風呂浴びてそれから暫く雑談をした。食事はあまり上等ではなかったが、お腹が空いていたため充分に食べた。方々の温泉の比較論が出たり碁をやったり、それから潤子は、麻布の家へ乳母に預けて来た浩一郎のことを、流石に初めての母親らしく、一寸口へ出したりなどした。

やがて、そこへは脊の低い色の黒い男が例の台ラムプを運んで来て、序でに床を展べて行った。

するとこの時だ。

「あたし、障子の傍へ寝るのは厭よ！」

潤子がひょっとそういったのである。僕の気が利かなかったのでもあるが、三人の寝床は同じ部屋の中に並べてあった。僕は、寝床が出来ると同時に、すぐにもう一番端の、壁の側のところへ潜り込んでいたのだ。

潤子が障子の傍が厭だとすれば、彼女の位置は自然僕と井神との真中になる。

「どこだって構やしないや、勝手なところへ寝るとするさ」

「じアあたし、ここにするわ、あなた、障子の方へ寝ていてね。——霧が巻いていて、何だか怖いわ」

「怖いことなんかありゃしないさ。まア一つ寝転んでから、話しながら眠っちまおうよ」

実際、その夜の霧はひどかったらしい。廊下の硝子戸を透して見ると、例の眼病の湯治客がいる別棟の方は、たった五六間しか離れてはいないのに、その燈火が正体も判らずボッとしていた。

隣室にも一組の客がいて、これはじきに眠ったらしい。間もなく僕等は、井神のいったようにして、潤子を真中にして横になり、ラムプの芯を細くし、何かと思い出すままに、ポツリポツリと話し始めたのだった。

——今、犬が頻りに吠えている。待っていて呉れ給え。一寸見て来てから書き続けるから。

別に何事も無かったようだ。自分ながら滑稽だね。僕は現在、刑事などをそう恐れている積りはないのだが、妙に気になって仕方がないのだ。犬もしかし、もう吠えなくなった。では、あの恐しい夜のことを聞いて貰おう。

で、そんな工合にして寝床の中で無駄話を始めてから、最初に健やかな鼾声を立て始めたのが井神であった。

続いて、潤子もスヤスヤと眠った。只一人、僕だけがどうしても眠れずにいたのだった。というのは、潤子の、規則正しい息使いが、軽く僕の顔まで伝わって来る。そして、彼女は二度三度、唾を嚥み込むように、微かに音を立てて唇を動かす。

何ということだろう。たったそれだけのことでもって、既にもう僕は狂おしい慾念を感じ出した。僕の体内にあるあらゆる血潮は野獣のように哮り狂い、凡ての破廉恥、凡ての狂暴さに乾き切って了った。妄想があとからあとから湧いて来て、僕は泥に酔いしれたようになって了ったのだ。

やがて彼女は寝返りを打った。そしてその拍子に、暖いなめらかな足を、つと布団の端から覗かせた。その足頸の重味が――いや、重味などはなかったのだろう。只、僕がそう感じただけに過ぎなかったのだろう――その重味が、僕の着ている布団の端へしっとりとかかったのだ。

僕は、汗ばんで来て、胸が痛くなって了った。頭の中では、絞め殺すようにその足頸を抱きしめていた。声を立てられる恐れがなかったなら、僕は武者振りついて行ったかも知れない。実際、僕は井神と潤子との寝息を窺いながら、布団の中で身体を醜怪な生物のように折り曲げて行ったのだが、その時である。僕は突然ガバと跳ね起き、衣桁にかけてあった手拭いを掴み、狂人のようにして廊下へ出たのだ。その廊下は曲り角毎に台ランプが置いてあって、中央の階段を駛り下ると、庭を横切る渡り廊下へ出、それから湯治客のいる部屋の前を通って、母家の建物とは別棟になっている、浴槽まで続いていた。僕は、夢中でふらふらしながら、その長い廊下を通り抜け、いきなり、浴槽の中へ飛び込んだのだった。

その浴槽は、大体三つの仕切りから成立っていた。一つは前に特別貸切り風呂にしていたという、厚い石の壁を囲らした浴槽で、他の二つはその横に並んで、一方が岩ばかりで畳んであり、一方が浴槽の縁だけを木造にしてあった。

僕の飛び込んだのは、そのうちの岩で畳んだ奴であって、水晶のように澄み切った湯で、一寸見たところでは浅そうだったが、実は充分に首のところまで深さがあり、泳ぐことも自由に出来た。前面には、赤味を帯びた大きな岩がのしかかるように突き出していて、その岩の中途から、美しい湧湯が滴り落ちている。ドブン、とその中へ浸るや否や、僕は激しく頭を振った。そして我武者らに暴れ廻った。幸か不幸か、その時誰も他には入浴者がない。ああ、それが又、猶更いけないことであったのだ！

「あ、矢張りここへ来ていたのか」

背後から、突然にそう声を掛けて、井神がのっそりとそこへ入って来たのは、それからものの七八分経った時である。

「うん、急に眼が覚めたものだからね」と、僕はハッとしながら然り気なく答えた。

その間に、井神はガバガバと湯を鳴らせながら同じ浴槽の中へ首まで浸った。
「いい湯だね。――僕もね、今ひょいと眼が覚めて了ったんだ。あいつ、ぐっすり眠ってるもんだから、そっと抜け出して来たんだよ」

だが、僕は潤子のことを何か訊かなくてはならないように思って、しかし何も訊けなかった。そして僕等は、温泉のほんとの気分は深夜に限るなどと話し合ったり、それからその狭いところを泳いだりした。

その浴槽と、前にいった木造の浴槽との間には、水面の上だけが板張りで、水面下は厚い石で築いた間仕切(まじき)りがあった。その間仕切りには四角な穴が明いていて、二つの浴槽の湯を連絡している。次第に気の落着いて行った僕は、やがてその穴を潜って隣りの浴槽へ泳ぎ出して見た。

これはほんの面白半分でやったことだが、井神は大変に吃驚したらしい。
「や、君アいったい、どこからそっちへ行ったんだい」
と彼がいった。彼は、水面下の間仕切りに、そうした穴が隠されているのを知らないのだった。壁越しに僕が答えた。
「穴があるんだ。湯の中へ潜って見給え、ここだここだ。ほら、僕の手が出ているだろう。待っていたまえ。僕が今、潜ってって見せる」

僕はそこで、一度井神のいる浴槽へ移り、それから又、ずーんとその穴を潜って見せた。実に愉快な遊戯であった。

「へええ、面白い穴があるんだねえ」

「先刻ここへ着いた時にね、子供がこいつをやっていたんだ」

又しても壁越しにこういっていると、その時僕は、井神がボショボションと音を立てて、湯の中へ潜ったのを知った。

「来るのかね」と僕はいった。が、その返事は無論無かった。そしてすぐに僕の脚下へ、透明な湯を掻き分けて、井神の首がニュッと出た。

その首は、最初確かに顔を下に向けていた。従って僕の眼には、彼の毛の生えた後頭部と逞ましい頸や肩だけが見えた。勿論それが水面下である。そして又、透明な湯の中である。僕は、それを妙に面白い観物のように思って見ていたのだが、そのうちに漸く気が付いた。

最初には、その下へ向けた井神の首の根っこから、耳の両側を抜けて、ブクブクと泡が浮いたのだった。そして、井神の首がじりじりと上へ捩じ向けられたのだった。――それに何しろ、時間が長くかかり過ぎたのだった。

「いけない！」と僕は思った。

僕には易々と通り抜けられる穴であっても、肥大な井神には、穴の幅が足りないのだった。

その時、井神は辛くも顔を半分だけ上に向けていた。そして大きい泡が、四つも五つも浮いて来ていた。

恰度ラムプがその間仕切りの真上にかけてあって、そのために、井神の顔はよく見えた。井神は眼を大きく瞠り、頬を歪めて、唇をパクパクと動かした。

井神は助けを呼ぶ積りで、しかしそれが、決して声にはならないのだった。

「待て！　待て！　確乎りしろ！」

僕はすぐに手を出した。少くとも、押し戻すか引摺り出しさえすれば、助けることが出来ると思った。

だが、人間にはどうしてこんな危急な場合に、他のことをほんのチラリとでも考えるだけの余裕があるのだろう。

僕は、そうして手を出しかけた瞬間に、この浴槽には今誰も他にはいないことや、潤子が何も知らずに眠っていることや、いろいろのことを電光のように思い出したのだった。

「確乎りしろ！」と、もう一度僕は叫んだ。けれども、それと一緒に、一旦湯の中へ突込まれて、既に井神の肩まで届いた僕の手は、殆んど悪魔のような意地の悪さで、そろり、そろりと引込められて了ったのだ！

それから後に起った事柄は、思い出しても僕はゾッとする。声のない悲鳴を挙げている井神の顔を、ああ僕は、とても自分の口からは語り得ない。恐ろしい僕だった、残酷な僕だった。最後の泡が、ポツリと小さく浮んで来ても、僕は身動きも出来ずに眺めていたのだ。眼を見開いたまま、歯を剝き出したまま、井神が静まり返って了った時、僕は漸く我に返った。

「到頭やった！」

わざと落着き払ってそういって見た。気が付いて見ると、手拭は岩風呂の方へ置いて来てある。大急ぎで外から廻ってそちらへ行き、石段の上にあった手拭も碌々絞らず、盲滅法に身体を拭った。湯の中に、こちら側からは、井神の下半身が、水底の巨大な虫のように、妙に白々と沈んで見えた。僕は狼狽てて眼を外らし、それから褞袍を引っ掛けて廊下へ出た。更に又、気が付いて特別風呂の方も覗いて見た。

そこには矢張り誰もいなかった。そして、自分達の部屋へ帰る廊下でも、一人も出会したものがなかった。

部屋では、そっと障子を開けて見ると、潤子が軽く鼾を立てている。そのまま、僕は大胆にも寝床へ潜り込んだ。

面白半分に始めたことが、何という奇怪な遊戯に終ったのだろう。そして、なんという恐しいことを僕はして退けたのであろう。助けなかったということと、殺して了ったということと、その二つの言葉の間に、いったいどれだけの違いがあるというのだ！

牧田君。――話はまだそればかりでは決してない。一旦自分の寝床へ潜り込んだ僕は、しかし、それから間もなく、突然むっくりと起きあがったのだ。そして潤子を揺すぶり起したのだ。それは、まるで物に憑かれたような気持だった。そうせずにはいられないのだった。その時潤子が、井神の非業な死を知らずにいたことは、たった一つだけ彼女のために弁明してもいい。が、それにしても意外だった。彼女は、最初眼を覚ました瞬間だけ、ハッと驚いた風だった。が、忽ち僕の方へ体を投げ出して来たのだ。

僕は一言も口を利けなかった。彼女も亦無言だった。

窓が白々と明るくなって来た時、宿では初めてガヤガヤと騒ぎ始めた。湯治客の一人が、井神の死体を発見したのだ――。

×　　×　　×

それからの騒ぎの有様は、当時の新聞にも出ていたし、君もよく覚えていることだろうが、大体に於て、新聞の記事通りだといってもよい。

要するに、僕は、出張して来た警官に向って、井神が浴槽中で死んだことなど、少しも知らずにいたと答えたものだ。一晩中ぐっすりと眠っていて、井神が寝床から出て行った時のことさえ覚えがない、とこんな風にいったものだ。潤子も、僕と同じように申立てたものだったが、そこで現場には少しも他殺の形跡などないのであった。それで結局のところ井神は誰もいない所で面白半分に穴を潜って見て、そのまま死んだのだろうということになったのだった。

「危険な穴だナこれは――。誰でも一寸やって見たくなるて」

警官は最後に、湯を搔い出したあとの穴を覗いて見て、感心したようにいっていた。そして、何もかも無事に済んで了ったのだ。

が、そこで一方、この時の僕の潤子に対する考えは、到底簡単には述べ尽されぬものがあったのだった。彼女と僕との間にかもしだされた危険極まる秘密と、それから井神の突発的な災難とが、非常に微妙な複雑な関係を有っていたのだ。彼女がその夜、僕の浴槽へ行ったことを、少しも気付かずに眠っていたのは、後にも話す通り事実だった。けれども、僕としてはそれを第一に不安に思わずにいられない。少くとも、僕が浴槽で井神と一緒だったことは彼女の手前隠さねばならぬし、それにまた二人が共に世間へは嘘をいっているということと、僕自身彼女へは特別の嘘を吐いているということと、この二つをハッキリと区別して置かねばならないのだった。

僕は潤子に向って、僕が井神の寝床の空になっているのを知ったのは、潤子が眼をさます、つまり僕が潤子を揺り起した、あの時よりほんの少しばかり前のことだったといって置いた。が、その僕の言葉が例えば嘘ではなかったにしろ、二人は、少くとも、そうして潤子が眼を覚して了ってからは、当然井神が寝床を空にしているのを、確かに知っていた筈なのだった。それを世間へは、宿の方で騒ぎ立てるまでは、二人共にぐっすり眠っていたように見せかけたのだった。

それをハッキリと頭の中で区別して置かないと、何だか錯覚を起しそうで、一言でも云い損なったが最後、少くとも潤子からは忽ち僕のしたことを看破られて了うように思った。そしていっそ潤子だけには凡てを打明けようかとも思った。が、仮令二人の間にいかなる秘密が生れたにしても、これだけは打明けるわけに行かなかった。その日からかけて一週間ばかり、僕等は人の多勢いるところでは極めて何気ない風を装っていたが、どうかして潤子と僕との二人だけになると、共に押し黙ったまま当惑していた。そして、出来るだけ、そうした機会を避けるようにしていた。視線のカチ合うのが、奇体に恐しく思えたのであった。

で、検屍を無事に済ましてから、井神を急病の体にして麻布の本邸まで連れ戻ったのがその日の夜だった。そうして葬式は二日の後に行われたのだった。

その時、一番問題になったのは、あの気の毒な淑子刀自にどうしてこれを知らせるかということだった。集った親戚なども、皆刀自に深い同情を寄せていて、見るに忍びないというものが多かった。が、そこでいろいろに頭を捻った揚句、これは何も知らせない方がよいということになったのだが、それは刀自には、何も分るまいというわけだった。若し意識が有るにしたところで、誰もそれを認めることが出来なかったし、それにはまた、親戚の一人が次のようなことを考え出した。つまり、刀自の手前だけを、井神が急用件で外国へ行ったことにするのであった。これには誰も彼も賛成して、聞えるか聞えないかは分らないながらも、刀自の耳に口を寄せて、そのことを潤子が大声に告げて見たりなどした。それがこの際最良のやり方のように見えたのだった。慥かその時には君も見舞に来ていて呉れて、二人で、痛ましいことだと話し合ったように覚えているが――。

兎にも角にも、それで刀自のことが一段落付いて了うと、次は遺産のことや浩一郎のことなのであった。君も知っての通り、こんな場合に実に非常にゴタゴタして来るのがこの問題なのだ。それについて僕は非常に心配したが、案外面倒なく片附いたというのは、親戚のうちに物の解る人が多かったせいだと思う。即ち、財産は凡て潤子と浩一郎とに与えられることになったのだ。浩一郎が当然嗣子だったからなのだ。それが決ると、今度は愈よ僕の番だったが、僕は遠慮してすぐに井神家を引払った。そして約一ケ年の間、別な家に起居していた。その期間に於て、僕が死物狂いの勉強をし、論文をいくつも書いたことを君も知っていよう。それは僕が自分のしたことを忘れようとして、科学に全身をぶち込んだときなのだ。苦しかったけれども、どうにかそれは忘れることが出来そうなのだった。

罪のことばかりではない。実際僕は、潤子のことを殆んど思出すことがなくて、そうして一年余りを過したのだが、するとその時、再び僕の気持がぐらつき出して了ったというのは、何という意気地のないことだったろう。

それは後で訊いて見ると、潤子のほうから切り出したというのであった。が、兎に角、突然に僕を浩一郎の後見人にしようという話が持上ったのだ。親戚の間に相談があって、その結果故人の親友を井神家へ入れようというのであった。しかもそれには、潤子へ与えられた遺産と浩一郎の財産とをハッキリ区別して置いて、その上で僕と潤子とを結婚させるという条件があったのだった。

牧田君。君は僕の気持が非常に不明瞭なのを焦躁しく思うだろう。が、正直にいう。僕はそういう話が持上って来ると、忽ちもう、その方へ引摺られて了った。折角学究の途へ進みかけたのが、一遍にその気持を覆されて了った。悪運が強いのだナ、よし、悪魔のお弟子になってやれ、という腹を決めたのだった。

僕は大胆不敵にも、こうして再び井神家へ乗り込んだのだ。潤子は矢張り、いや、前よりも美しくなっていた。そして、情慾に身を火照らしていた。

牧田君。——僕はこうして恋と財産とを一緒に摑むことが出来たのだった。悪漢だ、言語道断だ。そこに、もう一つの恐るべき破局が待ち構えていたのは、寧ろ因果応報というべきだろう。ああ、僕は漸くにしてそれを語ることが出来るのだ。……が、そうだ、それ前に一寸見て来ねばならない。

今、宿の玄関では、何か人声がしているのだ。

いけない！　確かにそうだ！　階段を誰か人が昇って来る！

牧田君。──来た。到頭来た。刑事が二人やって来た。

そいつらが、各室の泊り客を調べに来たのだった。幸にして僕は、鬚を剃り落していたせいであろう。気付かれずに済んで了った。田舎の刑事は、案外甘いもんじゃあないか。

では、先を書き続けることにして、しかし危険だから少し急ごう。電燈を消して、寝たような風を装って、射し込んで来る月明りで書いて行くんだ。刑事の奴、漸く帰って行って了ったらしいよ。

で、そういう訳だったんだ。

僕は全く図々しく構えて、浩一郎のパパちゃんになって了ったんだ。が、そこでふと、一つだけ新しい恐怖を発見した。

井神家へ乗り込んでからじきであったが、僕は、図(はか)らずも淑子刀自が僕等の秘密に気付いているのではないかと考えた。

理由はなかった。刀自があまりにも無表情だったので、その瞳を覗くことが怖かったのだ。この生きた屍をじっと眺めていると、何か知らゾクゾクと身に迫るものがあったのだ。親子というものは争われない。生気を失って奇妙に膨らんだ刀自の顔に、僕はあの井神が水の中で苦悩していた、死の刹那の酷い表情さえ思い出したのだった。潤子にも無論これは話さず、僕の胸一つに蔵って置いたが、理由のない恐怖であるだけに、又動かない凝視であったが故に、それは余計に僕を脅えさせたのだった。

恐しかった。実際それは恐しかった。逃げ出したいことが幾度かあった。

いけないナ。どうもいけないナ。すぐにも又刑事が引返して来そうな気がするのだ。牧田君。——飛ばすよ、うんと飛ばすよ。

それで、そうしているうちにだ、僕は一方に於て、潤子が思いもよらぬ妖婦であることを知ったんだ。

彼女が、井神のまだ生きていた頃から、僕に対して特別な感情を持っていたらしいことは、君にももう大体は分ってるだろう。多分彼女は、井神をも愛していたのかも知れなかったが、同時に僕をも愛していたのだった。——いや、そういってはいけない。愛していたのではなかった。彼女はあらゆる異性に対して好奇心を有っていた、とでもいった方が当っているのだ。彼女のこうした妖婦的性格の現れは、小涌谷の美河屋へ泊った晩にもそうであったし、春明館では殊更にそうであった。そして、僕が彼女のこの忌まわしい性格を漸くハッキリと知ったのは、僕等が公に結婚してから、一年ばかり経った後だった。

僕の家へは、僕が学校へ出ている関係から、若い人達が沢山出入していた。それが彼女の好奇心を煽(あお)ったのだった。

簡単にいうが、彼女は、それが純潔な青年であると知ったが最後、忽ちその青年の心を捉えて、いろいろに弄(もてあそ)んでは楽しんだのだ。それがどの程度まで進んだのか明白ではない。けれども、少くとも日本の家庭として許すべからざるところまでは確かに行った。学生を三人も四人も連れて芝居へ行ったり、その帰りには、酒場(バー)へ寄ったといって赤い顔などをして帰った。僕に隠れて、ダンスホールなどへも行ったようだ。

自然僕等は、そのことについて幾度も言い争わねばならなかったわけだ。女中や書生の耳があるので、箱根のことは滅多に口へは出さなかったけれど、時にはそのことまで言い出した。――すると、彼女は奇体にピタリと黙り込んで、荒々しく僕の傍を離れて行き、やがて又面当(つらあて)のようにして、酒を飲んでは帰って来た。

どうかした時に、彼女のポケットを探って見ると、見知らぬ新しい男の名刺が、いつも一枚や二枚は発見された。そうして、これらの男達は、僕が学校へ行っている間に、潤子を訪ねて来てカルタや麻雀(マージャン)をやったものだった。僕が帰宅する頃には、それでも潤子が彼等をコッソリと立去らせて了っていたが、一度応接室にチマが落ちていたのを見付けて、僕がそれを詰問したことがあった。すると彼女は最初それを否定していたが、突然ふてぶてしく向き直り、莨(たばこ)

を喫かしながら次のようにいったものだ。

「ええ、あなたの仰有る通りなのよ。確かに麻雀をやっていたのよ。だけど、それがいったいどうしたというのよ！」

僕の腕の筋肉はメリメリと鳴った。髪を摑んで、家中の廊下を引摺り廻してやり度くなった。若し、折よく知人の訪問がなかったなら、僕はきっとその通りのことをやったのだろう。

僕はだんだんに酒を飲むようになり、一方には初めて罪の呵責を感じ出した。そして、そうなって見ると一番可哀想なのは淑子刀自だった。前にいった恐怖以外に、僕は猶更刀自の傍へ近附けなくなった。しかも、それでいて潤子には強いこと一つ言えず、怒りを常に抑えていた。潤子の放埒と僕の煩悶と、そしてその間に流れる険悪な空気と、そこには戦慄すべき結末が、加速度的に押し寄せて来たのであった。そうしてそれは、浩一郎が五歳になるまで、辛くも危険な平衡状態を保ったのだった。

浩一郎が五歳になった時というのは、それこそ、つい十日ばかり前のことだというのを、君は早くも推察していて呉れるだろう。

そうだ、その時だ。正確にいうと、今日からはもう九日前の夜に当る。その時浩一郎がもう寝て了っていたのは何よりだったが、正月の二日、僕と潤子とは最後の恐しい衝突をやったのだ。

原因を詳しくは語るまい。要するにそれは、潤子が例の通り酒に酔って帰って来て、同時に僕も酔っていた、その揚句のことなのだった。

「何だ、いったい正月早々！」

「お正月だから余計いいじゃないの！」

「よくいった。今夜は許さん、こっちへ来い！」

「行きますよ。どこへでも行って上げますよ！」

僕は彼女の襟頸を捕えて、いきなり自分の書斎へ連れて来た。すると彼女は、何思ったか女中を呼んで、淑子刀自をそこへ搬ばせて来た。そして女中の去るのを待って、彼女は憎々しく僕の顔を見据えたのだ。

「さア仰有い。何なりとも仰有い。お母様の前で仰有るのよ！」

「いうとも！　誰の前でもいってやるぞ。お前はいったい、この私を何だと思う！」

すると、この時彼女の顔には、慄え上がるような微笑が浮んだ。

「あなたをどう思っているかって、ホホホホ、ホホホホ、そんなことハッキリ決っているじアないの。人殺しよ。恐ろしいあなたは人殺しよ！」

僕の咽喉からは不思議な叫びが迸り出た。そして、狼狽てて彼女の口を押えようとした。だが彼女は、確乎りと淑子刀自の椅子に獅噛みついていて、狂犬のように喚くではないか。

「いうんだ、いうんだ、何もかもいってやるんだ！　お母様、この人はね、あなたの子供を殺した人です。そして、私の良人を殺した人です。――その時は、私、知らなかったんです。でも、すぐにその翌日気付いたんです。私、井神が風呂へ行った時、ほんとうは一寸眼を覚ましたんです――」

「黙れ、黙れ、嘘を吐け！」と僕は叫んだ。が、彼女は、激しく頭を振っていうのだ。

「ええ、ええ、あなたにはそれをいいませんでしたよ。何も知らないような顔をしていましたよ。ホホホホ、ホホホホ、ね、そうだったんですよ。私、あなたが矢張り風呂へ行ったというのは、それこそ、あの呼び覚まされる時まで知らなかったのよ。けれど、ホホホホ、それだって何もいいじアないの！　私ね、井神が風呂へ行った時、ひょっと眼を覚ましたんだわ。そして一寸見ていたんだわ。そしたら井神は、衣桁にかけてあった、私のガーゼ手拭を持って行ったんだわ」

荒々しく、僕は彼女の言葉を遮ろうとした。が、彼女は刀自の首玉へ噛り付いていて、猶も言って言って言い続けるのだった。

「黙るもんか。決して私黙るもんか、ね、よくって。そのガーゼ手拭を井神が持って行ったのに、朝になって見ると、それがちゃんと衣桁に掛けてあったんだわ。そして、あの人の死んでいた湯殿には、あなたが美河屋で使っていた、地の青い普通の手拭があったじゃないの。あなたよ、誰が何といったってあなたなのよ」彼女はそこで刀自の方へ向いた。「ね、ね、お母様、分ったでしょう。この人よ、この人があなたの大切な子供を殺したのよ。自分の持って行った手拭と、あの人が持って行った手拭とを、帰る時にすっかり間違えて持って来たのよ。そうして、風呂へは行かなかったなどといって惚けていて、ホホホホ、可笑しいわ。滑稽だわ。あの人の持って行ったガーゼ手拭を、誰が風呂から持って来たというのよ。そうして、あなたの青い手拭を、誰が風呂へ運んだのよ。——ね、お母さん、この人、自分の親友を殺したのよ。あなたの子供を殺したのよ。そうしてその癖に、私のことをどうとかこうとかいっているのよ！」

牧田君。――僕は彼女のこの言葉を、耳へ弾丸を撃ち込まれるような気持で聞いたのだ。彼女は知っていながら黙っていたのだ。しかも、その僕を甘んじて浩一郎の後見人とし、甘んじて第二の良人に選んだのだ。

僕自身、少しでも立派な口の利ける人間でないことは知っている。だが僕は、カッと逆上した。そして、思わず握りしめていた椅子を振り冠った。

椅子がバラバラに毀れて了うまで、滅多無性に叩いたり殴ったりしていたのだ。

不思議な気持だった。僕はそうしていながら、オイオイと泣いていたのだった。

が、ああ、牧田君いけない！――いけない、窓から透かして見ると、宿の向うの渡り廊下に人がじっと立っている。先刻の刑事が立っている！

気付いたんだ。いや、先刻来た時にこの僕が梶村だということを看破って了って、それから新しく手配をしてやって来たんだ。

彼奴、動かずにいる！　何時ここへ踏み込んで来る積りなのか？

ああ、だが書くよ牧田君。――で、そこでそのうちにだ。僕は、遂に潤子がぐったりとなって倒れているのに気付いたのだ。血が大変に美しく流れていたが、しかしそれよりも僕は又、淑子刀自の方を眺めた時、心臓をギクリと凍り付かせて了ったんだ。

それまでは一度も気が付かなかった。が、その時見ると、淑子刀自の瞳が、微かに動いていたんだ。

人殺しの僕を非難する瞳なんだ。同時に、それを口に出せないで、悶えに悶えている瞳なんだ。

そんなことをいっては、筋が少し違うだろうか。――いや、いや、僕はそうは思わない。――僕は、この哀れな婦人をも寧ろ殺してやろうと決心したんだ。

生かして置いて、この悲惨な真相を、誰にも訴えることが出来ずに、胸の中だけで悲しませるのがあまりにも残酷だと思ったんだ。

牧田君。

――刑事が一人数を増したよ。

来るんだ。愈よ来るんだ。よし、出来るだけ書いて置こう。

――だから僕は、その次に老刀自を手にかけたんだ。

間違っていたかも知れない。けれども、それが一番いいように思ったんだ。殺す前に、僕が泣いていたら、それはほんとうだ、刀自の眼からも、微かに涙が滲んで来たのだ。

刀自は、すぐに息が絶えた。

そして僕は逃げ出した。新聞には、梶村教授の発狂と書いてあったね。

ああ、刑事が腹ん這いになって歩き出したよ。

可笑しいね、牧田君。――静かに静かにやって来るよ。では、では、これで筆を擱こう。浩一郎のことを頼むよ。

潤子の気性が伝わらないように。――ああ、それはしかし、僕から神様にお願いすることにしようか。

でも、出来るだけ、あの濶達な情操的な、父親に似た人間に育てて呉れ。

僕は今、ピストルに弾を塡めている。

ほら、ほら、又一人刑事が出たぞ。

そして三人共に、渡り廊下を渡り切ったぞ。

月が非常に高い所で光っている。綺麗だ、とても綺麗だ。

ただ、M中学の天守閣が見えない。

ああ、では左様なら！

無邪気な、可哀想な浩一郎よ！

決闘介添人

K画伯の日記

九月十一日　木曜日

ここの温泉へ来て、つくづくいいことをしたと思う。朝、体重をかけて見たら十二貫八百五十匁(もんめ)あった。この何年にも十二貫五百を越したことはないのに。

空気が綺麗なのと、それに何よりも、騒々しい避暑客達が皆んな帰ってしまい、誰も自分を煩(わずら)わす者のいないのがいいのだ。都会に住むことなどは止(や)めてしまって、いっそここに永住の策を樹(た)てようか知ら。

東洋新聞に自分が碧漾会(へきようかい)へ出品した「青い黄昏(たそがれ)」の批評が出ている。コムポジションが少し悪いとか何とかいっているが、それでも場内第一に評判がいいらしい。

夕方、浄法寺(じょうほうじ)川へ釣に行く。

いつもながらのことだけれど、非常に美しい景色だった。絵には絵だけの美しさしかない。大きな自然をあのまんまカンバスへ収めることが出来たらどんなによかろう、獲物、ハヤが七匹。

附箋つきで廻って来た「新文学」に、先月出席した座談会の記事が載っている。よせばよかったのを、何気なく開いて読んで行ったら、自分の写真がちゃんと載っているではないか。同席の記者に、自分の写真だけは出して呉れるなと、あれだけに念を押して置いたのを、何という不埒な奴だろう。忘れたのじア決してない。自分がああいって断ったのを、最初からその場だけの返事で誤魔化して置いて載せてしまいさえすれば、あとは構わないという肚だったのだ。不愉快だ。彼等には何でもないことだろうけれど、こんなにも醜怪な顔を麗々しく衆人の前へ曝せるくらいの度胸があったなら、自分だって、どんなに嬉しいだろうと思っているのだ。

畜生め！　あの雑誌には、もう決して何も描いてやらないぞ、口絵だってなんだってお断りだ！

一日中の清々しい気分が「新文学」のために滅茶々々にされてしまう。雑誌を破いてしまって、一風呂浴びて来たら、それでも幾分か気持が鎮まったようだ。

カルモチン、服用。

九月十二日　金曜日

「とても変っていて物凄いところだで、旦那も一度は行って来てごらんなさんしょ」

風呂番の三吉にそういって勧められたことを思い出したので、浄法寺淵へ行って見た。

なるほど、とても凄いところだった。

土地の伝説では、ずっと昔、この村に何とかいう名前の尼さんがいて、その尼さんが村に大旱魃のあった時、村の庄屋の井戸の水を盗んで来て、持っていた金無垢の仏像をその中に入れ、頻りと雨乞いをしたのだそうだ。

「雨を降らして下さるまでは、勿体ないが御尊像を、いつまでも水の中にお漬けします」と尼さんは、そんなことをいったという。

漬けてから数日間というもの相変らずの照りで、終いには村中、飲み水にさえ事欠くようになったのだが、そのうちに庄屋が、尼の水を盗んだことを聞き知って、或る晩、尼を斬り殺してしまった。そうして、その死体を深い谷の底へ投げ込んでしまった。庄屋はそのあとで、水中にある金無垢の仏像にふと目をとめて、これを自分の家の宝にすべく、懐に入れて帰ろうとしたのであったが、その時、不思議にも仏像は庄屋の手からスポリと抜けて、尼の投げ込まれた谷底へ向けて、ヒューッと音を立てて飛んで行った。風と雨と、それから忽ちのうちに大暴風雨で、三日三晩というもの、谷々には洪水のような水が漲ったのだが、その間に、庄屋の家は無論流されてしまい、水の引いたあとでは、今のこの浄法寺川だけが残ったそうだ。

有りふれた伝説だが、浄法寺淵が恰度その尼の死体の投げ込まれたところだという。金無垢の仏像も、今にいたる淵の底に沈んでいるという話もあるが、流石の三吉でも、「それだけはどうも請合えましね」そんなことをいって笑っていた。

淵のそばに、畳十二三畳は敷けそうな大きな黒い岩があって、その岩からすぐに水面を見下ろすことが出来るようになっている。

どこからも流れ込む川がないところを見ると、水は深い地の底からでも湧くのだろう。あまり広くはないけれども、実際底知れぬ深さを有っているらしく、とろんとした青い水が、無花果形の淵に湛えられているのだ。

「間違っても旦那、あそこの岩から下へ降りて、淵の水をすくって見たり、釣なんかなすっちアいけましねえぜ、どうせ碌なことはねえでがす。あそこの淵へ入ったものは、今までに一人だって生きて帰ったものはありましねえ。生きて帰るどころか、死骸だって浮いて来たためしはねえですから」

三吉が、出がけにそういって呉れたことを思い出した。日光の中禅寺湖や華厳の滝の滝壺でも同じようなことをいっているが、いわれて見れば、なるほどそうらしいところがある。水が地の底から湧いて来る癖に、水面をじっと見ていると、ところどころに力強い渦巻きのあることが分る。非常にゆっくりと廻っているようだけれど、試みに岩の上にあった枯葉を落して見たら、ぐーっと底へ引き込まれて了った。そしてそのまま、いつまで経っても出て来なかった。淵の底が、多分非常に複雑な構造になっていて、表面の静かな割合には、中の水流が何ともいえない、奇妙な動き方をしているのだろう。見ているうちに、股のへんが、こう何ともいえず寒くなって来る。同時に、一思いに飛び込んでしまいたいような誘惑も感じる。

見上げると、淵の向うは切り立ったような絶壁になっていて、その中途に、何か知らぬが赤い花の一つ咲いているのが見えた。その花を見ている間だけ、淵の恐ろしさを忘れることが出来る。ひょいっと顔をうつむけて、再び水面を見下ろすと、何だか眩暈のするような気持さえする。誰も附近には人がいないし、自分一人きりでそこに立っているので、よけいに恐ろしくなったのだろう。

二里あまりの道を宿まで帰って来て、三吉に、そこの物凄さを賞(ほ)めてやったら、三吉は大変に得意だった。

「でもねえ旦那、あそこにア死神がいるっていいましてね、気の弱い奴は、じきに死神にとっつかれて淵ん中へ飛び込むことがあるんでがす。旦那ア、死神を見ませんでしたかい」

「うん、見なかった。が、一寸(ちょっと)、飛び込みたくはなったようだよ」

「そうですかい。その飛び込みたい気持って奴が、てっきり死神のする業(わざ)でがす」

三吉は、中々(なかなか)うまい理窟をつける男だ。

少し疲れたので釣りは止め。

風呂場へ行くと、いやなことには、新しい鏡がかけてあった。

「ここの風呂には鏡がないので大変にいい」

いつだったか、自分がそんな風にいったのを、宿では嫌味にそういったのだと思って誤解したのだろう。鏡は実際嫌いだ。自分の汚い顔がチラリと映るのを見るだけでも、ゾクリと脊筋(せすじ)が寒くなる。

他人が見ると、そんなに醜悪ではないというんだけれど、自分自身、こんなにも自分の顔を嫌うのはいったい、何という因果なことだろう。

まあいい。今日は兎(と)に角(かく)、割合に愉快な一日だった。きっとよく眠れるだろう。

鏡は、明日帳場へそういって、取り外して貰うことにでもしよう。

九月十三日　土曜日

嬉しい。

けれども、ああ、何ということだ！

折角、こうして気分が落着いて来たのに、玲子さんが突然にここへやって来ようとは！

宿の女中がへんにニヤニヤしながら、「お客さんがお見えになりました」といって来た時、自分は実際、それがまさか玲子さんであろうなどとは思えなかった。

「先生、いけないと仰有ったけれど来ちゃったのよ」

いつもの通りの無邪気な調子で、彼女がそういって女中のあとから入って来たので、全く面喰わずにいられなかった。

彼女は、この醜悪な顔の生物が、彼女を恋していることを、いやいや、時によっては、暴力を以てしても思いを遂げようとさえしているのを、夢にも知ってはいないのだ。自分の有っている不思議な仮面、芸術家には珍らしいほどの人格者だ、とそういう誤った世間の評判の通りに、この自分を絶対に信頼してはるばるこんな山の中までやって来たのだ。

「でもどうしたのです。一人っきりですか」

一人っきりなのが、とても嬉しいことではあるけれども、同時に、非常に恐ろしいことだとも思った。

「ええ、一人っきりですの」

「何か急に用でも出来たんですか」

「いいえ、用なんかありやしませんけれど、急に先生のところへ来たくなったんですわ。来たって悪かアないでしょう」

「いいです……」

いいどころではない、胸が張り裂けるほどにも嬉しいのだ。が、それと一緒に、どういったらいいか困ったことだとも思うのだ。

恋人として来て呉れたのなら、どんなにかこれは幸福なことだろう。

師として自分を慕って来ただけの彼女。

師の傍で、何か仕事をしようとして来ただけの彼女。

思うまい。身に不相応な考えは抱くまい。

美しいものが自分の傍にいて呉れるというだけでもって、自分は十分に満足しなくてはいけないのだ。製作だ、製作だ、それによって自分は生きて行くのだ!

「ほんとに静かないい湯ですわ」

風呂から出て来て、彼女は快よい声でそういった。そうして、廊下の手摺に凭れて、すぐ下を流れている浄法寺川を眺めていた。

「あら、先生、お魚が沢山泳いでいますわ」

「ハヤですよ。晩方になったら、釣りに連れて行ってあげましょうか」

「まあ嬉しい。私、子供の時に一度釣に行ったことがあるだけですの。――私にも釣れるでしようか」

「釣れますとも、毛針だから、餌の世話はいらないし――」

こうしたことをいっている間は、しみじみ幸福だと思った。

それ以上に、一歩でも出てはならないのが、歯がゆいけれども仕方がない。

約束通り、夕方二時間ばかり川へ行って来た。出がけに、いつもの服を着ようとすると釦(ぼたん)が殆(ほと)ど全部取れている。

「まあ、仕方のない先生ね」というから、

「お嫁さんがないからですよ」わざと冗談めかしていってやった。

「だって、先生は有名な独身主義じアありませんか」

笑い笑いいって、彼女は自分の別の服からの釦を取って、着たまま、それを縫つけて呉れた。ふいに抱きしめたくなって来るのをじっと怺(こら)えた。川へ行ってから、ガゴが釣れた時の彼女の喜びようったらない。

女中に、そういって、二部屋ばかり離れた部屋へ寝床を取らせようとすると、彼女は、何だか怖いから厭(いや)だという。隣の部屋へ寝ることになったのだけど、間には、襖(ふすま)が一重(え)あるだけだ。

寝よう。

カルモチン、服用。

九月十四日　日曜日

頭が重い。

昨夜、殆ど一睡も出来なかったせいだ。

「先生、顔色が少し悪いようよ」

彼女はいう。昨夜自分のしたことを、少しも知ってはいないのだ。

どうしても寝つかれないので、到頭起きてしまったのが、多分、朝の三時ごろだったか知らん。耳を澄ますと、隣の部屋からは、静かな寝息が聞えて来るし、自分は実際、どうしていいのか分らなかった。襖を明けて、彼女の枕下まで、何かの糸で引っ張られるようにして行ってしまった。

廊下の電燈が薄っすらと部屋の中へ流れ込んで来ていて、彼女は子供のようにあどけない眠りに陥ちていたのだった。夜具の襟から胸元を出して、ぐっすりと眠っているようだった。なめらかな咽喉と美しい額と軽く開いている唇には、今にも何か喋べり出すかと思うような微笑が見えた。キッスを盗むのは造作ないことのようだった。思い切ってやりさえすれば、どんなことでも出来そうだった。自分は幾度か咽喉の乾くのを覚えた。衝動をじっと怺えているのが苦しくて身体が痛くなるようだった。

大胆な自信のある男達は、昔から幾度かこうした場合に、彼等の目的を遂げてしまったことを知っている。一旦、目的を達したからには、あとでは女の方が必ず弱くなるものだということを聞いている。だがああ、自分には到底その資格がない。

彼女の息が触れるところまで、自分は顔を近づけて行った。そして、それ以上にはどうすることも出来なかった。暖かい息を嗅ぐ、そのことが、既に既に堪えられないことだった。

そっと部屋へ帰った自分は、浅ましくも彼女の肢体を頭の中へ描き出して、どんなに苦しんだことであろう。彼女の袂の中から盗み出して来たハンケチが、妄想をいやが上にも唆り立ててしまったのだ。

「ねえ先生、今日も釣に行きません」

夕方、彼女が誘ったけれど、行く気になれなかった。そしてその癖に、彼女が、「じア一人だけで行って来るわ」そういって宿を出かけて行くと、すぐまた、一緒に行かなくてはいられなくなった。

今、彼女は風呂場へ降りて行ったらしい。

そっと行って、覗いて来てやろうか知ら。昨夜も見た、あのいくらか栗色を帯びたような二の腕と、処女らしく膨れ上って来た乳房とを、彼女は惜しげもなく温泉につけて、ザブザブと洗い流しているのだろう。腕には、案外濃い生毛が生えているようだったが――。行こうか知ら、行くまいか知ら、見付けられたら、

「ああ、あなたが来ていたんですか。僕も急に浴びたくなったので」そういってしまえば、何も体裁の悪いことは有りはしない。

九月十五日　月曜日

悪い時には、どしどしと悪いことが重なって来る。そうして、人の神経をますます掻き乱し

て行ってしまう。

仕事も手にはつかない。夜になると必ず自分を襲って来る不健全な妄想と睡眠不足とで、身体は綿のように疲れているし、脳味噌もまるで支離滅裂になっている。彼女は、写生に行くといって出掛けたので、その留守に居汚い眠りを貪（むさぼ）った。そして二時（ふたとき）ばかり眠ったあとで、その悪いことの一つが起った。

昨夜彼女の入浴を覗き見に行った、それとこれとは全く違うが、最初自分は、ほんとうに何気なく風呂場へ行ったのだ。近頃になく、森閑（しんかん）としていて、何となく気持が落着いて来たので、浴槽の縁（ふち）に頭を凭（もた）せ、しばらくうっとりとしていると、隣の浴室でポチャポチャと水を跳ねかえす音がするのだ。

宿には、自分と彼女との二人っきりしか泊ってはいない。それで自分は「ははア、写生から帰って来て、汗を流しているのだナ」と思った。思うと同時に、昨夜と同じようにそっと覗いて見る気になった。

隣の浴室との境目のところに、筧（かけい）の水を引いた水槽があって、その水槽の横に、節穴が一つ出来ている。少し窮屈だけれど、そこへ行って腰を下ろすと、いかにも自分の体を洗っているようにしながら、隣を半分だけ覗いて見ることが出来るのだ。

最初、そこへ目をやった時には、向うの身体があまり間近くにいたせいで、それが誰だかは分らなかった。けれども、パチャリッと水を飛ばす音がしたかと思うと、その身体が倒されたように向うへ寝たので、今度は全体が見えるようになった。頭を束髪にしていたが、肌の色合が予期していたそれとは全く違う、年ごろ二十三四歳の女だった。

「なんだ、新しい客がやって来たのか」

実際自分はそう思ったのだ。そうして、失望して目を離そうとしたのだ。が、その時に自分は、それが女一人ではないことに気がついた。男が一人、女のすぐ横のところに両脚を投げ出して坐っていたのだ。これは、自分にとって、生まれて初めての経験だった。

見ているうちに自分は恐ろしくなった。そうして、そこそこに湯を上って来た。彼等はまるで対手(あいて)を殺してしまうような激しさで、傍若無人な喜びに浸っていた、それがいつまでも眼にこびりついていて離れない。転々としてのたうつばかりだ。

漸(よう)やくにして落着きかけたのが、これでまた、すっかりと滅茶苦茶になってしまう。そこへ第二の悪いことがやって来た。

夕方だった。彼女が写生から帰って来てその時宿の者から手渡されたといって、二通の手紙を持って来た。一通は自分へ、一通は彼女へである。

読んで見ると、楠田(くすだ)からの短い手紙で、「先生にお目にかかって相談を願いたいことがあるから、多分十六日にはそちらへ行く」というような文句だった。

「楠田が来るそうですよ」

自分がいうと、彼女の顔には、珍らしく困ったような表情が浮いた。

「そうですって。私んのは、入江(いりえ)さんからのお手紙ですけれど、入江さんと楠田さんと、二人一緒に来るって書いてあります。――私、どうしたらいいでしょう」

自分も、薄々と事情を知らぬでもなかった。楠田も入江も、二人共に自分とは師弟の間柄になっているが、二人がいつの間にか玲子を中に置いて、激しい恋愛闘争をやっていることを他の弟子からも聞いているのだ。

どちらも、前途のある、美しい若者だ。

彼女が、そのどちらへとも従いかねて、困っているのも無理はない。

「先生、ほんとうは私、入江さんと楠田さんのことが思案に余って、そっとここへ逃げて来たんですけれど」

彼女がいうので、自分には漸く訳が分った。

「私、先生のところへ来ている間が、一番安心していられますの」

「そうかね」自分は苦笑して答えた。「しかし、あの二人が来るというのは、じアあなたのことについて来るんでしょうね」

「そうだろうと思います。いつか、楠田さんと入江さんとで、これではどうしても解決がつかないというので、大変苛々した顔をなすって、その時に、私をお責めになったことがございます。——私が、煮え切らないからいけないのだって」

「無理なことをいいますね」

「ええ、でも、お二人としては非常に真剣らしいので、そういわれて責められた時には私、恐ろしいような気がしました」

「あなた自身の気持はどうなんです」

「…………」

「楠田君か入江君か、どちらかを愛しているんですか」

「…………」

「自分でも分らなくっちゃア困りますね」

「私、その時は、つい先生のことをいってしまいました。先生に定めて戴いたらって……自分のことを、そんな風にいってしまうのは妙なんですけれど、そういうより他仕方がなかったのです。自分でも自分が分らないいんですもの」

彼女は、途方に暮れているらしいのだ。

恐らく彼等は、こうした彼女の言葉を思い出して、この自分に最後の決裁を依頼するためにやって来るのであろう。

それはいい、少くとも、自分が彼女に対して無関心でいるような男なら、或はこれもいいかも知れない。が、出来ることか出来ないことか、神様だけが知っているのだ。

二人のうちそのいずれに彼女を与えたにしても、それは自分として耐え難い苦しいことなのだ。明かに書いて置く。彼女に、そういう求愛が出来るというだけでも、彼等は十分に嫉妬に値する人間だ。

心の中では思いながらも、何一ついうことが出来ずにいる自分こそ、何という哀れな人間だろう。

「兎に角、僕が会って話して見ましょう。あなたとしては、寧ろ、そういう問題にもう少しの間触れずにいた方が、技倆もずっと進むでしょうし、気持も楽でいられますよ」
いいながら自分は恥かしくなった。
ほんとうに彼女のためを思っているのではない。彼女を、彼等に与えるのが、到底忍ぶべからざることなのだ。

九月十六日　火曜日

午前十一時、果して楠田と入江とがやって来た。どういう訳なのだろう、宿の女中によって、彼等の来着が知らされたその刹那（せつな）からして、自分には一種名状し難い予感のようなものが湧いてきている。予感といって悪ければ、単なる恐怖心だといってもいい。兎に角何か起る。きっと何か起るのだ。

楠田は野球の選手みたいに日に焼けているが、逞（たくま）しい胸と肩とを有っている。秀いでた眉、厚みのある鼻、確乎（しっか）りした唇、ほんとうに頼もしそうな若者だ、入江は、スコッチの背広がよく似合って、どこかの貴族とでもいうように、上品な顔立とすらりとした身体を有っている。顔といわず手といわず、肌がまるで、少年のように白くなめらかなのは、楠田といい対照をなしている。人の好みにもよることだが、実際、どちらともいえないくらいだ。

二人に較べると、自分は何という可哀想な存在だろう。まだ、四十にならない年齢なのに、まるで六十歳以上の老人のように皮膚がしぼみ、頭だけが無暗に大きくて顎が小さい。彼等の伸び伸びとした肢体を見ていると、殊更（ことさら）に切ない負目（ひけめ）を感じる。出来るだけ鷹揚（おうよう）に構えていて、圧倒されないようにはしているのだが。

　昨夜、二人で話し合ったように、彼等は果してあのことで来たのだった。

「先生が、一番公平な裁きをつけて下さると思ったのです」

　楠田は熱心にいった、入江もそれに続けて訴えた。

「僕等は長いこと苦しんでいるのです。御承知でしょうが、僕等は仲間のうちでも、特に仲を良くしていたのです。それが、あの玲子さんが現われてから、どうしても敵対意識を有つようになりました。――無論、こんなことを他人に頼んで見ても、非常に不自然だということは気付いています。しかしそれかといって、自分達だけでは、どう解決の着けようもありません」

「僕が、君達のうちの誰が玲子さんに値するか、それを決定しろというのかね」

「そうです、それでもいいのです。玲子さんも先生をこの上もなく尊敬していますし、先生のお言葉なら、多分玲子さんも、いう通りになるだろうと思われます」

「玲子さんが、君達のどちらかを選んだとする。それで君達は、いや、選ばれなかった君達の一人は、選ばれた一人を、少しも恨まずにいられるのかね」

　二人共に返事はなかった。

　苦しまぎれに、こうやって山の中までは来ていながら、それからあとのことは、深く考えていないようだ。

「玲子さんの気持が、どちらとも定まっていない。或いは定まっていないように見える。そのことが一番いけないのです」

入江はそういった。楠田もそれには賛成した。

「兎に角、先生から一つ、玲子さんのほんとうの気持を訊いていただけませんか。どちらも好きではない、というならそれもいいです。お伽話みたいに、何か競争をして、その勝った方を選ぶというならそれもいいです」

いうことは子供みたいであったが、眼には怪しいまでに熱意が籠っていた。

「僕等は恐ろしいことを決心しています」突然に入江がそういった。そして、楠田の顔をジロリと見た。

「何、恐ろしいこと。——それはどんなことなのだね」

「いえません。今はまだ、誰にも打明けるべき時機でありません。——その恐ろしいことを実行する前に、出来るだけは穏かな手段に出たいと思って、それで先生にお願いする気になったのです。楠田、君だって無論そうだろう」

楠田は頷いた。どんなことを決心しているのか、自分にはよく分らない。

「君達はしかし、少し省察が足りないのじアないのかね。こういうことは、君達の方でばかり焦ったって、別にどうなるというものじアない、暫らく、待って見たらどうなのだ。実は昨夜も玲子さんに訊いて見たが玲子さん自身、どちらともいえずに煩悶をしているのだよ」

自分は、取敢ずそういって置くよりほか仕方がなかった。

何だか知らぬが、妙に苛々しい気持がする。自分が何のためにこの温泉へ来ているのか、ちっとも分らなくなってしまった、こっそりと、東京へ逃げ帰って行こうか知ら。

楠田と入江とが来たためなのだ。

憎い奴等だ。二人共に、そんなことを他人に相談せず、自分で思うようにすればいいじアないか。

九月十七日　水曜日

一日中、非常に厭な気分だ。

楠田と入江とは、三吉に聞いたのだろう、浄法寺淵を見に行くといって出掛けて行った。

「玲子さん、どうする？」

入江がいうと、楠田が後を引取っていった。

「一緒に行って下さい。二人で行くよりは、あなたが仲間になってくれた方がいいんです」

「先生、行ってもよくって？」

彼女は自分に向っていった。そうして、嬉しそうにして二人に随いて行った。

宿が静かになるのは嬉しいけれど、彼女までが行くというのは、とても淋しい気持がする。

まるで、捨てられてしまったようだ。

夕方、窓から見ていると、彼女を真中にして、三人が手をつなぎ合って帰って来るのが見えた。愉快そうだった。

自分は狼狽てて部屋を飛び出して、久しぶりで釣に出掛けた。

小さいのを二匹釣っただけだ。

ひょっとして彼等は、この自分がどんなことを考えているのか知っていて、それを苦しめる積りでここへ来たのではないだろうか。

「君達は何の屈託もないように見えるよ」

わざと皮肉にそういってやった。

「そうですか。ほんとうは随分つらいんですよ」

入江が答えた。

嘘をつけ。いくら苦しいにしても、半分は楽しいに違いないのだ！

九月十八日　木曜日

何も書く気になれない。

今日もまた、一日中置いてきぼりを喰わされた。三人とも、弁当携帯で釣に行ってしまったのだ。

九月十九日　金曜日

大変なことを聞いた。

昨夜のことだ。夜中に、ふっと眼が覚めて見ると、同じ部屋に眠っていたはずの、楠田と入江の姿が無い。

ひょっとして、彼女の寝室へ行ったのではないかと思ったが、そちらからは、スヤスヤという寝息が聞えるだけだ。そっと起きて窓を開けると、浄法寺川の縁で、二人の佇んでいるのが見える。

自分は、別に深い考えもなく、二人がどんなことを話しているのか、立聞きをして見たくなった。

裏梯子を伝って、風呂場の横から外へ出た。そうして、じきに彼等の背後へ行きついた。岩の蔭に蹲み込むと、最初に聞えて来たのは、何か怒りに燃えているらしい入江の声だった。

「改めていうが、じア君は飽くまでも僕等の間の誓約を破ろうとした憶えはないというのだナ」

「勿論のことだ」楠田の声はともすれば川のせせらぎに紛れて、聞えなくなるほどの低い声だった。「毛頭、そんな憶えはない。僕は、君こそそうではなかったかと疑っている」

「疑うのは自分に後暗い考えがあるからなんだ」

「同じことが、君の場合にだっていえるじアないか。怪しからん」

「ナニ、怪しからん？」

お互に殺気だって、じりじりと詰め合っているのだった。無論、彼等の苦しんでいる恋愛について、何か約束をしたことがあって、それを一方が破ったのを、或は破ろうとしかけたのを、一方が攻撃しているのだ。楠田は、少時の間押し黙って、水際を往きつ戻りつしていたようだが、そのうちに、入江の方を睨みつけた。

「だが君、もうこうなってしまったのでは、誓約がどうのこうのといったところで仕方があるまい。僕は、最後の手段を執ることにするぞ」

「ふん、それもいい」入江は顫え声で答えていた。「いつかは、そうなることに定まっていたのだ。友情なんて、そんなものは役には立たない。どっちが玲子さんを獲ることになるか、キッパリと清算してしまおう。――玲子さんにはしかし、そのことはいわずに置くのだろうナ」

「僕自身、いうつもりはない」

「それでいい。二人のうち、どっちかが消滅してしまいさえすれば、自然に玲子さんの気持も定まって来る」

「そうだ、それは、あとのこととして置いて、ではいよいよやるというのだナ。誰か介添人を頼まなくてもいいか」

「有った方がいいだろうか」

「どちらでもいい。しかし欲しいにしたところで引受けてくれる人があるか知ら」

　自分にも、だんだんと訳が呑み込めて来た。二人は、決闘をしようとしているのだ。そうして、その介添人を誰にしようかと迷っているのだ。

　二人がやがて宿の方へ帰りそうにしたので、見付からないうちと思って、自分も岩蔭を離れて来た。裏から入って、二人よりも一足先きに寝床へ入ると、あとから二人も帰って来て、何もいわずに布団の中へ潜り込んでしまった。今、自分は、そっと起きてこの日記を認めているのだ。

　二人が決闘をするという、このことによって彼等がどんなに真剣なのかよく分った。二人のうち一人が消滅するのだといっていたところから見ると、それは並大抵の決闘ではないらしい。

が、それはそれとして置いて、自分には、今ひょっと、へんてこな考えが浮かんで来ている。どういうのだろうか。お前も何かしなくちゃならんことがある。この機会は、お前にとって決して無駄に与えられたものではない。誰かが耳のそばで、そういっているような気持がするのだ。

どうもハッキリとして来ない。

何か、途方もなくうまいことがあるような、どこかに自分を待っている者があるような、捉えどころのない気持なのだが。

九月二十日　土曜日

到頭、恐ろしいことを思いついてしまった。日記だとはいえ、そんなことをここへ書いて置いてもいいものだろうか。

後の証拠になるなんて、馬鹿ナ、自分は本気になってそんなことを考えているのじゃない。ただ、そうだ、そうすれば苦もなく邪魔者を追っ払ってしまえる。そうして、彼女を相変らず自分の傍へ置くことが出来る、そう考えているだけなのだ。

しかし、確かにそれは不可能ではない。ほんの少しの間だけ良心を麻痺させさえすれば、極めて安全に遂行出来る。

「先生、どうしたのでしょう、楠田さんも入江さんも、今日は妙に考え込んでばかりいらっしゃるんですけれど」

朝、彼女が自分のところへ来てそっといった。二人が、決闘をしようとしていることを、知らせた方がよいものかどうか、自分には判断がつかなかった。それで、何気なく、

「そうですか。僕には、別に変っているとも見えないけれど——」

そんな風にだけいって置いた。

二人の方では、注意して見ていたが、なるほど、終日黙々として考えているらしかった。ほんとうは決心がまだつかないのだろう。自分と彼女とがいるために、決行しかねているというところもある。

やるなら早くやれ、そういって嗾しかけてやろうか知ら。

九月二十一日　月曜日

彼女は、川下の方に面白そうなところがあるから、そこを写生して来たいといって、昼飯を済ますとじきに出て行った。楠田と入江とは、その時一緒に誘われたけれど、気分が進まないからといって断った。そして、彼女の姿が見えなくなるや否や、入江が自分のところへ来て、思い詰めたようにしていうのだった。

「先生、お願いがあるんですけれど——」

自分は何か知らずハッとしながら、しかし出来るだけは平静を装っていた。

「どういうことだね」

「非常に変なお願いなんです。ここに手紙を書いて置いたんですけれど、これを、明日になっ

たら、玲子さんに渡して戴けませんか」

彼が取出したのは、大変に部厚な封筒だった。

「妙なことをいうね。君自身で玲子さんに渡したらいいじアないか」

彼は、非常に狼狽てた風だった。

「いえ、それがしかし、少し困ることがあるんです。――僕は、明日になると、ここの温泉にいないかも知れません」

「じア、今日のうちに渡したらいいだろう」

「そ、それも工合が悪いんです。明日になって、無論僕がいさえすれば、そうです、これは大切なことですから、特に忘れて戴かないようにお願いしたいのですけれど、明日になって僕がここにいたとすれば、この手紙は、是非僕の手へ返して下さい。玲子さんに渡さないで下さい。僕が、この宿に帰って来なかった場合に限って、玲子さんに、先生の手から渡して貰えれば有難いんです」

「何だか、ますます変なことになるね。無論、造作ないことなのだから、君のいう通りにはしてあげるが」

「して呉れますか」

「いいとも。事情はしかし、あとで話して貰えるだろうね」

「あとでは、そうです、きっと、きっと話します」

入江は、楠田のことを気にしていたに違いない。手紙を自分に託してしまうと、不安気に席を立って行ってしまった。自分はそのあとで、手紙の封じ目に湯気をあてて、そっと封を開いて見た。

大体、予期したことではあったけれども、それには、二人が今夜決闘をする旨が認めてあった。それによると、彼等は今夜、浄法寺淵へ行って、どちらかが斃れるまでの決闘をやるというのだった。中々綿密に考えてあるので、自分も感心したくらいであるが、彼等は斃れた者が世間からは自殺したのだと思われるように、銘々、同じ文句の遺書を認めてあるらしかった。決闘をした後に、一人は無事で帰って来ても、その一人に殺人の嫌疑がかからないように、そうした手段を取ってあった。

——玲子さん、そういう訳で、僕は今晩殺されてしまうのかも分りません。それについて、こうした手紙を遺して置くのは、非常に卑怯なことでもあるのです。僕等は、どちらが生き残ったにしたところで、人殺しだと思われるのは堪まらないので、同じ遺書を相談ずくで拵えて机の抽斗へ入れて置きました。もし僕が幸いにして生きて帰ったら、僕の書いた遺書だけは焼き捨ててしまい、楠田の分だけを彼の所持品の中から見付け出して、彼が自殺した態を装うつもりなのです。このことは、楠田だって同じように行うでしょう。ただ楠田がやらないで、僕だけがやる卑怯なことは、万一にして楠田が生きて帰り、今いったようにして僕が自殺したらしく見せかけようとした時に、内実のからくりを、この手紙によってあなたに知らせるという手段なのです。

——何故僕がこんなことをするか。今になって、僕自身がハッキリと分ったのですが、僕は見す見す死んで行く場合を考えて見て、とても堪まらなくなったのです。蔑視まれても止むを得ません。僕が不幸にして死んだ後、楠田だけがいい子になって、あなたと幸福に暮らすのが、羨ましくて堪まりません。不合理にすら思えます。僕が死んだ後、この手紙を世間に発表するか否か、いやそれよりも、その事実によって、あなたが生き残った楠田を嫌おうがどうしようが、それはあなたの御勝手です。楠田が好きだったら、あなたの胸一つに、凡てを蔵い込んで置くのもよいでしょう。

――僕は今、自分が殺された場合を予想してこの手紙を書いているのです。死んだ後に卑怯だといわれやしないか、そう思って随分躊躇したけれど、結局、この手紙を書くことに致しました。僕がいなくなった時に、僕が自殺したというのは嘘です。楠田に殺されたというのが本当なのです。墜ち込んだが最後、死骸の上ったためしのないという、浄法寺淵へ投げ込まれたのです――云々。

入江の手紙には、こんなようなことが書いてあるのだった。

楠田よりも遥に陋劣な男であることがよく分る。が、それと同時に、この抜目のない考えにもびっくりする。

彼が無事に帰って来た場合には、この手紙は彼の手へ取り戻して置いて、その代りに楠田の遺書を探し出し、自殺した態を装わせるのだ。反対に、楠田が帰ってきた場合には、この手紙によって、楠田の殺人者であることが明かになるのだ。

「僕が帰って来なかった場合に限って、先生の手から玲子さんにこの手紙を渡して下さい」

そういって念を押した彼の狡猾さには、ほとほと舌を捲くばかりである。

が、しかし、自分には果して、入江のこうした心事を陋劣だといって非難する、そんな資格があるだろうか。次から次へと、いろいろと工夫が湧いて来ているし、いったい、どうすればよいというんだろう。

もう夜だ。二人は、じきに浄法寺淵へ行くに違いない。仲裁するにせよせぬにせよ、自分がそこへ行かぬという法はない……。

よし！　兎に角、二人に先廻りして行って見るのだ！

九月二十二日　火曜日

熱病に取り憑かれているような気持がする。

あの二人も、恐らくは同じ熱病に取り憑かれていて、そのために、ああして常規を逸した行動に出たのだろう。

どこから書いて行ったらいいのだろう。

書くことは、非常に恐ろしいことなのだが、まあいい、昨夜（ゆうべ）のところから書いて行くんだ。そうやっているうちに、だんだんと気が鎮（しず）まって来るかも知れない。

——昨夜だ。

自分が浄法寺淵へ着いたのは、恰度十二時頃だったと思う。一時間ばかりすると、予期していた通りに、楠田と入江とがそこへやって来た。自分がそこに隠れているとも知らず、二人は薄(すすき)の茂みを掻き分けながら、じきに例の大岩の上へ昇って来た。

ふと見ると、淵の向うの断崖は、今にも自分達の頭へのしかかるように聳えていて、上の方は風があるらしい、断崖の縁のくぬぎの林が、暗(やみ)の中でサワサワと揺れ動いているのが見えた。二人は岩の上へ来ると、やや長いこと押し黙って突っ立っていたが、そのうちに、楠田が手にしていたステッキらしいものを、ポーンと淵の方へ投げ込んだ。

「来いっ！」

叫んだまま、じっと隙を狙っている。そのうちに、入江がポケットからキラリと光るものを取り出した。

「あッ、貴様！」楠田がギョッとしたように叫んだ。「約束が違うぞ。素手になれ、武器を捨てろ！」

「………」

「卑怯者、その短刀を捨ててしまえ！　うぬ、卑怯だぞ」

入江は答えない。光ったのは短刀だった。その短刀を胸の辺(あたり)に構えて、入江はじりじりと進むのだった。

お互に素手でやろうという約束がしてあったのだろう。夜だから、顔はよく分らないけれども、楠田は激しい怒声を振り絞って、入江を頻(しき)りに罵(ののし)っていた。そして終いには一言も喋べらなくなり、キッと身構えて立っていた。

仲裁するなら、その時なのだ！

自分は思わず隠れていた場所から躍り出したが、二人がハッとしてこちらを振り向いた刹那に、奇妙にも、ガラリと気持が変ってしまった。

「あ、先生！」

「……」

「危いです、邪魔をしないでいて下さい」

「やれ、卑怯者をやっつけてしまえ」自分はいった。

「…………」

「後始末はしてやる。介添人になってやる。楠田君、確乎りやれ！」

自分が言葉をいい終らないうちに、入江の方では、無言のまま、短刀をひらめかせて楠田の方へ躍りかかって行った。

「やったナ！」

その瞬間に、短刀の切先が流れたのだろう、楠田の右頰から、タラリと黒いものの流れ出るのが見えた。叫ぶと同時に、彼は猛獣のような勢いで身体ごと入江にぶつかって行った。

どちらも、殆どもう夢中らしかった。

入江は、短刀を手にしていても、足場が悪いために、最初、ドタリと引繰返された。途端に、「畜生！」と叫んで楠田が飛び退き、入江が再びジリリジリリと迫って行った。

とても人間の声とは思えないような叫び声が、時々二人の咽喉から迸って来る。組付いたかと思うとパッと離れ、離れたかと思うと、入江が守宮のように飛びかかって行く。

最後に、楠田がその大きな恰幅で入江を膝の下に組敷いた時、入江の手にしていた短刀が、楠田の頭越しに、キラリキラリと光るのが見えた。見ていると、楠田が頭をずっと低く下げて、入江の咽喉へ噛み付こうとしているのだった。

自分は、不思議にも、犬の噛み合いを見ているような気持で、じっと眺めていたのである。

ふいに、ムーンという叫び声が聞えた。

そして、入江の手から短刀が落ちた。

暫らくは、そのまま取っ組合っていたのであるが、やがて入江の片腕がぐたりと落ちて、ブルブルッと痙攣したらしく思った。

むっくりと起き上った楠田を見ると、顔中を血だらけにして、放心したようになっている。

「ふん、到頭やっつけてしまったね」

自分がいうと、楠田はガクリと顎を頷いて見せた。

「水を、水を下さい……」

今度は、自分が頷いて見せただけだった。

前から考えていた恐ろしい計画が、この時突然頭を擡げて来たのだ。

「やるとすれば今だ！」

楠田は、入江の胴中に踏み跨ったまま、苦しそうな息を続けている。自分は、入江の落した短刀を拾って、そろそろと楠田の傍へ近づいて行った。

「先生、く、苦しいです。水を下さい……」

「水の代りに、これをやろう」

胸を目がけて、ぐいと短刀を突き出すと、楠田は辛くも身を躱した。

「あア、何を、何をなさるんです！」

二度目に突こうとすると、

「先生、先生は僕を殺すのですか！」

恐怖に怯えて彼が叫んだ。そして、弱り切っていた身体にも、不思議な力を湧かしたと見えて、身を泳ぐようにしながら、こちらの方へ獅噛みついて来た。

普通ならば、虚弱な身体の自分では、とても楠田には敵いそうもない。が、彼は全く油断していたし、それに自分の手には武器があった。

「ど、どうしたんです、先生！　あッ、あッ！」

自分は、いつも釣りに行く時の身軽な服装をしていたので、自由自在に岩の上を走廻ることが出来た。彼の大きな手で摑まえられては困ると思って、巧に腕の下を潜り抜け、そして、手当り次第に短刀を振り廻した。

恐らく、非常に短い時間のことであったのだろう。自分にはしかし、殆ど数十分に渡る格闘のような気持もする。やがて、彼は最後の努力を振り絞って、自分の胸に武者ぶりついて来た。そうして自分は、武者ぶりつかせたままで、短刀をぐさりと横腹へ突き刺してやった。

グググググッというような呻き声と共に、彼の身体がドタンとそこへ倒れる時、自分もそれに引張られて、危うく倒れそうになったのを踏み怺えた。

あの時、よくもあれだけの力が残っていたものと思う。自分は、そうやって楠田が倒れたのを見ると、一旦はフラフラとしてそこを立去りかけたけれど、じきに気がついて引返した。そして、一寸迷った末に、楠田の足を両手で掴んで、ズルズルと曳摺り始めた。

そこは、岩が平滑な肌を出していたせいもあろう、淵に臨んだ岩鼻まで、自分は楠田の死骸を引っ張って行くことが出来た。ズズッ、ズズッとそれを押し出して行って、最後にぐんと一突きしてやると、それでもう片が附いた。

どぶーんという水音と共に、彼の死体は浄法寺淵へ墜ちたのだった。水面は黒い。が、微に底の方で、何か物の煮立つような、または遠くで群衆の喚くような、不思議な水脈の音がする。墜ちた死体は、一旦姿を消してしまって、再びポッカリと浮いたかと思うと、それから、岩の下でゆっくりゆっくり廻り始めた。そうして、見る見る上体が傾いて行って、ぐいぐいと底へ引き込まれて行った。

見届けてしまった時、自分は初めて激しい戦慄を感じた。とても、じっとして踏み止まっている勇気はなかった。何かまだ手抜かりのあるような気もしたけれど、逃げるようにして岩を降りた。そして、一目散に川下の宿へ帰って来た。宿の裏口から這入ろうとする時、いつの間にか風が出ていて、大粒な雨がポツリと額へ落ちたのを憶えている。

誰にも姿を見られなかったのは幸いだ。

自分は、そのまんま寝床の中へ潜り込んでギュッと身体をちぢかめて、いつしか眠ってしまったのだ。

――考えて見るに、今更ながら自分の大胆だったのに呆れるくらいだ。あれだけのことを、この自分がほんとうにやったのかどうか、疑って見たいような気さえする。夢ではあるまいか。いやいや、夢でない証拠にはそれから後も現にいろいろのことが起っている――。

眼が覚めた時、時計を見ると九時だった。

しーんとしていて静かだったので、暫くはじっと昨夜のことを考えていたが、ふと、着て行った服に血が附いていはしないかと思い出し、ガバと寝床から跳ね起きた。

調べると、うまい具合に、そうした形跡はどこにもない。ホッとしてそれを壁へ引っ掛けた時、廊下に跫音がして、

「先生、お目覚めですか」

彼女が朝の散歩か何かして帰ったのだろう、そういいながら部屋へ入って来た。

「お早う。今、起きたばかりですよ」

「先生にしては割合と早いわね。楠田さんや入江さんは？」

二人の寝床は、昨夜宿の女中が敷いて行ったまま、空っぽなのである。

どういったらいいか、一寸返事に困ったけれど、出来るだけは事実に符合したようにいって置いた方がいいと思った。

「いないんです。昨夜から」

「あら、どうしたのでしょう」

「僕も、変なことだと思っているんですけれど、昨夜僕は、頭痛がするように思ったので、十

時頃から、川岸の方へぶらぶら歩きに行ったんです。帰って来た時に、二人ともいません。……荷物はああやってあのままにあるし、まさか東京へ帰ったのではないし……」

「へんねえ」

いうにはいったが、この時はまだそれほど気にしてはいなかったらしい。

「しかし、いずれ帰って来るでしょう」

いうと、それでそのままになってしまった。少しばかり雑談をした後、彼女は何かの雑誌を読み始めるし、自分は風呂場へ降りて行った。

楠田の方は、淵の中へ投げ込んだけれど、入江の死体は岩の上へそのままにして置いて来た。谷の奥なので、百姓などもあまり行かない場所ではあるけれども、今に誰かが死体を発見して、村中大騒ぎになるだろうと思った。それ以前に、自分は何をすればよいか。

いろいろ考えも湧いたけれど、兎に角、死体が発見されるまでは、出来るだけ知らぬ顔をしていた方が安全だと思う。

午後三時という時まで、待ち設けていた自分の耳へは、奇態にも何等の消息も伝わって来ない。

朝から空が曇っていて、その癖に雨が降らなかったので蒸し暑い。枕を出して、ゴロリと横になっていると、突然に階下でガヤガヤと罵り騒ぐ声がした。そうして、梯子段をバタバタいわせて、風呂番の三吉が蒼い顔をして昇って来た。

「旦那、旦那、お寝みですか。大変でがす！」

「なんだ」

「浄法寺淵のそばだっていいます。そこに人殺しがあったそうで、それを見付けた奴が、今、知らせに来て呉れました。よく分らねえが、どうもここに泊っていたお客様らしいっていうでがす。――前に二度ばかり見かけたことがあるっていってましたけれど、この間旦那のところへ二人連れで来たお客さんのうちの、色の白い、入江さんという人らしいっていうでがす」

「入江君が？」

「知らせて呉れた奴は、駐在所へ行きました。――旦那ァ、一緒に行って下さるまいか」

「どこへだ」

「浄法寺淵でがす。じきにもう、巡査もここへ来るでしょう――」

聞いていたと見えて、隣室から彼女の不安気な眼眸（まなざし）が、じっとこっちに向けられていた。自分には、その眼眸が怖かった。そうして、無言のまま立って階下（した）へ行った。

巡査が二人に三吉と自分と、それから死体を発見したという若い農夫と、その五人が先頭に立って、噂を聞き知った村の者までがそのあとに従い、一行が現場（げんじょう）へ着いたのは、四時半頃のことだった。

暗かったので、昨夜はよく分らなかったけれど、入江の死体は実に無残なものだった。咽喉を、ガッチリと喰いつかれて、そこから、黒ずんだ血が流れ出し、仰向（あおむ）けになって倒れていたのだ。

自分の顔は、多分、真蒼だったと思う。

「入江です。違いありません」

それでも、出来るだけ落着いてこういった。

「あなたの御友人なんですね」

「そうです」

「いつからここの温泉へ来ていたんですか」

「一週間ばかり前からです。私の方は、ずっと前からいますけれど――」

巡査は、事件の少い田舎のことで、こうした経験に乏しかったと見え、どこか間の抜けた質問振りで、自分としては楽だった。三つ四つの簡単な質問があった後、巡査は、

「本署へ知らせましたから、今に署長も見えるでしょうし、そしたら、猶詳しくお訊ねするでしょう」

弁明がましくそんな風にいって、それから死体のあちらこちらに手を触れて見、発見者である農夫に何か訊ね始めた。

自分は、そこらあたりに、何かの証拠品が落ちているのではないかと思って、人に気付かれぬように眼を配った。そして、時々、淵の方をチラリと眺めた。淵の水は、物凄いまでに蒼味がかって、相変らず渦を捲いている――。

温泉場から少し離れたM町から、所轄署の署長達や、裁判所の人々がそこへやって来た時には、もう四辺が薄暗くなっている。村の人の思い付きで、所々に篝火が焚かれ、それから本式の臨検が行われたのだった。

それには、案外長い時間を費した。誰も自分を疑っている様子もなかったけれど、絶えず不安は感じていた。臨検が終ると、死体は戸板に載せられて、駐在所まで運ばれることになった。そうして自分も一緒にそこまで随いて行って、一通りの訊問を受けることになった。

自分の順番が来る前に、宿の主人や女中などが簡単な訊問を受けたらしい。そして、入江と一緒に楠田が来ていたこと、楠田が前夜から宿にいなかったこと、そういうことを大体調上げてあったらしい。自分がそこの調室へ行くと、係官は形通りに、姓名や職業などを問い質し、そのあとで、実は画家としての自分の名前は前から知っていたのだといい、割合に丁寧な口調で訊ねかけて来た。

何を訊かれても困らないだけの準備は出来ている。だが、わざとらしいことをいってはならない。凡てが極めて自然に、自分の予期した結果へ行くようにしなければならない。自分は、腹を決めて、その警部らしい、口髭を生やした男と対い合ったのだった。

「時にどうでしょう、あなたとしての何か御意見はないでしょうか」

そういわれたので、

「さア、どうも一向――」言葉を濁らして答えて置いた。

「被害者と一緒に、楠田という男が来ていたそうですね」警部の方でも、用心しいしい口を利いているようだった。「その男についてはいかがですか、昨夜から、宿へ帰らないということでしたね」

「宿へ帰っておりません。しかし――」

「しかし、どうしたのですか」

「あの男に限って、別にどうということは無いはずです。非常に明るい性格の男ですし、友人達の間でも、評判のよい青年です」

「そうですか」

対手(あいて)の口吻(くちぶり)や眼附きでもって、自分には、彼等が大体予期した方向へ進んでいることが分った。楠田を疑っているのである。これならば、思い通りに彼等を操って行くことが出来る。

「もっとも――」自分はいった。「今になって考えて見ると、多少、気がかりな点も有るには有ります」

「というと、どういうことです」

「他に迷惑する人もありますし、あまり発表したくはないのですが……。入江君と楠田君との間には、一寸した恋愛上の経緯(いきさつ)もあったんです」

「ほう」

「そのことはしかし、あまりに重大に考えられては困ります。要するに、世間に有り勝な三角関係で、或る女性を中心にして、お互に争っていたことは事実なんです。が、それと同時に、彼等が非常に仲のよい友人同士であったということも本当なんです。殊(こと)に、入江君には多少陰険なところもあったようですが、楠田君の方は、実に朗(ほが)かないい人間だったのです」

　自分ながら、何といううまいことがいえたものだろう。自分のいっていることは、全部が全部、有りのままだ。然(しか)も、こうして楠田を庇(かば)ってやればやるほど、警察官としては、一層、彼を怪しむに違いないのだ。

まだ、いろいろというべき言葉を用意して置いたのだけれど、今すぐに皆んないってしまうのは怖かった。あまりに細工し過ぎるように思った。

それで、それから後は、出来るだけ口数を少くし、当り障りのないことだけ答えた。訊問が終って駐在所を出ると、クラクラッと眩暈がして倒れそうになったが、疲労が甚だしかったせいだろう。

兎に角、難関はこれで突破したようなものだ。

宿へ帰って、一番困ったのは、彼女を慰めることである。彼女は非常に怯えている。そうして、

「楠田さんが帰って来て呉れればいい」

といっている。

彼等が、あれだけに激しい争闘をしていたのを、誰よりも詳しく知っている癖に、彼女は微塵、楠田を疑っている風はない。

「あの人は潔白です」

警察では、どうも楠田を疑っているらしいと話してやっても、ハッキリとそういい切るのだった。

カルモチンを与えたので、彼女は漸く眠りついたらしい。

風が出て、ハタハタと雨戸を鳴らせている。

九月二十三日　水曜日

朝から晩まで、今日も亦曇っている。

起きた時、身体のふしぶしが抜けるほどにだるかった。頭痛もする。急に、まだし残してあることが気になったので、思い切って寝床を離れた。

「玲子さん、昨夜は眠れましたか」

「ええ。いくらか眠ったようですわ。――楠田さんはどうしたのでしょう」

「まだ帰って来ませんね」

朝飯の前に、こんなような口を利き合ったけれど、その時は、思っていたことをいいそびれた。

そのあとでは、駐在所から玲子に出頭してくれという迎いが来て、彼女はすぐに出て行った。帰って来たのは昼ごろである。

「いろいろのことを訊かれましたわ。厭なところですね」

自分の部屋へ来て訴えるようにそういった。

「例の問題でしょう。どんな風に答えたのですか」

「隠すこともないと思って、有りのままにいって置きました。二人の関係はどの辺まで進んでいたのかとか、どちらかに特別な約束をしたことがあるのかとか、随分厭なことを訊かれました」

「楠田君のことも出たでしょう」

「ええ楠田さんがまだ帰って来ていないことは、今朝早くに宿の方へ来て調べて行ったそうです。私、楠田さんを疑っているらしいのが癪(しゃく)にさわって、仮令(たとい)、どんなに疑わしい立場に立ったにしても、あの人には罪がないって、そういってやりましたわ」

　自分はもう、ぽつぽつと切り出してもいい頃だと思った。

「同感ですね。僕は楠田君に限ってそんなことはないと思うんですけれど」といってから、ふいに思い出したようにして、「ところで、そうでした、今まで忘れていたんですけれど一昨日(おととい)の晩、妙なことがあったんですよ。入江君がね、あなた宛てに手紙を遺して行ったんです。若(も)し帰って来なかったら、あなたに渡して呉れって、僕が頼まれていたんです」

　その手紙は昨日出してもよかったのだが、わざと一日遅らせたのだった。別に理由はない。只(ただ)、彼等が決闘したということを、だんだんに知らせて行った方が、何となく不自然にならぬと思ったまでだ。一度開いた後、前の通りに貼り合して置いた封じ目を、彼女は無造作に割(さ)いて読んで行った。そして、顔色を次第に蒼(あお)くして行った。

「まあ……」

「どんなことが書いてあります」

　茫然として、彼女はその手紙を差し出した。そして、自分が読む振りをしている間に、突然肩をがっくりと落し、声を立てて泣き始めた。

　無理もないことなのだ。

可哀想だとは思ったけれど、自分として、これは予て覚悟していたことでもある。

「私、知らなかったのです、知らなかったのです」

彼女は泣き声でいっている。

「僕も、知りませんでした。楠田君達がこんなにまで突きつめて考えていると知ったらどうにか仕様もあったのです」

「私が、わ、わるかったのです」

「いや、あなたが悪いというのじゃない。決闘なんかやった、彼等の方が非常識なんです。――しかし……」

ヒステリックに泣き喚いて、容易には鎮まって呉れないので、終には、自分も困ってしまった。

どういって宥めたらいいか、ほとほと当惑し切っているところへ、突然にやって来たのは、入江の父親だった。自分は昨夜のうちに、宿から電報を打たせて置いた。それで、老人は取るものも取りあえずに来たのだった。場合が場合なので、前に一度だけ、見識り越しの老人を見ると、自分はギクッとしたのだけれど、あとで考えると、却って都合のよかったくらいであった。

玲子も自然に泣きやんだ。

自分は、昨日からの出来事を順を追って話して行った。最後に、今の入江の手紙を見せてやった。

老人は、最初のうち、容易には事情が呑み込めぬ風であったが、手紙を読んでしまうと、初めて深く頷いた。そうして、キッとなって顔を揚げた。

「分りました。この手紙で何もかもハッキリしたように思いますじゃ。この手紙は、私が暫らくの間預かっていてもよろしいでしょうナ」

「玲子さん、ああいっておられるがどうします?」

自分がいうと、玲子はハッと当惑した風だった。

「それは構いませんけれど、でも、手紙をどうなさろうと仰有るのですか」

「警察へ持って行きます」

「えッ?」

「貸して下さるのじゃろうね」

ふいに彼女は、老人の手にしている手紙を奪い返そうとした。

「いけません、いけません、それはいけません。警察へは、その手紙を持って行かないで下さい」

「何故ですね」

「そんなことをすれば、余計楠田さんが疑われます」

「疑われるまでもない。手紙を見れば、もう明かに分っておることですじゃ。その楠田という男が、私の倅を殺して置いて、それからどこかへ逃げたのですぞ」

「違います。私、きっとそれには、何かの事情があると思います。——楠田さんは、なるほど、決闘をなすったかも知れません。けれども、もし入江さんを殺したとしても、逃げ隠れているような方ではありません」

老人はしかし、諾かなかった。そうして、手紙を鷲掴みにしたまま、荒々しく部屋を出て行った。

自分は、こうまでうまく行くとは思わなかったのである。楠田を自殺したことにしてしまうか、それとも決闘のあとで急に恐ろしくなって逃亡したように見せかけるか、ハッキリとは決まってはいなかったのだ。

そのあとで、彼女は、こちらから何を話しかけてもぼんやりしていた。じっと一つところを見詰めたまま、いつまでも考えていた。

「先生、私は、楠田さんがそんな卑怯な人でないことを知っています。隠れている事情をきっと探り出して見せますわ」

ふっと、そういっただけである。

自分には、この言葉が何がなし怖ろしかった。

同時にまた、自分のやったことは、案外無駄な努力であって、実はしてもしなくても同じようなものではないかと、後悔に似た気持もして来た。

確かに、どこか目算の喰い違っているところがある。

何処だ！　その喰い違っているところは何処だ！

——老人は三時間ばかりして帰って来て、警察でも老人と同じ見込みでいるということを話して聞かせた。

逃亡した楠田を探し出そうというのだ。

ふん、それで兎に角、この自分が疑われる心配はない。

が、いよいよそうなって来た癖に、不思議に苛々(いらいら)して落着けない。

夕方から、豪雨。

雨の飛沫が、家々の屋根を気狂いのように叩いている。

九月二十四日　金曜日
一日中、不思議にも玲子は、彼女の部屋に閉じ籠っている。

入江の父親は、昨夜から同じ宿に泊り込んでいて、油断なく見張っているようだ。楠田が帰って来たらすぐにもとっつかまえようと思っているのだ。午前に一度と午後に一度と、駐在所へ出向いて行った。

「警察でも、まだ犯人の行方が判明しないといっています」

彼は、落胆したようにそういった。

土地の新聞を見ると、田舎でもさすがに素早く報道していて、犯人は楠田であると書いている。「当局では目下全力を挙げて捜索中」などと、お定(さだ)まりの文句で結んである。

「先生はどう思っていらっしゃるのですか」

夕方になって、玲子がそういった。

「さア」

とだけは自分は答えた。

別に自分を疑っている風でもないけれど、彼女の眼で見られると、何だか腹の底でも見抜かれるような気持がする。

雨が、猛烈な勢で降っている。

気の落着けないことは昨夜よりもひどい。

何か予想外に凶(わる)いことが起るような気がする。

気のせいか知ら。

いや、気のせいではない。きっと起る。何かきっと起って来る。

日記など、ゆっくりと書いてはいられない気持だ。

九月二十五日　土曜日
今日もまた雨だ。

前には雨が降ると、ずっと気分が鎮まったのに、とても胸騒ぎがして来て堪まらない。

「先生、昨夜は私、楠田さんが帰って来た夢を見ましたわ。――こちらから言葉をかけても何にもいわず、しょんぼりとして、妙に淋しい顔をなすっていました」

夕飯の時に、彼女はふとこんなことをいった。

脊筋がぞーッとして来る。

いやだ、いやだ。

九月二十六日　日曜日
雨だ。密雲だ。犯人、未だに姿を現わさずだ。

九月二十七日　月曜日　雨

九月二十八日　火曜日　雨

九月二十九日　水曜日　豪雨
雨がよく降る。痛快に降る。宿の者は、嘗(かつ)て無い長雨だという。
降れ、降れ、いくらでも降れ。

九月三十日、木曜日
起った。到頭起った。
恐ろしいことが起ってしまった。
朝、まだすっかりと夜の明け切らないうちのことだった。
自分は、いつになくハッキリと眼が覚めてしまったので、枕下(まくらもと)の煙草をポカリポカリと喫(ふ)かしていると、隣では、玲子も起きているらしかった。

「起きていらっしゃいますの、先生?」

「ええ、目が覚めてしまったんです」

「珍らしく、雨がやんでいるようですわ」

「そうか知ら。何だか騒々しい音がしていますよ。ザワザワ、ザワザワといって――」

「水の音ですわ。昨日あたりから、川の水が大変に増して来たようですもの」

自分は、ほんとうに雨がやんだのかどうかと思って、雨戸を二枚ばかし開けて見た。なるほど雨は降っていない。手摺(てすり)の下を、増水した浄法寺川が流れている。全く凄まじい水勢だ。見る見るうちに、山の端が明るくなって来て、水蒸気の多いせいだろう、雲が美しい薔薇色に染まって来た。

「ね、お天気でしょう」

彼女もそういって廊下へ出て来た。そうして自分と並んで暁の景色を眺めた。奇態にも自分は、その時、近ごろになくすーッとした気分で、じっと黙って立っていたのだった。

「あッ」

彼女が、だしぬけに突走(つっぱし)るように叫んだので、ひょいとそっちを振り向いた。

「先生、あれ、何でしょう」

「え?」

「あそこよ。あそこに何か浮いていますわ」

彼女は手摺の下を指差した。

そこには、赤黒く濁った水が、殆ど家の土台石近くまで盛り上がって来ていて、泡を噛んで流れている。恰度、自分達の部屋の真下に、平生（へいぜい）は川の水際まで降りて行くようになっている石の段々が築いてあったので、それが今は、すっかり濁水に浸されているのだったが、そこまで来た水が、一寸した緩（ゆる）みを見せて、蜒（うね）りながら流れて行く。蜒りの中心に、黒い大きなものが、ポカリと浮いているのだった。

水面はまだ暗かった。

じっと瞳を定めて見たが、どうもハッキリと分らない。

「ねえ先生、人じゃアないでしょうか」

「え！」

何か冷たいものが、頭のてっぺんから、ずーんと脊筋を下（さが）って行く。自分は、思わず身顫（みぶる）いをした。

「ねえ、ねえ、何でしょう」

「……」

「私、部屋の電燈を出して見るわ」

「…………」

「私、怖いわ。先生、よっく見て下さらない？」

自分は、一言も喋舌ることが出来なかった。口を開けば、恐怖の叫びが際限もなく走り出て来るように思えた。ぷいっとそこの手摺を離れて、寝床の中へ潜り込んでしまった。

「まあ、どうなすったの、先生」

いわれても、返事をすることが出来なかった。

そんなものは、早く流れて行ってしまえ。幾度それを念じたことか。

水流の加減だったのだろう。それはしかし、いつまでも同じ処を、ぐるぐると廻っていたのだった。そうして間もなく、彼女が寝ている自分の枕下へ来て、

「ああ、先生、大変です、大変です、楠田さんです！」

泣きながら、そう叫んだのだった。

打続いた豪雨のために、あの神秘を極めた浄法寺淵の水脈が狂って、死骸を吐き出して寄来したのだ！

偶然には違いない。それが、この部屋の下へ来て止まったのだ！

狼狽、驚愕、どんな言葉を以てしても、その時の気持を完全にいい現わすことは出来ない。

女中を始め、宿の者が皆んな起きて騒ぎ出し、続いて、附近の宿屋からも、多勢の人々が、この宿の裏へ廻って来るまで、自分は全く、何を叫び、何を喚いたか憶えがない。

ただしかし、幾分かでも残っていた落着は、頭の隅に、仮令、こうして楠田の死体が流れついたにしたところで、自分が楠田を殺したことは誰一人知っている者がない、とそう考えていたお蔭だった。

人々の努力によって、死体はやがて川から引き上げられた。服装や所持品は、なるほど楠田のそれであるが、顔形は永く水中にあったため、大分変ってしまっている。それを、一目で楠田だと認めた、玲子の眼は鋭かった。殆ど、直観というべきほどのものだった。

その頃までには、流石に自分も、よほど気持が落着いて来ていた。そうして、彼と親しかった自分として、当然振舞うべきように振舞っていた。

それが、ああ、忽ちにして最後の破滅にまで導かれようとは！

駐在所からは巡査が来た。あの時以来、村に留まって調査を続行していた、鋭い眼付きの刑事も来た。そして、すぐに死体を調べ始めた。

「解剖して見なくちゃ分らないが、どうも、大分妙な傷が方々にある。突き傷のようだがこれは流れて来る間に出来たものとは異（ちが）うようだ」

「少くとも五六日は経過しているね。五六日前だとすると、そうか、恰度あの入江という男が殺されたあの日に当るようだね」

刑事は、巡査を対手に、こんなことを呟（つぶや）いていた。そしてそのうちに、死骸の右手が、固く握りしめられているのを見て、それを注意深く調べ始めた。

「何か握っているらしい」

蹲（しゃが）み込んで何かしていたかと思うと、

「ふーん」

と鼻を鳴らして立ち上がり、掌（てのひら）へ何か載せたようだった。

玲子がそこへ出て来なければ、まだしもどうにかなったのである。彼女は、それまで、じっと奥に引込んでいたのだったが、気になって堪まらぬものと見えて、瞳に恐怖の色を漲(みなぎ)らしたまま、検視をしている場所へ顔を出した。

別に、見るつもりでもなかったのだろう、彼女は、刑事の横手へ、ひょいと身体を割り込ませたので、何気なく、刑事の掌(て)を覗いてしまった。

「あ、それは！」

刑事は、ジロリと振向いた。

「ああ、あんたでしたか。これに見憶えがありますか」

「ございます。――先生の服の釦(ぼたん)です。先生が、川へ釣りにいらっしゃる時に着て行かれる、あの服の釦です。いつか、私が縫つけてあげたことがありますし、少し風変りな釦なので、私、よく憶えております」

「ふん、その服はどこにあります」

「先生のお部屋の壁にかかっております。ね。先生、そうでしょう、あの背広の服の釦ですわねえ」

自分は、脳天をがーんとぶちのめされたように思った。

何かいわなければいけないと思いながら、唇が紙のように硬ばってしまった。

眩暈(めまい)がして来て、そのまま倒れてしまったのだった。

――今。

漸くにして正気に戻った自分には、凡てのことがハッキリ分る。

が、何もいうまい。

彼女は、あの時に、まさかその釦がそれほど重大な意味を有っているとは知らずに、有りのままをいったのだった。

眼を覚ました時に、自分はまだ、宿の二階に寝かされていた。

多勢の人がそこにいる気勢(けはい)で、誰かが、確かに聞き憶えのある声でもって、次のようにいっているのが聞えた。

「まア、本人が正気づいたら訊ねて見ましょう。確かにその服の釦(ぼたん)なのです、だとすれば、格闘の際に、被害者が挘(むし)り取って行ったものだとも考えられます。服にはこれで、素人(しろうと)には一寸分らないけれども、きっと血が着いています。——鑑識部でやって貰えば造作ないです。何しろ、死体には、あれだけの傷痕があるんですからね。ここに気を失っているK画伯と楠田とが格闘をして、その時にK画伯につけられた傷に違いないです、釦が発見されたとき、K画伯が急に倒れてしまったところなど、画伯が犯人だということについては、なアに、見込みはもう狂いませんよ」

微細(かぼそ)く啜(すす)り泣くような声もした。

玲子だった。

何もかもこれでおしまいなのだ！

紅座の庖厨

一

最初は兎に角、お咲と喧嘩をしたことから書いて行こう。ああして俺が、何ともいえずへんてこな経験をしたというのも、結局は俺がお咲と喧嘩をしたためであり、そのお咲と喧嘩をしたということが、延いてはレストラン紅座を見付けることになった、そのそもそもの起りに当るからだ。

学校を卒業して以来、もう長いこと一緒に暮して来た女房のお咲——。

このお咲がいったいはどんな女であるか、俺はそのことを、自分の恥でもあることだし、なるべくは書きたくないのだけれど、まあ一口でもって表すとすれば、牝牛のように頑丈で、杉の丸太ん棒のように無神経で、その上に山内一豊の妻みたいに貞節な女、とそんな風にでもいって置いたらいいだろう。俺はその頃、もう長い長い失職の果てに、どこへ勤め口を探そうという元気もなくなしてしまい、来る日も来る日も、ごろごろと寝たり起きたりしていただけであったが、お咲は昼の間は或るゴム会社へ行って、そこの女工監督みたいな役まで漕ぎ付け、従ってなかなか馬鹿にならぬ給料を取っていたし、夜は夜で、レース編みだの仏蘭西刺繍だのをやって、月々百十円から百十八円ぐらいまでの金を稼いでいた。俺は、懐手をして遊んでいて、女房に食べさして貰っていたわけなのである。

　かくの如く貞節なお咲に対して、俺が何の不平を抱くわけがあろう。俺は、今でも真実、お咲のことをこの上もなく有難がってはいるのであるが、さて、有難がるということと、気が合わない、或は気に入らないということとは、全く別の問題でも有り得るのだ。俺にはお咲が気に入らなかった。そうして、毎日毎日喧嘩をした。その喧嘩が、大抵はまあ、食べもののことから始まったので、考えると随分へんなものだが――。

　何故食べもののことから喧嘩をしたか、このことは後の話とも関係があるので、少しく詳しい説明をして置かねばならぬが、いったいが俺は、生れ附な羸弱な身体を有っていた。ゴム会社の台秤にかけて見ると、十六貫ピンピンあるというお咲の身体なんかに較べると、俺の方は、一番いい時で九貫八百匁しかなかったのだし、それはそれで自然気質の方へも影響して来て、お咲が前いったように、杉の丸太ん棒みたいな無神経な女であったのに対し、俺はまるで、針のように尖んがった神経を有っていたのでもあるが、兎に角俺は、とても身体が弱かった。そうして、殊に困っていたのは、殆んど十年以来、胃弱を病っていたことであった。俺の親父も、その又親父も、みんな胃が弱くって、最後にはそのために生命を取られたというくらいなのだから、俺の胃弱は、多分遺伝的なものであったのだろう。俺は子供の頃からして、ついぞ物を、うまいと思ったことがなかった。学生生活を終る頃からは、それが一層甚だしくなり、どんな珍味があったところで、それを自分から進んで食べようとしたことなど、只の一ぺんでもあったことがなかった。例えば、友人の結婚披露式に呼ばれたとする。そういう時には、俺はどんなに困ったことであろう。あんまり箸をつけない方が上品だといわれている日本式の料理ならまだしもいい。何々会館だの、何々グリルだので出される洋食の場合には、実際泣きたい位に困ってしまって、それでも仕方なしに、運ばれた皿へは手を付けるが、そのあとでは、きまってゲロゲロと吐き出してしまい、然も三日ぐらいは寝込んでしまうのが常だった。胃散やなんか、あんなものはちっとも利目がない。俺の胃の腑は、いつでも腐った液体に満ち満ちていて、それがまた時を嫌わず、臭い臭いゲップとなり、グーッと咽喉へこみ上げて来るのであった。

　随分品の悪い話だけれど、我慢をして聞いて置いて貰おう。兎に角そんな工合で、俺はこうして極端に弱い胃の腑を有っていることを、とても不倖せだと考えていたものだった。と同時に、世の中の所謂健啖家というものを、蛇蝎の如くに憎んでいたものだった。その、蛇蝎の如き健啖家が、四六時中自分の傍にいて、ムシャムシャとうまそうに物を食べて見せる、これは何という辛いことだったろうか。同棲していたのだから、仕方がないといえば仕方がない。けれどもお咲は、持ち前の無神経さから、俺が食べものを見ただけでも、ハッと嘔気を催して来る、それほど胃弱で苦しんでいる時でも、俺の目の前で、驚くべき健啖ぶりを発揮したのだった。

「お咲、お前はまるで、馬のように食べるなあ」

「ええ、今日はとてもお腹が空いちゃったの。あんたもこの章魚の煮たの、一つ口へ入れてごらんなさいよ」

いいながらお咲は、ブツブツに切った章魚のうま煮を、見るまに、二本でも三本でも食べてしまうのだ。

見ているうちに俺は腹が立った。そうしてお咲と喧嘩を始めた。

今になって見るとほんとに可笑しい。けれども、その時は決して可笑しくなかった。お咲の方でも、俺の胃が弱いことは承知していて、それこそ、普通の女房には出来ないくらい、医者よ薬よといって心配して呉れたには呉れたのだが、折角そうやってうまそうに食べているところで、俺が、何かしら文句をつけるので、終いには機嫌を悪くしてしまい、

「じあいいわよお。あたし、あんたと同じように食べずにいて、その代り、ゴム会社へも行かないし、レース編みもやんないし、乾干しになってしまうから」

不貞腐れに、そんなことをいうようになった。

あの晩も、確かそんなようなことで口争いをし、そのあとで俺が、フラリッと家を飛び出したのだ。そうして、レストラン紅座を、ひょいと見付けてしまったのだ。

二

——紅座。

この奇妙な、まるで芝居小屋みたいな名前を有った料理店は、いったいいつ頃から出来ていたのであろう。俺が前いったような訳からして、牛込の奥にある自分の家を飛び出したのが、

確か日の暮れてから間もなくのことであったように思う。出る前に、俺はお咲の大切にしている蟇口の中から、二三枚の紙幣をくすねて来た。そうしてそれを、どこで何をして使おうという当てもなく、夜店の並んでいる賑やかな町だの、或はへんに物淋しい屋敷町だの、そんなところを盲滅法に歩いていた。するというと、突然に紅座の前へ出たのだった。

見たばかりでも、それは変な恰好の建物だった。全体としては、砲台か軍艦みたいなところもあるし、またどこかの有名な天文台みたいなところもあった。壁面だけが無暗に広くて、そこへ馬鹿に大きな、半円形の窓がとりつけてあり、殊に変っているのは、建物の到るところが、真赤に塗り立てられていたことだった。附近にある家々が、妙に白茶けたペンキ塗りの家であったせいもあろうが、これはまるで、途方もなく大きな怪物の胴中を切り開いて、ぎゅっと掴み出してきた心臓を、血みどろのまま、手術台の上へ置いたようにも見えたのである。怪物の心臓という感じを、殊更に強めていたものは、正面玄関の真上にある“RESTAURANT-KURENAIZA”と書かれた、ネオンサインの看板でもあろうか。全体が真赤に塗ってあるところへ、このネオンサインは、特有の青い色を放っていた。そうしてその青さが、何ともいえず輝きのある、実に鮮明な青さだった。恰もそれは、怪物の心臓から走り出る血管のように、赤い壁の上をのたくり廻り、ピクピクと顫えていたのだった。

俺が呆然としてそこに立っていた時、ふと、この何年にも感じたことのない食慾が、かすかに頭を擡げて来たのも、恐らくは建物が有つ、奇怪な魔力のせいなのだろう。自分とはひどく縁のなさそうなところだな、頭の隅では確かにこういうことも考えながら、俺は間もなく紅座へ這入って行った。そして外套と帽子とを、入口にいた赤い服の案内人に渡してしまった。見るというと、そこには奥底も知れないような長い廊下が口を開いていて、廊下の壁も床も、外と同じように赤く塗ってあった。案内人が無言のまま、その廊下を進んで行くようにと手真似で指図をして呉れたので、俺は、躊躇なく奥へ奥へと行ったことだが、廊下は奥へ行くに従って天井が低くなり、壁の方も、妙に凹凸が激しくなって来たので、俺は何んだか、怪物のお腹の中へ潜り込んで行くような気持がしたものだった。

「エーイ、御新規様お一人！　Ａクラス二十二号室へ御案内――」

どこか遠くの方で、こんなような声がしたかと思うと、その時俺の目の前へは、図抜けて脊の高い赤い服の男が、ひょいっと躍り出して来たのだった。

「へい、いらっしゃいまし。どうぞこちらへ」

悪く丁寧な言葉附きでもって、男はそういって俺の先に立った。二十二号室、そこは畳数にしてとても一畳敷けるほどの広さはあるまい。けれども、周囲は緋襦子の緞帳で仕切ってあり、真中にテーブルが一つと椅子が一脚、正に独立した一室だった。俺がホッとして椅子へ掛けるも一緒、男は、例の通りの悪丁寧さで、次のようにいうのであった。

「ハイ、手前共、御引立を蒙りまして有難うございます。私は当紅座の支配人でございますが、今後とも、宜しく御見憶え置き下さいますよう。旦那様は、勿論、胃の腑が御丈夫の方ではございませんな。よろしゅうございます。当店独得の調理法によりまして、必ず御気に召すものを差し上げましょう。――Ａクラス、本日の御献立は、特に材料を吟味しまして、他のお客様方からも大分評判を頂戴致しましたのでございますが、ハイ、ハイ、承知致しております。万事はお任せ下さって、ゆるりと御休息なさりませ。向うで、何かガヤガヤと騒いでおりますのは、皆んなBクラスのガムシャラ食連中でございまして、何もお気になさることはありませぬ。さあさあ、どうぞお楽に遊ばしまして、ほんの暫らくの間お待ち下さいませ」

俺は、只もういうなりになっているより仕方がなかった。支配人が立去ってから暫らくすると、今度は一寸法師のように脊の低い給仕が現れて、型の如く腕に皿を載せ、俺のテーブルへ近づいて来た。

何かの糸で操つられるように、俺は運ばれた料理に、片端しから手をつけて行ったのだった。

三

いかなる材料を、いかにして調理したものだかは分らない。料理は総てで五皿であったか七皿であったか、兎に角最後の、種のない枇杷のような果物が出て来るまで、流石に胃の弱い俺が、それを造作なく平らげてしまったのは、何という素晴らしいことだったろう。

材料もいい。それにもまして、料理人の腕前は天下一だ。俺は、一番お終いにコーヒーのほろ苦さを舌の先きで味わいながら、つくづくと感心したことであったが、やがてそのコーヒーも飲み終り、久しぶりでいっぱいになったお腹を撫で撫で、卓上の葉巻をとって薫らしていると、そこへは給仕が勘定書を持って来たのだった。

記

一、御定食（Aクラス）　二十五円
一、チップ　五　円
計　三十円
上　様

俺は、吃驚して給仕の顔を見た。

「これあ君。いくら何でも高過ぎるよ」

「お高くはございません」

「いや高い。間違いじゃないか」

「決して間違いではございません」

「間違いじゃないなんて、ふん、じあ、じあ、支配人を一寸呼び給え」

料理屋の勘定を値切るなんて、随分気まりの悪いことだったたが、俺には、何んにしても不当な値段書だと思えたので、支配人と直接談判をやろうと思ったのだった。

支配人はすぐとやって来た。そうして、こちらから何もいわない先きに、いきなり唇を開いて喋べり始めた。

「ハイ、ハイ、お呼び立てでございましたか。いえ、もう、無論よく分っております。けれども旦那様、旦那様と致しましては、こうして、御自分のお気に召した料理を召し上るということが、恐らくは生れてから初めての御経験ではございませんでしょうか。手前共、それを承知しておりましたので、普通の胃の腑の丈夫なお客様ならば、Bクラスの方へコミにして投げ込みまして、有り来りのカツだのビフテキだのをあてがうところでございますのを、旦那様だけは、特にAクラス、入念なお料理を差上げた次第でございます。——いえ、ハイ、無論それは、お高いようには見えますなれども、胃の腑の弱い旦那様にとっては、決して法外な値段というのではございません」

いわれて見ればそうかも知れない。俺は、渋々ながら、持っていた三枚の紙幣を渡してしまい、ボツボツ帰りかけようとしたのであったが、この時支配人は、ふと思いついたようにしていうのであった。

「時に旦那様！」

「なんだ？」

「旦那様は、胃の腑が弱くて、非常にお困りになっていらっしゃる。その胃の腑を、一つ丈夫な胃袋とお取換えになろうとは思いませんか」

「取換えられるものなら換えたいね。しかしそんなことはとても出来まい。何しろ、生れた時からの胃弱なのだ」

「いえ、出来ないことでもございません。実は、手前共、こうして料理をやっております一方では、その胃袋取換えの方もやりますので、千円でございます。丈夫な、病気のない、消化力旺盛な胃袋を買うために、少々元値がかかりまして、そのために千円頂戴致さないと困るのでございますが、その千円さえ出して戴きますれば、即座に胃袋の取換えを致して上げます」

「だって君、それあ冗談じあないのかね」

「冗談ですって、いいえ、どう致しまして、決して出鱈目ではございません。健康な、生きている人の胃袋を買い取りまして、それを旦那様のお腹の中へ、キチンと、まるで、生れた時からあった奴のように、間違いなく嵌め込んでしまうのでございます。当店の料理人が、どんなに確かな腕前を持っているかということを、旦那様も多分、御気附きになってはいらっしゃいましょう」

「うん、それあもう、さっき食べた料理でね――」

「なら、お疑い遊ばすこともございますまい。胃袋取換えは、その料理人がやるのでございますから、少しも不安心なところはございませんし、左様ですな、早い話が、その仕事場をこれから御覧になってはいかがでございましょう。恰度今夜は、旦那様と同じような胃弱の方が、それはもう、胃癌まで出来ていた胃袋を、長年心配していた揚句に、今年十七になる或る男の子の胃袋を買うことになって、それと取換えにかかったところでございます。手術が、ボッボツと始まりましょう、さあ、こちらへ来て、そっと覗いて御覧なさいませ」

支配人は、その大きな手で俺の腕をぎゅっと摑み、ぐいぐいと引っ張るようにした。そうして俺は、足もともフラフラとなって随いて行った。

際限もなく廊下の角を幾曲りかし、建物のどん詰まりのところまで行ったらしい。

「さあ、どうぞ。御遠慮なく」
そういわれて、パッと眩しい光の射しているところへ出ると、そこには、大きな釜だの、俎だの、或はピカピカ光る肉切庖丁だの、そんなものが一っぱいに並べてあることが分った。

紅座の料理場なのである。

見るというと、そこの中央には、今しも特に大きな俎が、然も二つ出されていて、その一つには、全身裸になった少年が一人、じっと眼を瞑じたまま寝かされており、他の一つには、俺よりもっと痩せ細った、年頃四十がらみの男が、これも矢張り裸でもって、じっと寝長まっているのだった。

俎の傍に、筋骨逞しい三角髯の男が、馬鹿に光る大きな鋏を持って立っていたが、これこそ、紅座の料理人頭に違いなかった。彼は、支配人と俺とが這入って行くと、チラリ、俺達の方を振り向いたけれど、すぐに鋏を取り直し、少年の寝ている俎へ近づいた。

「黙って見ていて下さい。声を立てると、少年が眼を覚ますかも知れません。手術は、眠っている間にやるのですから」

支配人が、急に前とは変った口調でそういった。

そうして俺は、息を呑んで眺めていた。

料理人頭は、左の掌で、ほんの暫らく、少年の胸元から臍のあたりまでを撫でていたが、そのうちに、鋏の先を、ブツーンと少年の腹へ突き刺してしまった。

少年は、その時、ビクリッと動いたようである。だが、料理人頭は、木彫の像のように無表情で、鋏を、チャキチャキと動かし始め、間もなく完全にお腹を断ち割ってしまった。流れ出る血が、俎の周囲にとりつけた溝へ集まり、更に、その下にあるアルミの鍋へ流れ込んだが、これは何か他の目的に使うのであろう。見ているうちに、少年の胃袋は切り取られた。そしてその次に、痩せた男の腹が断ち割られ、その中から、ひどく汚い色をした、疲れた胃袋が取出されると一緒に、あとへは少年の胃袋が押し込まれ、妙に光沢のある細い糸で、食道と胃袋、胃袋と腸とのつながり目が縫いつけられた。

　料理人頭はそれだけの仕事を済ますというと、サッサと部屋の片隅へ行って、水道の水で手を洗い、ポケットから出した太い葉巻を、ポカリポカリ、さもうまそうに喫かし出したが、あとは、助手の料理人達の仕事である。彼等は、痩せた男の周囲へ寄り集まり、何かガヤガヤと喋べり合いながら、そこの傷口を縫い合せた。そうしてそのあとで、まだ腹を断ち割られたままになっている少年の身体を、無造作に担ぎ上げて壁の方へ行き、そこにあった冷蔵庫の中へ、ヨイショッ！　といって投げ込んでしまった。

「さて旦那様、これで無事に済みましたわい。旦那様は、これからチョクチョクと手前共へいらっしゃいまし、そうして、今の手術を受なすったお客様が、どんなに素晴らしい結果をお示しになるか、十分に観察なさいまし。このお客様は、今まではAクラス御常連の一人だったのでございますが、この次からは、断然Bクラスの方へお廻りになります。Bクラスで、この方がどんな具合にして物を召上られるか、それを旦那様が御覧になれば、いやもう、どうしたって同じ手術を受けずにはいられなくなります。——忘れないうちに、もう一度申上げて置きますが、手術料はたった千円、それだけは是非とも頂戴させて下さいまし」

　支配人は、再び前の口調に戻って、繰返し繰返しいうのであった。

四

「千円欲しい。ああ千円欲しい！」

　殆ど口癖のようにして、俺が毎日毎日こんなことをいうようになったのは、それから一ケ月経った後である。

「どうしたんですのあなた。どうして千円欲しいんですの」

　お咲がそう訊いたのに対して、俺は「千円あれば、この生れ附きの胃弱が癒るのだよ」ただ簡単にそう答えただけであったが、無論それは、ああして支配人にいわれた通り、この後紅座へ四五回行って、その度に、あの痩せた男が、どんなに驚くべき食慾を有つようになったか、それを目のあたり見て来たためである。

　奇蹟的なあの男の食慾の恢復、それを見るというと、俺は、矢も楯もたまらなくなり、どうしても手術をして貰おうと決心した。そしてそのために、千円の金が欲しくなり、寝ても覚めても、そのことばかり考えていた。

　お咲には、事情がハッキリと、分らないながらも、そうやって、俺が胃弱を癒そうとしていることが、何んとなく、張合があったらしい。

「ねえあなた。千円あれば、ほんとうに胃の弱いのが癒ってしまうの?」

幾度も幾度もこんな風にいった。そうして、恰度年末が近づいて来て、ゴム会社から暮のボーナスを貰って来たという日に、思い詰めたようにしていうのだった。

「あなた!」

「なんだ」

「あたしね、あなたが、ほんとうに胃を癒そうっていうんなら、千円のお金を拵えるわ」

「ありがたいナ。だけど、こんな金があるのかい」

「今はないわ。だけど、ほら、ここに会社のボーナスが百八十円あるし、それに、今まで、あたしが貯金して来て、あなたのまさかの時に、役立てようと思っていたおあしが、三百五十円は、確かにあんの」

「と、いうと、大体五百円だね。それだけじア、まだ足りないのだぜ」

「だからさア、あたし、今日はすぐと、田舎へ行って、田舎へ行けば金持ちの伯父さんもいるのだし、あと五百円都合して、貰って来るわ」

「へええ、そうかい。そんなことが出来りア、それアとてもいいんだけれど、伯父さんが金を貸して呉れるか知ら。第一、田舎に金持ちの伯父さんがいるなんて、お前一度だって話したことがないじアないか」

「え、えー、それアね、話したことがなくったって、あたし、きっと大丈夫だから、いいでしょう。ね、あたしを、田舎へやって下さる?」

「いいさ。勿論いいさ、けれどもね――」

「けれどもどうしたっていうの。あたし、あんたの病気が癒ってさえ呉れれば、こんな嬉しいことはないし、貯金やなんか、ちっとも惜しいとは思わないの。田舎へ行ってね、きっと五百円拵えちゃうから、ねえ、その間一人で待っていて頂戴よ」

俺は、お咲が可愛ゆくて堪まらなくなった。そうして、こんないい女房を持っているものは、仲間のうちで、自分一人きりだと思ってしまった。

お咲は、ゴム会社の方へは、病気だと嘘をいってから田舎へ行き、四五日の間、何ともいっては寄越さなかった。

「あんなことをいって行っても、金という奴は、オイソレと貸して貰えるものではないのだからナ」俺はだんだんにそんな風に考え始めた。

ところが、或る日のこと、意外にもこのお咲から、電報為替で五百円送って寄越したのである。為替以外には、別にどういう文句の手紙も寄越さなかったけれど、俺にはよく分っている。漸(ようや)くにして手に入れた五百円を、彼女は一刻も早く俺へ送り、一刻も早く俺を喜ばせようとしたのだった。

俺は、前にお咲が残して行った五百円と、今送られた五百円と合せて千円の金を持って、その晩にすぐと紅座へ駈け付けた。

「どうだね、ここに千円持って来たんだ。例の手術を早速やって貰い度(た)いんだが――」

支配人に会ってそういうと、支配人は大変機嫌よく揉手(もみで)をしながら、

「ハイ、ハイ、それは恰度結構でございました。手前共の方でも、上等な胃袋を用意してあるところでもございますし、では、すぐに今晩やりましょう。——手術前に、麻酔剤をおかけ致しますから、さア、どうぞ奥へお這入り下さい」

そういって俺を案内し、即座に手術を始めたのだった。

手術中のことは、麻酔剤をかけられていたので、全く憶えがないけれども、前に見た、あの痩せた男の手術と同じだったろう。麻酔剤から醒めたのが、その晩の十二時近くのことであって、翌日からはもう、殆ど手術の傷痕が癒りかけていた。

このことを、今まで誰もほんとうにして呉れないので困るけれども、そうやって手術を受けた俺は、たった一日だけ、紅座の別室に寝ていただけで、二日目からは、実に驚嘆すべき健啖家になったのである。

俺は、それから後三日間というもの、紅座のBクラス席へ陣どって、朝から晩まで、ビフテキでござれ、カツレツでござれ、手当り次第に食べたものだった。

四日目、その日は、もうそろそろと自分の家へ帰ろうかと思っていたところなのだが、俺は朝起きると、すぐにBクラスの食堂へ飛んで行った。

そうして、血の出るようなビフテキを三つと、ハムアンドエッグス二皿と、ハンバークステイキ二人分と、マカロニーの皿を四つだけ註文した。

手術後四日間は、無料で食べていいことになっていたので、今日こそ、思いっ切り鱈腹(たらふく)詰め込んでやろう、そう考えていたわけでもある。

がしかし、この朝は非常に早かった。そうして、流石の紅座でも、まだ料理人達の手が廻らず、註文した料理が、なかなか運ばれて来なかった。

「畜生！、何を愚図々々しているんだ！」

手術以来、別人のようになった俺の胃の腑は、もう空いて空いて空き切っていて、料理を待っている間が、とても待ち遠で堪まらないのである。

それでも俺は、じっと我慢していたのであったが、凡そ二十分あまりも待たされると、もう居ても立ってもいられなくなった。そうして、怠けている料理人達を叱り飛ばすため、いきなり料理場へ走り込んで行った。

そこでは間の抜けた顔の、新参らしい料理人が只一人、ボンヤリと突立っているだけである。

「オイ君、早くせんか。僕は、先刻から註文を通してあるじアないか。ビフテキ三つに、ハムアンドエッグス二つ、それからハンバークステイキ二つとマカロニー四つだ！」

「ヘイ」新参者は、ペコリと頭を下げた。「申訳ねえです。しかしあっしア、さっきからビフテキにとりかかろうと思っていたところなんで――」

「とりかかろうと思っていたって、あんまり長くかかり過ぎるよ。早くとりかかったらいいじアないか」

「ヘイ、それアもう、とりかかりたいのは山々ですが、どうも、とりかかるわけにはいかねえんです」

「何故だ？」

「肝心のね、肉がどうしても見付からねえです。旦那ア確かＢクラスだし、Ｂクラスだとすりア、上等の肉は使えねえし、これで困っているんですよ」

「構わないよ、ＢクラスだってＡクラスだって、そんなことちっとも構やしない。その、Ａクラスの上等の肉を出して呉れ」

「それアどうもいけません。何しろ、親方の吩咐（いいつ）けが厳しいし、まアまア、一寸（ちょっと）待っていてお呉んなさい」

　俺は、とても待ってなんぞおられなかった。そうして、自分自身材料の肉を深すつもりで、壁際にある冷蔵庫に近づき、把（ハンドル）を握って、ぐっと扉を引き出した。

「呀（あ）ッ！」

　途端に俺は、ひっくり返るほどにも驚き、狼狽（あわ）ててそこを逃げ出したのである。廊下を曲り曲って玄関へ出て、あとをも振り返らずに一目散、遮二無二（しゃにむに）、家へ逃げ帰ったのである。

　冷蔵庫からは、お咲が、ぬっと首を突き出したのだった。蒼い蒼い皮膚をして、お腹をすっぱりと断ち割られて、お咲がそこにいたのだった。

　お咲がいったい、どうしてあんなところにいたのであろうか。それを俺は、警察へ届けるというほどの気持にもなれず、そうかといって紅座のあの不気味な支配人に訊いて見る気持にもなれず、一人っきりでひそかに考えていることなのだが、恐らくはまア、お咲が五百円の金を拵（こしら）えたいばかりに、胃袋を紅座へ売ったのだろうと考えている。無論お咲は、自分が殺されて胃袋を取られるのだとは知らなかったのだろう。

紅座の方から申出した、何か途方もなく巧みな口実に騙されて、うまうまと紅座へ連れ込まれたのだろう。紅座では、それが俺の大切な女房であったということを、知っていたのかいないのか、そんなことは俺も知らない。が、何んにしても、お咲の胃袋が俺のお腹の中へ入ってしまったということ、これだけは誰が何といってもほんとうである。何故なら、お咲は、それっきりもう、俺のところへ帰って来ないし、俺の胃腑（いのふ）は、在りし日のお咲のように、馬の如く丈夫であり、体重の方も、十八貫ピンピンというところまで増えて来ているではないか。

紅座へは、あれから後、一度も足踏みをしないでいるが、相変らずあの場所にあることだろうし、俺は俺で、貞節なお咲の胃袋のおかげで、食べたいものを食べられるだけ食べ、飲みたいものを飲めるだけ飲んでいるのである。

よき女房のあのお咲は、今やきっと心から満足していて呉れると思うのだ。

魔法街

一九——年の冬M市に起った事件、ということにして置こう。

ものの言方が、甚だ漠然としていて申訳ないが、実はそれも已むを得ない。何故というに、これから述べようとする前代未聞の怪事件は、直接その事件を知っている人の側からいうと、例えばどんなに曖昧な表現をしたところで、すぐに、ああ、あの時の事件か、そういって推察がつく筈だし、反対に、今まではこの事件を少しも知らず、今度初めてこの記録を読む人々にとっては、例えどんなに有りのままの年代や人名を並べたところで、バカバカしい、今時どうしてそんなことがあって堪るものかい、こういって一笑に附してしまわれる性質のものなのだ。言いかえると、これこそは、実に信ずべからざる種類の事件なのだ。

物語りに移る前に、M市がどの位の大きさの都会であったか、また、どの程度の文化的施設を有っていたか、大体はそれを説明して置くべきであるが、それには先ず、現在の東京や、大阪の繁華さを思い出して戴き度い。猶また、その都会には、直接に外国航路の船が立ち寄る波止場のあったということも知って置いて戴き度い。市全体は、或る休火山脈の裾が海岸まで押し迫って来た、その割合に狭い平地を占めていたので、山の手の、外人屋敷や富豪の別荘などが並んでいる高台の方へ上って見ると、市は、そこからずっと目の下に見える波止場まで、驚くべき急角度の傾斜をなしていたが、これとても、さしずめ神戸を思い出して戴けば十分である。最初には、古風な言葉であるけれども、この港町へどこからか、不思議な魔法使いが入り込んで来て、町中を、一つの魔術に陥し入れたといわれたのだった。

魔法は、勿論、我々が幼い時にお伽話で聞いたように、或は葡萄酒の樽に乗って空を飛行したり、或は怪しき老婆が携えたる鞭の一振りによって、王子を恋する美しき姫が七年と七ケ月間姿を醜怪なる蛙に変ぜしめられたり、そうした種類の魔法ではない。現代科学の一番生きのいいところを以てしたらひょっとして魔法の呪文が解けたかも知れず、しかしその癖に、矢張り一種の悪夢に似た、といって悪ければ、どこか変てこに調子の外れた、一般にはどうもハッキリした解釈のつけようがないという現象だった。

今、M市に現われたもろもろの魔法のうち、特に著しいものだけを、一通り列挙して置くこととしよう。

(1) 怪電車事件

冬のことであるからして、M市では当時市営の路面電車が、始発の午前五時から翌日の午前一時まで、一昼夜二十時間の営業をやることになっていた。いずこの都市に於ても同じではあるが、この路面電車というものほど、厄介で不愉快な代物はない。重い鉄の車体は、凸凹の軌道の上を、ガッタンガッタンガラガラゴウゴウ、終日悲鳴をあげて跳ね廻り、黴菌(ばいきん)と砂塵とに充ちた都会の空気は、このためにいやが上にも混濁するし、この非音楽的な音響を、それと一緒に、某ビルディング建設工事場のリベッティングや或は道路舗装工事のコンクリートミッキサーの音まで、常にいやでも聞かされている市民の頭は、ともすれば恐るべき発狂状態にまで持ち来(きた)されるのである。都会人は、終電車が通り過ぎてしまったあとの深夜に至って、初めてホッという深い溜息を洩らすのであるが、ここにM市ではそうした深夜、即ち、昼間の喧噪(けんそう)状態に比較すると、町中が恰(あたか)も太古の森林にでも化したかのよう、不思議な沈黙に陥入った時、実に名状すべからざる奇怪なことが持上ったのだった。——空(から)電車が一台、午前二時半から三時半までの間、際限もなく市中をぐるぐると走り廻っているというのであった。

残念なことに、いったいは誰が言出したことなのか分っていない。が、或る非常に月の冴えた晩のことである。麻雀(マージャン)で夜更かしをした一人の紳士は、午前三時十五分過ぎ、山の手の自宅へ帰ろうとした時、その時は自分以外に犬も猫も人っ子一人姿はなく、街燈だけが変に明るく灯されていた舗装道路を、突然その電車の走って来るのに会った。有り得べからざることではあるが、電車には、乗客の姿は勿論のこと、運転手や車掌の姿さえなく、車内電燈だけが只(ただ)煌々(こうこう)と点いていたそうである。こんな深夜に、何故電車が走っているか、いやそれよりも、運転手が何故乗っていないか、紳士は、電車が風のようにして彼の傍(そば)を走り去ったあと、何故か知らぬが急に脊筋(せすじ)がゾーッとして来て、盲滅法、あたりの狭い路地に駈け込んでしまったということだった。

また、これは或る若い芸妓の話であるが、その女は或る時、夜非常に遅くなってから急に帰るといい出した客を、待合から自動車に乗るところまで送って出たそうだ。自動車が行ってしまったので、女は、何か願い事があったのだろう、その近くの大通りにあるお稲荷さんへお参りに行ったが、するとその時、問題の電車が向うの曲り角から走って来た。電車は、矢張り燈を煌々と点けて、運転手も車掌も乗ってはおらず、魔物のように走り過ぎたそうである。女は、ハッと息を飲んだまま、しばらくは茫然としてそこに突立っていたが、やがて真蒼な顔になって前の待合へ逃げ帰り、かあさん、水を頂戴、水、水――といったまま、バッタリ気を失ってしまったということだった。

似た話は並べるとまだ沢山あるが、ここで是非とも断って置かなければならぬことは、これについて市電側でいった言葉である。即ち、噂は噂を生んで、だんだん世間が騒ぎ出したので、或る物好きは早速市の電気局へ赴き、この事実の有無を訊ねたのだが、すると局長は答えたそうだ。

「いや、決してそんなことは無い筈だ。実は当方でもその噂は度々聞いたし、従業員中にも事実その怪電車を見たというものが二三ある。それで極力調査中ではあるけれども、第一がその時刻に於て、当方は電車運輸方の送電を全部中止している筈なのである。従って、例えば誰かが悪戯にそんなことをしようとしても、電車が動き得ぬ仕組になっているのだ。噂は噂として置いて、当方では絶対にそうした空電車を運転させた覚えはない」

勿論、局長の言葉は嘘ではなかったに違いない。従ってまた、理窟としてはこんな時刻にそんな空電車の走る訳がなかったのだろう。が、それにも拘らず、怪無人電車を目撃したという者は、前に述べた紳士と芸妓以外、まだ幾人も存在していた。そうしてそのことは、理外の理であっただけに、益々薄気味悪い、得態の知れぬ出来事として、市民を、底無しの恐怖のうちへ投げ込んでしまった。この恐怖は、或る急行列車がA駅とB駅との間で、忽然として消滅してしまったとか、または、或る大ビルディングの正面入口が、昼の間はT駅の方へ向いていて、夜になると、三十度だけ、C郵便局の方へ向き直るとか、そういう風な荒唐無稽な怪談を聞いた時の恐怖に似たものである。M市の市民達は半信半疑のうちに、何ともいえず不安な気持がして、その頃は寄ると触ると、ヒソヒソと無人電車の噂話をしていたものだが、すると或る時、この怪談が、さながらそれでもって鳧をつけられるのが当然であったかのように、甚だ奇体な事件が起ってしまった。

Sという市電の車庫で、或る若い車掌と運転手とがその朝の始発電車へ乗り込もうとした時、そこに美しい女が、見るも無残な殺され方をしているのを見付けたのだった。

女は、殺される前に着物を脱がされたのだろう。電車の一方の側には、派手な模様の羽織や帯や着物が投げ捨てられていて、それと向き合った位置に、裸体の下肢を腰掛の上へ、上体の方を床へ仰向けにして、クタリと倒れていたそうである。致命傷は、左頸部の頸動脈をえぐった、よほど鋭利な刃物でつけたらしい傷だったが、不思議なことに、女の顔には、少しも苦悶の痕がなかった。寧ろ、何かうっとりとした、愉悦の状態にあるような面貌だった。磨きあげたような白い肌に、血が縞をなして流れ落ちているさまは、何ともいえず物凄かったが、その肌も、致命傷以外、掻き傷擦り傷一つなく、硝子のように冷たく滑かであった。所持品の方を調べて見ると、止金を金で作った皮製のハンドバックに、おきまりの通りの化粧道具、現金二十八円余入りの小型な蟇口、某音楽会の招待券、ミスブランシ一箱、その他紙や仁丹などが入っていた。

裸体になっていたことと、顔に苦悶の痕のなかったことと、この二つからして、現場に出張した係官達は、被害者が恐らくは死の前に麻酔剤か何か飲まされて、意識を失っていたのだろうということを推察したが、一方に於て、所持品が奪われていないところを見ると、これはどうして並々ならぬ犯罪だということに気が付いた。詳しい医学的な検査をするまでもなく、女の身体には、死の直前或る行為のなされたことも分ったが、それもこの犯罪の特異性を語るものだった。麻酔剤を用いた点もあるし、犯人は多分相当知識階級のものであって、然も甚だ変態的性情の持主であろうという目星がついたのだった。

怪無人電車の噂が殆んど絶頂に達していた時でもあるので、S車庫の殺人事件は、忽ちのうちに驚くべき速度で市民の耳へ伝播して行ったが、ここに市民が、その第二報としてアッとばかりに仰天させられたのは、こうして惨殺された車中美人が、人もあろうにM市市長の令嬢であったことが知れたという報道だった。その事実は、死体発見から間もなくして、現場へ急行した市の電気局長が、偶然にも市長の令嬢と面識があったので、初めてそれと分ったらしい。局長からの電話によって、あたふたとそこへ駈けつけた市長夫妻のうち、夫人の方は、令嬢の酷たらしい姿を一目見るや忽ち失神してしまったが、市長は流石に落着いていて、令嬢はその前夜、滅多にないことではあるが、夕方から黙ってどこかへ外出し、そのまま今朝に至るも帰宅しないので、甚だ心配していたところだと述べた。後になって調べて見ると、令嬢は美貌の上に相当奔放な気質であったらしく、異性との間に、幾つかのアフェアを有っていることが知れたので、この、令嬢の無断外出については、その対手(あいて)となるべき、某大学ラグビー選手、某実業家令息、某活動俳優、アメリカ領事館付某武官など、一せいに其筋(その)へ召喚されたものだった。

犯行の手口には特異性があり、被害者の身許及びその周囲の情況も、こうやって大分ハッキリして来ていたので、普通ならばこの事件は、直(じ)きに犯人が挙げられるべきものであった。警察当局では、激しい意気込みを以て事件捜査を開始したのであったが、さて、その結果は、どうだったか。

三日と過ぎ五日と経ち、殆んど十日の余となって、捜査は一向はかばかしい進捗の跡を見せず、やがて殆んど迷宮入りの観を呈して来たのだった。それが抑々(そもそも)、市を蔽(おお)っていた魔法のせいであったかも知れない。事実一般市民に於ては、この時もう前の怪無人電車と関聯(かんれん)させて、市には魔法使いが入り込んでいるのだという、頗(すこぶ)るべら棒な伝説が起って来ていたのであった。

ただ一つ、いとも奇妙なことには、こうやって市長令嬢惨殺事件以後、一人として、無人電車を目撃したというものが出なくなったが、それはそれで、魔法使いが別の方面へ活躍を開始したのであったためかも知れない。その証拠には、やがて次の如き事件が起ることになったのだった。

(2) 怪ラジオ事件

M市のラジオは、波長三——米、J——Kである。放送局は、市の中央H坂の上にあって、建物の様式は有名なアインスタイン塔に似た、半円形の頗る風変りなものだった。

放送を開始してから、もう相当の年月を経ていたので、番組の拵え方なども要領がよく、一般に甚だ評判がよかったけれども、そのうちで毎日の正午と午後九時四十分前後にやる時報については、いったいは前々から多少の非難がないこともなかった。

それは勿論、誰でもが非難したというほどのことではない。いって見れば極めて特殊な、甚だ鋭敏な音楽的聴覚を有った人と、それから異常に神経質であった人と、それらの人々の間に於て、やや不確かに非難せられたところのものである。即ちそれは、時報に際して打つ鐘の音が、必要以上に重々しく、また憂鬱であるという説だった。

——只今、四十秒前、三十秒前、二十秒前——という風に、アナウンサーがだんだん時を刻んで行って、最後にカンと鐘を打鳴らす、その音は実際、ググーンと、腹の底へ染み渡るような響を有っていたので、時間というものがこの宇宙でどのくらい重要な役割をなしているかを考えた時、それこそはいかにもそれに相当した威厳のあるものではあったのだが、時としては、あまり荘重であり過ぎる場合もあったのだった。昼の時報はそれほどでもないが、例えば、或る瘋癲病院に於ては、比較的軽症の患者に限り、時々ラジオを聴かせることにしていたところ夜の九時四十分、時報の鐘がカンといって鳴り響く度、ともすれば一二の患者が、急に血の気の引いた顔をして、物に怯えたような一時的狂躁状態を示すことがあったので、遂に院長は、時報だけを患者に聴かせぬことにしてしまったそうだ。また某カフェーでは、レコードの代りに時としてラジオの演芸放送をかけ放しにして置いたのであったが、そのあとで例の時報が鳴らされると、居合せた客は、飲みかけていたジンのグラスをふっと唇のところで止めてしまって、急に帰るといい出したり、或は仄暗い片隅のボックスで、淫らな接吻を交していた女給と客とは、何故かハッとして唇を離してしまったり、その瞬間だけいったいに妙にお喋りが止んでしまうという、変てこな現象もあったそうだ。いずれにもせよ、時報の鐘には、何か知ら迷信めいた不吉なものが、前からして附き纏っていたわけなのである。

恰度、しかし、それが愈々本当の怪談になってしまったのは、冬の、霙がビチャビチャと降っていた晩のことである。

「J――K、只今から時刻をお知らせ致します。只今、四十秒前、三十秒前……」

アナウンサーの声は、流石にいつも聞き慣れたのとは確かに違っていたということだが、形式は常に変らぬ時報が、時もあろうに、深夜の午前二時半、突然聞え出して来たのであった。

午前二時半といえば、先ず大抵の家ではラジオのスイッチを切っている筈である。たまたまスイッチを切ることを忘れたにしても、市民は大部分が熟睡していた筈である。だから、実際に於ては、この時報を聞いた者はそれほど多くなく、最初には、或る劇場附きのオペラ女優が、その頃に劇場から帰って来て自宅の風呂へ入ろうとした時、留守番の婆やが宵のままにして置いたラジオから、その声をふいに聞かされたといい出したのだが、そうなると、この女優以外にも、まだ幾人かその夜の時報を聞いたという者があった。他人が起きている間は、将棋と玉突きと麻雀ばかりやっていて、夜中にだけ仕事をするという有名な文士も、じきとそのあとで某新聞社でその話をして不思議がったし、或る支那蕎麦屋は、霙は降るし客は無いし、半ばやけで深夜の町をゴロゴロと車を引いていた時、戸を閉め切ったとあるラジオ屋の店の中から、同じ時報を聞いたといって、逢う人毎（ごと）に話して歩いた。

　文士の家でもラジオ屋でも、同じようにスイッチを切り忘れたのであったろう。この時報の鐘の音は、いつもより一層重々しく、一層陰鬱であったので、前に述べた女優などは、その時我知らずギョッとして、着物を脱いだまましばし冷たい湯殿の口へ立竦（たちすく）んでしまったということだが、さて、ここで考えを廻（めぐ）らして見ると、放送局としては、無論こんな時刻に放送する筈はなかった。して見れば、これはどこかのラジオ気狂（きちがい）のやった悪戯に違いないというので、一方ではその後二三日、同じ時刻に同じ放送があったため、放送局自身躍気（やっき）になってこの悪戯者の所在を突止めにかかったのであるが、何しろ、その放送が聞えて来る時間は、たった一分間という短いものであったのだし、精巧なる発信方向探知器を以てしても、容易には方向を見定めることが出来ず、尤（もっと）もそれはそれで、猶四五回も同じ時刻に放送があったとしたら、どうにか目的を達し得るというところまで漕ぎ付けたのだが、市民の間には、前の怪電車事件もあったのだし、又しても例の魔法使いが現れたという噂が立ち初めて来た。そしてその魔法使いは、霙の降った晩から恰度一週間目、今度は全く当局の裏を掻いて、最も怪奇なる中継放送を成し遂げてしまった。

　H坂の放送局で、その晩最後のプログラムとしてS交響楽団のオーケストラを演奏し、問題の時報を終って、アナウンサーが、J——K、と高々と呼んだ直後である。市民達は、スイッチを切ろうとして手を伸ばした途端に、そこから次のような言葉を聞いたのだった。

「お待ち下さい。お待ち下さい。只今からして、J——K特別プログラム、某所に於ける狂想劇、『血みどろの一夜』を中継放送致します。出演者は、市会議長夫人T子さん、及び令嬢A子さん、他一名であります。すぐに幕明きで御座いますから、どうかそのままお聞き下さいますよう」

　放送局では、今しも時報を終ったアナウンサーが、放送室から廻り階段を降りて控室へ行こうとした時、階下のスピーカーからそういう言葉を聞いたので、「アッ、俺は今、何を出鱈目をいっているのだ！」ハッとして変な錯覚を起したし、他の係員達は、アナウンサーが気でも狂ったのかと思って、ドヤドヤと二階の放送室へ駈け上ったということである。市民の方では無論それを知らない。今までに例のない、珍らしい時間外放送をやるものだと思って、神妙に先を聞き続けたのだった。

　放送の次第は、先ず最初に、ドアか何かが閉められたのだろう。ビシーンという重たい音がして、次にはゴトリゴトリ、静かな跫音が木造の床を歩いて来た。

「さア、皆さんがお待兼ねです。猿轡を外してあげますからね」

舞台の台詞らしくはあるが、いかにもそれがわざとらしい、どこか変な調子でこういったの

は、今のアナウンスをやった男らしかった。ほんの少し間を置いて、

「まア、あなたはいったいどなたです。……そして、何のために、私達母子(おやこ)をこんな日に遭わせるんです」

これは少しも台詞染みたところのない、鋭く対手を叱りつける調子で、後に市会議長令息の証言したところによると、それこそ、彼の母親、即ち議長夫人の声だった。

「誰だっていいですよ。何にしても私は、これからあなた方お二人を対手に、芝居をやることになっているんです。……ええと、最初には、お母さんの方から願いましょう。もっとこっちへ来て下さい」

男が夫人を引き寄せようとするのを、夫人は振り離して、どこか窓の方へでも駈け寄ったらしい、パタパタッという激しい跫音が起ったあとで、男の、エヘラエヘラ笑いながらいうのが聞えた。

「駄目ですよ奥さん。逃げようったって、逃げられるものじアありませんから。あんまり手間を取らせられると、皆さんはちゃんとこのラジオを聴いていらっしゃるんだし、場合によっては、ここの場所を、嗅ぎ付けられる懼(おそ)れがあるんです。ハッハハハハ、バカですねえ奥さんは。私が本当のお対手を願おうと思っているのは、実はそこにいるお嬢さんです。奥さんは、これですよ、これで、ちょッと簡単に片を附けてあげますよ」

一般市民のうちには、この時まだ、何が何だか分らずにいた者もあったろうけれど、少くとも市会議長の邸宅では、名望家の議長と令息とが、ドキリとして顔を見合したのだった。

「そ、それで、私を、どうしようというんです！」

多分、弱味を見せまいとしたに違いはない。夫人の声には、明かに深い恐怖の響が混っていた。そして男は、「へへへへ、こうするんですよ」沈み切った低い声でこう答えて、その途端ふいに、

「あッあッ、人殺し、人殺しィ――」

尻上りに長く尾を引いた夫人の悲鳴が起った。

眼には見えず、ただ、音と声だけではあったけれども、それは、どんなに恐ろしいものであったろう。人々は、この時初めて、そこに何か知らお芝居でないものがあるのを感じて、ゾッと襟元が寒くなった。救いを求めるらしい、何か訳の分らぬ夫人の叫び声が、切れ切れに聴取者の耳へ入ると、そのうちに、「ひいッ」という、胸でも刺し貫かれたような悲鳴が聞えて、最後には、ドスーンと、何か重たいものが床へ倒れる音だった。

それが、恐らくは、本当に議長夫人の断末魔であったのだろう。ラジオは一寸の間だけ、ヒユーヒユーと変な雑音を発していたが、やがて男は、それまで、猿轡を箝めて床にでも転がして置いたのだろう、愈々令嬢の方にとりかかったと見え、

「お嬢さん、何も怖がることはありませんよ。……私のするなりになっていればいいんですから……」

憎々しいほどの落着振りで、こういう風にいい出したのだった。

令嬢は、この猛悪極まる野獣の腕を、出来るだけは逃げようとしたものらしい。

「助けてェ――。誰か来てェ――」

懸命にそう叫びながら、バタバタと室内を逃げ廻る様子だった。そして男は、到頭それを掴み寄せて、流石にハッハッと息を切らしながらも、「どうです、もう観念したでしょう。和温しくしていた方が、痛い目をたんと見ないで済むんですよ」どこまでも悪態に、お芝居がかっていうのであった。

激しく身悶えして、床を足で蹴る音や、ムッ、ムッ、ムウ……と、令嬢が唇を何か厚ぼったいもので塞がれて、それを押し退けようとしたのだろう。半ば泣声に似た呻き声や、それからあとのことは、到底筆紙には現わし難い悲惨事だった。最後まで、一般聴取者は、息を詰め身を固くして、じっとこの奇怪な放送に聞き入ったのだが、この間にあって、市会議長と令息とは、果してどんな気持であったことか。

これは、地獄というより他はない。彼等には、肉親の、今や全く芝居ではない恐ろしい最期が、手にとるように分っていた。兄を呼び良人を呼ぶ悲鳴が、ハッキリと耳へ聞えて来ていた。場所さえ分っていたならば、火の中と雖も恐れずに飛び込んで行ったに違いない。後に、彼等の召使の一人が話したことだが、この召使は、恰度その頃、何か暖かい飲物を拵えて、彼等の居間へ行ったそうだ。見ると、二人は真蒼に硬張った顔をして、額から汗をたらたらと流し、議長は、ラジオのスピーカーに掴みかからんばかりの姿勢でいたという。眼で見せられるよりは、もっと残忍なことであったかも知れない。それは、分っていて、どうにもすることの出来ないものだった。彼等は遂に最後までそれを聞いていることが出来なかったらしい。召使が漸くことの真相を察して、邸内へ急を告げようとして走り出した時に、議長は、咽喉の奥から振り絞るように、ウームという叫び声を揚げたままスピーカーに折重なって、バッタリ悶絶してしまったのだった。

召使達が議長の介抱をしている間に、それでも令息がどうやら気が付いて、その時初めて当局への電話をかけたのだが、当局としては、それまでにいったい何をしていたのだろう。そのことだけは、どう非難されても致し方がない。放送局でも警察でも、この時はまだ、一向にこの奇怪な放送の発信地を探し当てることが出来ず、ただ、うろうろとしていただけであった。

彼等は、最初、この放送に気を呑まれていたのだった。また、例の深夜の時報とは違って、それが実際の放送の直後に起ったことなので、全く泡を喰ってしまったのだった。議長宅からの電話がかかる僅かに前、漸く方向探知器のことを思い出したが、間の悪い時は仕方がなかった。探知器は、その係技師が自宅へ持って行って備えつけて置いたもので、然も技師は、夜中に例の時報が行われる時、それを十分に用意して待ち受けるつもりで、その時は、ぐっすりと眠り込んでいたのであった。

時報に較べて、確かに十分に方向を定めるだけの時間がありながら、彼等は遂に、ガヤガヤと騒いだだけで終ってしまった。警察官達は、即刻現場を捜索せよとの命令を受けても、只、雲を摑むようにして、全市へ散らばって行っただけだった。

放送は、最後に、カラカラと笑う男の声を聞かせると、それでバッタリと切れてしまった。そしても早永久に二度と繰返されなかった。その晩は勿論のこと、当局では、翌日も、翌々日も、全く手の下しようがなかった。

三日目の朝になって、放送局では皮肉にも、その朝のラジオ体操をやるために、イの一番に局へやって来た体操教師が、入口の右手の塀の下で、議長夫人と令嬢との、酷たらしい死体を発見したのであった。

(3) 怪救世軍事件

M市が海に沿っていることは前にも述べたが、この海岸で、当時、最も目立つ対立関係に置かれた二つの施設があった。

一つは、市の商業会議所会頭が、その妾(めかけ)の名でやらせていた、カフェー『浮城(うきじろ)』であり、他の一つは、市の救世軍がやっていた『新ノアの箱舟』である。

それは、地球上を万べんなく吹き廻していた不景気風が海運界にも強く影響を及ぼした結果、海の上では到るところに何十万噸(トン)という用のない船が出来、従って古今未曾有の大繋船時代を現出した頃だった。M市の港にも、自然、各汽船会社の持船、殊(こと)に多く貨物船が、まるで死んだおさかなのようになって、ポカポカと浮いていたのであるが、誰にしてもこんな場合には、この勿体(もったい)ない空船(あきぶね)を、どうにかして利用したいと考えるだろう。ここに挙げた二つの施設は、そうした考えの結果生れたものなのだった。

いうまでもなく、商業会議所会頭は、都会人の好奇心に訴えて、海上のカフェーを作ったら、さぞかし千客万来の盛況を来たし、少くともお妾をもう二三人増やす位の金儲けは出来るだろうと考えて、一艘の割合に綺麗な貨物船を手に入れたのだし、救世軍側では、この不景気と寒空に、ルンペンはどんなに困っているだろう。彼等にせめては夜の宿だけでも与えてやりたいと考えて、これはもう相当古い、しかし大きさだけは十分にあるぼろ貨物船を借りたのだった。

カフェー浮城の内部は、幾つとも勘定のし切れぬほどの小部屋に分たれ、その各々の部屋には、居心地のいいアームチェアが持込まれ、また銀色のアルミを塗ったスティーム・パイプが廻っていたし、新ノアの箱舟には、特志家の寄附による粗末な布団と、足りない部分は、田舎の納屋のように、藁がフカフカと敷き詰められていた。市では、この二つの施設を許可する時に、多少世間の思惑を憚ったのであろう、カフェー浮城には波止場から東寄りの海岸某地点を与え、新ノアの箱舟には、その反対西寄りの某地点を指定したのだが、思い付きが同じでありながら、結果に於てこれほど見事なコントラストをなしたものはあるまい。双方について、最も重大な一致点は、それへ出入した人の数が殆んど同じであるということだけだった。即ち、カフェー浮城には女給が百人いて、これに対し午後二時から十二時までに、約百組、三百人の客が来たということだったし、新ノアの箱舟では、暖い寝床を求むるために、毎晩四百人乃至五百人のルンペンが集まって来たというのであった。

話はここで、どちらから始めて行ってもいいのであるが、最初には、M市で、又しても魔法使いの噂が流布し出したことから話すとしよう。カフェー浮城は、M市の気候がまだそれほど寒くならないうちに出来たものだったし、新ノアの箱舟は、海からの風がピリピリと人の皮膚に染み込むようになってから出来たものである。箱舟が出来てからややしばらく経った時、M市の市民達は、近頃救世軍では、真夜中に宣伝をやって歩いて困るといい出したのだった。宣伝というのは、勿論、例の太鼓を打鳴らし、タンバリンを叩きつつやるところの音楽行進だった。我々は、冬の夜、時々この行進に出会(でっくわ)した経験があるが、M市では、その楽隊の音を、深夜、人の寝静まる頃になって聞いたというのであった。

　高原の大きな荒地の只中から、テケッ、テケッ、テケッ、馬鹿囃子(ばやし)の音が聞えて来たとか、森林中の沼地のほとりから、不思議な催馬楽(さいばら)の音が起ったとか、そういう種類の古い時代の怪談は、読者諸君も恐らく御聞きになったことがあろう。これは、それとよく似た話でもあるし、前に述べた無人電車事件などに較べると、ものがものであるだけに、稍(やや)ナンセンス染みたところがないでもない。だが実際に於ては、とある深夜、かの単調なる信ずる者云々の唄声と太鼓とを、商店街の裏通りから、或は住宅街の四つ角から、突然に聞いたと称する人々は、それこそ実に不気味な、身の毛もよ立つような楽隊だったと語るのであった。

　勿論救世軍側では、K町にあった本営でも各所に散在していた支隊でも、当方では決してそんなことをやった覚えがないといって、最後まで否定し続けたことではあるが、市民達がそれを聞いたという噂も、万更(まんざ)らの嘘ではなかったと思われる。不思議なことに、それは音だけの問題であって、誰一人として、その楽隊の姿を見たというものがないのであったが、市民の或る一人は、噂が出始めてから三日目のこと、自分こそどうしてもその正体を見届けようという決心で、夜中に、楽隊が聞えたらすぐに戸外へ躍り出せるような準備をしていたところ、果してその晩の二時頃になって、彼は、確かに向うの横町からの音を聞きつけた。ものの二町とは離れていないと思われたので、勢い込んで駈け付けたが、さて行って見ると森閑たる真夜中の通りである。どこにもそれらしい者の姿はなくて、只、音だけが、奇妙にも頭上から降って来るような気がしたので、ふっと空を見上げると、葉の落ちた欅の梢に凄いような月がかかっているのを見たという。音がいつの間にかバタリと止んで、彼は、ブルッと身顫いしたということだった。

魔法使がやっている仕業だ、魔法使いは、今度もまた、何か途方もない悪戯を思い付いたのだ、という憶測が、市民の間にだんだん勢を増して来たのは、この際として最も当然のことだったろう。世間が、だんだん騒ぎ出して来たために、市当局は、も早捨てて置くことが出来なくなった。そして警察の手に依頼して、一刻も早く、この悪戯救世軍を検挙しようということになった。

それには、怪電車事件や怪ラジオ事件を思い浮べて、警察としても、強ち市民の噂を馬鹿にすることが出来なかったのであろう。或る日、彼等は大々的評議を行った末に、市郡部から沢山の警官を動員し、これから約十日間、市中に厳密なる非常線を張ることにしたのだったが、こうなると魔法使いも、多少恐れをなしたかも知れない。救世軍の楽隊は、それ以来バッタリと聞えなくなった。そしてその代りに、実に驚くべき悪戯をやり出してしまった。

警察の非常線は、毎晩午前零時半から張られることになっていたのに対し、悪戯は、それより前、午後十一時に行われたので、これは前のラジオ事件と同様、魔法使いが警察側の裏を掻いたということが出来る。この晩その時刻に、市民の或る者は、波止場の方向に当って、最初、チラリと、極めて奇妙な現象を見たのだった。

　波止場には、当時夜になると、巨大な風船玉が見えたものである。風船玉は、巧みな照明法によって、いつも真赤なお月様のように輝き、またその風船玉からは、丈夫なフレイムに取り付けたネオンサインで、「カフェー浮城」の六文字が、鮮かに夜の空へ浮び出ていたのだった。

　市民は、ほんとうに何気なく、その歓楽境の広告風船を見ていたのであるが、その時風船玉は、急に、何ともいえず奇妙な閃光を発し、それからニュッと現われた黒い大きな手で、一たまりもなく握り潰（つぶ）されてしまった。

　初めは、只、オヤ！　と思っただけだそうである。風船玉の光が消えると、下にぶら下がっていた六つの文字は、クシャクシャッと泣きしぼむような形に変り、続いてパーッと四方八方へ散り消えた。

　瞬間、波止場の空が急に暗くなったと思うと、その暗い空間を引裂いて、青赤黄白、前代未聞の大花火、更にズドーンという爆音が響いたのだった。

　広告風船の変化には気付かなくても、恐らく市民中で、この爆音を耳にしなかった者は一人もなかろう。その時市民は一様に戸外へ飛び出した。そして、口々に、何んだ何んだ、何の音だといって喚（わめ）き立てた。しばらくして、市民のその問に答えるように、波止場から伝わって来た報道は、次のようなものである。

　即ち、カフェー浮城は、あの凄じい瞬間に於て、胴中から真っ二つに裂けて、そのまま海中深く没してしまったというのであった。

直接に、その現場を見たという或るフランス人もあった。また、某支那料理店の出前持もあった。が、最も正確な証言を成し得たものは、新ノアの箱舟に乗っていた一人の老いたる労働者である。

「恐ろしいの恐ろしくねえのって、あっしは、まだあんなのを一度だって見たことがねえです。あっしは、昼間拾って来て置いた巻煙草が吸いたくなったので、寝床の上で吸うというと、藁へ火が移ったりなんかしていけねえと思って、吹きっさらしの甲板の上へ出て行ったでがす。ところが、ハッチの近くまで歩いて行くと、その途端に、パッと眼の先きが明るくなって、浮城の奴めが、ビューッと跳ね上がるように見えたんです。音も、それア聞えましたがね、音より何より、二つに折れた浮城が、こう、でかい長い脚を、ニュッと海から突き出したように、逆様になった瞬間が、とても素晴らしいものでしたぜ。いつもは見えねえんだけれど、その時にア、不思議にハッキリ見えましてね、何百人という人間が、何か叫んでいたのでしょう、口を出来るったけ大きく開けて、がむしゃらにそこらのものに獅嚙みつこうとしていたんです。獅嚙みついたって、何しろ垂直におっ立った甲板だから、大抵の奴は、バラリバラリ、船から振り落されて行きましたが、一方では船が燃え出すし、その焔を受けて落ちて行く人礫が、まるで火の粉のように見えましたっけ。タキシードっていう奴でさア、胸んところの白い服を着た男もいましたし、綺麗なびらびらする着物を身体へ巻き附けた、若い女も沢山いました。可哀そうだったのは、ひん曲がった煙突の端しっこに片手をかけて、それでもどうやら船に振り飛ばされずにいた奴です。白い着物だったから、多分コックだろうと思うんですが、最初そいつの身体へは、交る交る、他の多勢の奴等が飛び付きました。男や女が、他に摑み所がなかったので、そのコックの身体へ獅嚙みついたんです。コックは、左の手に、何か棒のようなものを持っていましたよ。自分にぶら下がられては堪まらんと思ったのでしょう。奴はその棒で、飛びついて来る人間を、頭でも顔でも、ビシーリビシーリと打ち据えて、一人ずつ、海へ投げ込んでいたんですが、そのうちに、犬が一匹、ひょいとコックの肩へ飛び乗ったんです。今考えると、きっとその犬は、コックと仲好しだったのでしょうね、コックは、犬だということが分ると、今度は棒で打つことをせずに、その犬を、自分の頭の上にある煙突へ押しあげてやろうと致しました。左手から棒を到頭離してしまって、犬を目的のところまで摑み上げたんです。犬は、危なっかしい腰付きでそこに立っていましたが、するとそのあとから、性懲りなく、一人のデップリ肥った男が、コックの脚へ飛びついたんです。海へ叩き落そうにも、棒がありません。遅かれ早かれどうせそうなる筈だったのでしょうけれど、コックは、到頭力が尽きて、その肥った男と一緒に、ズーンと墜ちて行ったんです。犬が、そのあとで、悲しそうに吠えているのが見えたんですけれど」

爆発してから船体が全く水面下に没するまでには、案外時間があったらしいけれど、水上警察署のランチが現場へ漕ぎつけた時には、もう全くどうすることも出来なかった。そして、船に乗っていたものは、文字通り、一人も残さず溺死してしまった。

調査の結果によると、溺死人のうちには、浮城に附属していた女給その他の雇人以外、市の有名な某富豪の令息だとか、或は某会社の重役だとか、そういった人々が沢山にいた。当夜、知人四五名を案内して、浮城の繁昌振りを紹介かたがた妾のもとへ赴いていた商業会議所会頭も、勿論、同じ仲間の溺死人となってしまった。

さて、(1)(2)(3)と、筆者は、先きにお約束した通り、M市の怪事件中、その最も特色のあるものだけを書き並べて来たのであるが、当時は、まだこの他にも、もっと信じ難いもっと魔法的な、或はそのために反って滑稽化してしまった怪談も、沢山に取り行われていたのであった。

或る下町の産婆さんは、夜遅くに、市営公衆浴場の横手を通ったところ、そこでは毎晩一時を過ぎると必ず湯を落してしまう習慣だったが、其の時刻に、空の湯槽の中でジャブジャブと湯を浴びている音がし、流しでは、桶をカタコトと鳴らしているのが聞えたといったし、或る詩人は、夕方の薄ら寒い時分に、市を貫いていたR河の岸をしばらく逍遥し、有名なAという政治家の銅像の下から、S河の橋を渡ったのだが、渡り切った時にふと振向いて見ると、いつもはそこから背中だけしか見ることの出来ないAの銅像が、ふいに、ぐいと首を振り向けて、ニヤリと笑ったと述べている。一番滑稽なのは、或る住宅へ忍び込んだ盗賊が、仕事を終って帰ろうとした時、前に忍び込んだ窓から庭へ飛び降りると、その窓は、魔法で、いつの間にか二階と同じ高さにせり上がっていたので、庭の敷石で忽ち腰を抜かしたといって、逮捕された警官の前で、少なからず愚痴を零したというようなこともあった。

ロボットが口のはたから血を垂らして、G街のペイヴメントを歩いていたとか、Nミシン商会のミシン台は、夜中になると一斉に裁縫を始めるとか、そうした話は、並べ立てていたら切りがあるまい。それが、果して魔法であったか否かについては、前の三つの事件を知っただけで、読者諸君も、必ずや何らかの判断を御下しになっていることと思う。筆者は今ここで、そうした判断の当否については別に論及しない方がいいと考えているのであるが、最後にもう一つだけ、かくの如くにして起ったM市の怪事件が、いかにしてその結果を告げるに至ったか、それを述べてから筆を擱くつもりである。そうすれば、恐らく読者諸君も、M市の怪事件が、実際どんなに不思議なものであったかと、初めて合点することが出来るからなのだ。

——それは、前述の怪救世軍事件から、約半月を経た後のこと、M市の壮麗を誇る市庁舎へ、Bという眉目秀麗の青年が、突然市長に面会を求めてやって来たのだった。

Bは、或る官庁へそこの長官を訪ねて行くということが、例えば一枚や二枚の紹介状を持っていたにしても、普通はどんなに六つかしいものだかを、少しも知っていないような青年だった。彼は、単刀直入に、受附の窓口へ向っていった。

「市長にお目にかかり度いと思います。お部屋はどこです」

受附子は、紹介状無しではお取次が出来ないといって断ったので、青年は、そうですかと丁嚀にいって、それからぐんぐんと建物の中へ這入って行き、受附子が吃驚して廊下へ躍り出した時には、もう向うの曲角に姿を隠していた。そして、自分一人で各室の標札を読んで歩き、やがて、市長室の前へ立ってしまった。

ドアをノックして開くと、入口の給仕らしい男が一寸怪訝らしい顔をしていたけれど、彼はそれには眼も呉れず、部屋の一番奥の、大きなデスクに向って、爪楊子で歯をつついている紳士の前へ立った。

「受附で取次ぎを断りましたから、自分で参りました。私はBという者です」

市長は、突然眼の前に突っ立ったこの青年に、全く一面識もなかったので、最初は、ポカンとして顔を眺めていた。

「実は、この町の魔法事件について上ったのです。市長は魔法事件のことを、どういう風に考えておられますか。市民のいうように、魔法だと思っておられますか、それとも、他に何か考えがお有りですか。市長は、確かお嬢さんを、最初の事件でお亡くなしになりましたね」

Bはいつの間にか、市長と向き合った椅子に腰を下ろしていたので、市長は明かに先手を打たれて、青年を追出すように命ずることを忘れた。そして給仕は、だから市長がこの青年と知合なのだろうと考えて、黙ってお茶を運んで来た。

「どうお考えですか」

繰返されて、市長は思わず答えた。

「儂（わし）か。儂は、どうも困ったことだと思っとるよ。君はしかし、どういう人間かね」

「名前は、申上げた通りBという者です。私は、町の怪事件について、最も重要な御報告が出来ます。私は、今までにあったいろいろの事件が、凡て（すべ）魔法ではなく、或る人間の企らみであったということを知っています。人間の企らみが、何故魔法に見えたか、それはその企らみが、巧妙なものであったというよりは、むしろあまりに大胆であったからなのです」

「ふーん」市長は、頗(すこぶ)る生真面目な顔付をしている青年を見て、半ばからかうような調子でいった。「魔法ではないということは儂だって勿論知っとるよ。しかし、実際にあった事件で解決のつけられないものは、時々魔法と同じことになるのだ。君は、無人電車の事件を知っておるね」

「知っております。あれは、電車ではありません。電車の形をした自動車が、運転手の姿を見せずに、電車の軌道を走っていただけなんです」

市長は少なからず幻滅悲哀の色を現した。なんじゃい、それんばかりの解決なら、こっちでも考えようとしたら考えられるぞ、といった顔で、しかし、成程そういえば、それも強(あなが)ち無いとはいえぬぞと感心しかけて、その感心を出来るだけ表へ現さぬようにした。

「ハッハハハハ、そうかそうか。そこで今度は救世軍の楽隊じゃよ。あれは、儂の家の近所でも直接に聞いたことがあるし、その癖に、矢張り楽隊をやっとる者の姿は見えんかった。あれは君どういうのだね」

「少しも不思議はありません。犯人は、例えば、市長の邸宅附近で楽隊を聞かせようと思った時には、その附近の建物の蔭、若(も)しくは樹上の梢の蔭に、ラジオを仕かけて置きました。特別な波長を用いて、その受信器に向って楽隊の放送をやったのです。誰も受信器を見付けようとせず、太鼓を持ちタンバリンをぶら下げた人間を探そうと思ったのがいけなかったのです」

市長は、再び、そんな子供騙(だま)しみたいなトリックに、誰がひっかかるものかといった顔をしかけて、しかし、それも成程ひょっとしたら有り得ることだわいと考えた。

そして青年の顔を、初めてじっくりと覗き込んだ。

「君の理論は、成程、中学生などを納得させるには、甚だ適当な説明だね。ところで君は、その理論を組立てるに至った、何らかの有形的証拠を携えておるのかね」

「有ります。私は、その企らみをなした人間が、確かにこれであるという、目星をつけてあるのです」

言下に青年が答えたので、市長は我知らず身を乗り出した。

「ふーン、その人間は、いったい誰なのだね」

「博士ゲイエルマッハと自称する国籍不明の男です。体軀矮小で、エスキモウぐらいの人間ですが、頭髪その他は日本人にも似ています。嘗(かつ)て、市の顧問に雇われようと自ら申出て断られたことがあります。目下、海岸通りに住んでいますが、彼奴(あいつ)こそ最も怪しむべき人間です。警官四五名をお貸し下されば、私は市長と共に、その男を訪ねて、いかにそれが怪しむべき人間だかということを、直接お目にかけたいと思います」

市長は、博士ゲイエルマッハの名前を、嘗て市へ雇われようとしたことがあったというにも拘らず、殆んど思い出すことが出来なかったが、青年の話には、いたく興味を惹かれた。そして、ゲイエルマッハの日常について猶いろいろと訊き出した。

「要するにその男こそ、市民の所謂(いわゆる)魔法使いです。私はその男が、邸内に、ラジオのあらゆる設備をなしていることを知っています。彼は日中は、決して戸外へ顔を出しません。時たま、バルコニーに立って海を眺めておりますが、見るからに魔法使い染みた小男です。口で申すよりは、直接行って見られた方が早解りです。いかがでしょう、今日の夕方、お出向きになりませんか」

青年は最後にこういった。そして市長は、しばらく返事を保留して、警察署長との間に長い秘密電話を交した後、厳粛に青年に向って答えた。

「よろしい。行って見よう。君は、その時刻まで、ここで待ってい給え」

青年には、監視の意味で即刻刑事が二名つけられた。そしてこの間に、市長と警察署長とはもう一ぺん密談して、慎重に今夜の手筈を相談したのであった。

かくて、B青年を先頭に立てた、市長警察署長及び七名の刑事から成る一隊が、海岸通りへ姿を現したのは、その夕方近く、風がヒューヒューと吹き出した頃である。彼等は、やがてとある赤煉瓦造りの二階家の前へ出たが、その時青年は、手を挙げて署長に合図をし、自分と市長だけが、その家の門の潜(くぐ)りを押し開けて、すぐに裏庭へ廻って行った。

裏庭は割合に広くて、あちらこちらに、気紛れに建て増したらしい木造のバラックがあり、その各々のバラックには、電線が蜘蛛の巣のように引っ張ってあった。

「博士の実験工場です。彼奴はここで、いろいろの企らみを進めたのです。待っていましょう。今に奴が、きっと姿を現しますから」

青年がいったので、市長はキョトキョトと四辺(あたり)を見廻しながらも、じっと夕闇のうちに佇(たたず)んでいた。庭が荒れていて、ところどころ水溜りが出来ていたので、その水溜りに映る二人の影は、それが既に二箇の不思議な魔法使いのようにも見えた。

近くの波止場で汽笛が陰鬱に響くと一緒に、市長は青年に肘を押されたので、ギョッとして前面のバルコニーを振仰いだ。そしてその時に、バルコニーの手摺よりは僅かに二〇糎（センチ）背が高く、奇体な三角帽を冠（かぶ）った男の姿を認めた。

「ゲイエルマッハ博士ですね。私はBという者です。そこへ行ってお目にかかってもよろしいですか」

と青年は、下へ行って丁寧にいった。

「今でもお目にはかかっておる」と、博士は上から吃驚するほどの大きな声でいった。「君がここへ来る必要はあるまい。私が庭へ降りて行こう」

バルコニーからは、突然金属製の梯子が垂れ下がり、博士はスルスルとそれを降りて来た。

「私は君を知っておる。君は、この一ケ月間私の家の周囲をうろついておった人間だ。ところでそこにいる紳士は誰なのかね」

帽子を眉深（まぶか）に冠り、毛皮で顎を埋めた市長の顔を、博士はじっと覗き込んで、僅かに動揺の色を示した。それから、急に庭のぐるりを見廻して、カラカラに乾いた声で笑い出した。

「ハッハハハハ、B君、君は矢張り、私の思っていた通りの人間だったね。市長と警察署長と、私服が一緒に来ておられる。何も御馳走は出来ぬかも知れぬが、では、こちらから邸内に入って戴こうか」

博士が不気味ではあるけれども、案外落着いているようだったし、既に自分達が何者だかということを気付かれたので、市長は、振り向いて、署長に、隠れている場所から出て来いといおうとした。

署長の方ではそれを見て、柵の向うから立上ろうとした途端に、市長がバッタリと前のめりに倒れ、ゲイエルマッハ博士の手に消音ピストルの白煙がポウッと立ち昇るのを見た。

「飛込め！」

と署長は我鳴り揚げた。そしてそれよりも前に、博士はヒラリとそこを踊り出していた。B青年がどうしたのかはよく分っていない。警官達は、水溜りの庭を、ピチャピチャと跳ねかして走って行くと、確かに博士の三角帽が、向うにある、棟の低い、窓が二つある、円形の建物へ逃げ込むのを見た。

もう殆んど夜になりかけていたが、その円い小屋の中へ逃げ込んだ以上、博士を捕まえてしまうのは、実に雑作のないことだった。

「危いから、気を付けてやれ」

という署長の注意を聞いて、甲の刑事は甲の窓へ忍び寄り、乙の刑事は乙の窓へ忍び寄った。その二つの窓は、互に正確に向き合った位置にあったので、博士がどちらの窓から逃げ出すにしても、こうすれば難なく捕まえられる筈だった。危険を恐れて、両刑事は、窓の下部から徐々に首を持ち上げ、いざといわばぶち放すつもりで、片手にピストルを構えながら、ぬっと小屋を覗き込んだ。

小屋の中央には、折からの薄墨色の空を背景にして、意外に大きく、博士の三角帽と肩とが見えた。

「ウヌ、魔法使いめ！」

カッとなって叫ぶと一緒に、甲刑事は思わず指に力が入って、ピストルの引金を引いてしまった。同時に、乙刑事も、一発ぶち放していた。

見事に弾丸は、博士の三角帽を貫いたが、次の瞬間、窓框（わく）の上の両刑事は、悲鳴を揚げて庭へ墜ちた。弾丸が、博士の姿に隠されていて、お互には見えなかった二人の刑事を、互に打ち貫いていたのだった。

署長達はバラバラとそこへ駈け寄って、それから怖々小屋の中へ這入って行ったが、見ると、三角帽の博士の姿は、依然としてそこに腰かけていた。そしてそれは、張子人形に三角帽を冠せたものであることが、すぐにあとで分って来た。

「怪しからん！」

と署長はいきり立った。そして、いきなりそこを駈け出して来た。途端に、向うのバラックの軒（のき）をかすめて、懸命に走って来たのはB青年だった。

「奴は自動車で逃げました。追跡して下さい」

「どんな自動車だ」

「赤い自動車です。早く」

ウム、と署長は頷いて、B青年と共に博士邸を走り出し、来合せたタクシーに飛び乗った。

そして、海岸通りをひた走りに、赤自動車のあとを追いかけた。

消魂（けたた）ましいサイレンを鳴らしながら、市の赤い消防自動車が火のように走って行ったのを、この時に市民は沢山に見たものがあるという。それにはヘルメットの代りに黒い三角帽を冠った小男が、一人きり乗っていたということだが、特徴のあるサイレンで、誰もそれを火事だと思い、怪しむ者さえいなかった。そして、只一台、署長と青年との乗った自動車だけが、フルスピードであとを疾走し続けた。

折からのM市は夕暮時で、街もバスも電車も、勤人と夜学校生徒と労働者とで、一パイになっていたのであるが、流石の博士ゲイエルマッハも、この雑沓を潜り抜けて逃げ了（おお）せるのは、余程の難事であったに違いない。赤自動車は、最初海岸通りから税関の前を右に折れ、一旦は市の中心、官庁や新聞社などの建物が、灰赤色の夕空へ、堂々とそそり立っている中へ逃げ込んだが、やがて市の歓楽境D街を突切ろうとした時に、通りを埋めたタクシーの大洪水で、到頭バッタリ行手を遮られてしまった。

「しめたッ！」

喜んだのは、無論あとの自動車に乗っていた署長だった。署長と青年とは、漸くそこまで追い付くと、折しもゲイエルマッハ博士が、已むを得ず赤自動車を乗り捨てて、そこの活動写真街に紛れ込もうとしている後姿を見付けた。

ヒラリヒラリと、自動車と人の波とを潜り抜けて行く博士の姿は、その時奇怪に矮小で、さながら人の袂（たもと）に飛び込みそうにも見えたことである。署長は応援の警官がいないのを歯痒（はが）ゆがりながら、ビッショリと汗を掻いて人混みを分けた。そして、博士がとある活動写真館の中へ、ポイッと姿を隠すのを、辛(から)くも見届けることが出来た。

「ウン、やりおった――」

署長は、その時に、B青年が敏捷にもそこの小屋へ躍り込んで、今しも真暗な観客席へ這入ろうとしていた博士を、背後からぐっと摑むのを見たという。

署長は邪魔な群衆をはじき飛ばし、続いてそこへ駈け込んだ。駈け込んでも、視線が闇に馴れなかったので、最初は何も分らなかったけれど、そのうちに漸くハッキリして来て、一刻も早く博士と青年との姿を見付け出そうとした。

恰度その時前面には、或る実写物で、レスリングの選手が格闘するさまを、高速度映画で、のろのろと映し出していた時だった。署長は、焦(あせ)りながらも、自然場内で、最も明るいスクリーンの光を視野のうちに感じていたが、突然彼が、ハッと息を呑むほどにも驚いたことには、そのスクリーンの前へ、探し求めていた博士と青年とが、組み合ったままの姿勢で現れたのだった。

場内の係員も観客も、ワーッといって騒ぎ立てそうなものを、その時は、誰一人身動きすら出来ずに、しーんとしていたということが、既に不思議だったといわれている。ゲイエルマッハ博士とB青年とは、映写室からの青白い光線の圏内で、脚を踏んばり肘を彎曲(わんきょく)させて捩(ね)じ合った。組んだまま次第に舞台の端を遠のいてスクリーンの方へ寄って行ったが、形勢は明かに青年が優勢で、博士の身体は、じりり、じりりと仰向けに撓(たわ)められて行った。前から映画を見続けていた観客も、殆んど同じように証言したし、署長も勿論そういったことなのだから、多分、信用してもいいには違いない。それから後に起った出来事について、筆者はしかし、ここの活動写真館の映写技師の言を、そのまま読者諸君にお伝えするのが、最も正当だと思っているのである。

即ち技師は、次の如く語ったのだった。

「……気味の悪い夢を見た、というのが、まア、本当でしょう。私としては、眼で見るには確かに見たんです。その癖に、今以て何が何だか訳が分らず、思い出す度に、いつもゾクンとするような気持なんです。実際その当時は、それと同じ夢を幾度も見たし、ここの映写室へ来てクランクを廻している時なんか、ひょっと同じような錯覚を起して、頭がクラクラッとして来ますからね。

初めには私は、機械に一寸故障が出来かけたので、その方へ気を取られていて、いつ、どうして博士とBとがあそこへ出て来たのか知りませんでした。ひょいと見ると、組伏せられそうになっていた博士の方が、どうやら姿勢を取り直して、Bを引っ張り込むように、更に一尺ばかり、ぐいとスクリーンへ近附いたところでした。——映画はあれです。スロウモウションで、レスリングが行われている、その両選手ともに、もう可成（かなり）疲労していたと見え、身体中から汗が出て、それが気味悪くぬめぬめと肌を伝わっていましたっけ。そこんとこは勿論サイレントになっていますからね、輪廓のボンヤリした両選手の身体が、ゆらーりゆらりと空気を游（およ）ぐようにして動いているのだって、それだけでもあんまりいい気持のものじアありません。いったいが、私達の実際に見聞きしているものとは、全く駈離れた、いわば非実在的な世界がスロウモウションの中へ出て来るんです。

しかし、オヤ、あの男達は何をしているんだろう、私がこう思った時には、まだ確かに、映画面の選手の動きと、博士達の身体の動きと、色も違うし形も違うし、区別がハッキリ付きましたよ、今思うと、私はその時、ハッと思って映写機の廻転を、確かに一時止めたんです。それが一番悪かったのかも知れません。瞬間、映画面の選手はピタリと動かなくなり、そうすると、博士とBとが、どこかへふっといなくなってしまいました。勿論、博士とBとの組合っていた姿勢が、そのまま映画のレスリングの姿勢と同じになり、二つがピッチリ重なり合ってしまったのです。

廻転を止めたといっても、無論それは、極めて僅かの間の時間なんです。いい気なもので、私は、スクリーンの邪魔者がいなくなったと考えて……そうです、その時はまだ、それほど怖いとは思いませんでした……すぐにクランクを廻し始めました。一寸見たところでは、もう、確かに博士とBとはおりませんでした。そして、レスリングは前の通り続いているように見えました。ふと気が付いて見ると、しかしそれがそうでなかったことには、レスリングの選手の一方は、頭にひょいと三角帽を載っけていたではありませんか。ビラビラする、マントのような服を身に着けていたこともハッキリと覚えています。三角帽は忽ちのうちに対手をリングの中央へ叩きつけ、それからその身体がぐぐっと大きく膨れ上がり、間もなく画面一パイの大きさになったかと思うと、そこら一面ふいに真暗になってしまいました。

あとで分ったのですけれど、この時は、ほんの一寸した時間だけ、停電もあるにはあったのです。画面が真暗になった次の瞬間、映画はもうスロウモウションでなくなって、通常のスピードに変ったのですが、場面は急転して、そのレスリングの見物人達が競技場をドヤドヤと引揚げて行くところでした。

下の観客席からは、その時もう、ウーという呻くような泣くような、低いどよめきが起っていました。私は、無我夢中でクランクを廻転し続けましたが、最後にもう一つ、画面中の競技場を引揚げて行く群衆の中に、これはもう子供のように背の低い三角帽の老人が、くるっと向うを向いて歩き去るのを見付けたのです。その老人は、チラリと姿を見せただけで、じきに人混みへ紛れ込んでしまったのですが、いつもはこの映画のその場面で決してそんな音なんか入らないのに、乾いた大声で、変にカラカラと笑う声も聞えたんです。

写し終ったあとで、私と助手とは、長いこと顔を見合せて、じっと黙っていたものです。その時のだんだん大きくなって行った観客席の騒ぎったらありません。場内へパッと電燈が点けられると、舞台には、Bが、首をガックリ折られて、もう完全に縡切(こときれ)ていた始末なんです。博士の姿は、無論見えなくなっておりました。

助手は、それ以来気が変になって、近頃は大分容態が悪いと聞きましたし、私だって前にいったような有様です。いうまでもなく、フィルムの方は、あとでよく調べて見ました。が、変りはありません。映写して見ても、あの日と同じ現象は、どうしても現れて参りません。不思議なことには、一番終りの、あの変な笑い声だけがかすかに残っているのですが、それを聞くと、誰でもギュッと首をすくめてしまうんです。翌日でしたか、海岸通りのゲイエルマッハ博士の邸宅を調べて見ると、これがまた、ガランガランの空家であったそうですよ。Bという男の身許も、死んだなり、少しも分らなかったそうですね」

筆者はも早、これ以上何も贅言を加える必要がないと思う。

悪夢の如きM市の怪事件は、これでもって奇体に終りを告げたのであった。

灰人

一

ルルウというのは、後になってつけられた名前だけれど、ここには初めからそう称んで置く。ルルウが、名誉あるS中学校の老校長横井新助と初めて馴れ親しんだのは、もうすっかりと秋が深くなってからのことだった。

東京の郊外——。

雑木林の葉は既に皆んな落ち尽くし、土にも水にも、冬の匂いが日増しに寒々と浸み込んで来ていた頃だったが、ルルウはこの前まる五日間、ろくな食物に有りつけなかったのである。道端に落ちている缶詰の空いたのに鼻を突込んで見たり、農家の台所附近を一生懸命に漁って見たり、そんなことをしても容易にお腹が満ちくならない。夕方、陽の光が薄れ始めた頃になって、彼は或る養鶏場を見付け、うまい工合にその柵の中へ忍び込んだが、鶏達は不意の闖入者に驚いて消魂ましい鳴声を立て、羽毛を綿のように散らして飛び廻ったので、折から鶏の餌を拵らえていた養鶏場の親方は、薪雑棒片手に、凄じい剣幕で走って来てどえらい声で呶鳴りつけたものである。

「こん畜生！　出てきやがれ。ブチ殺すぞ！」

　食物が十分で肥え太っていた頃のルルウなら、そんな嚇し文句を怖がりはしなかった。薪雑棒の威力には多少辟易しても、呶鳴られている間に、目差す獲物を一羽ぐらいはせしめることが出来た。前と今とでは、情ないことに丸っきり事情が変っている。彼は親方の姿を見、呶鳴る声を聞いただけで空しく鶏舎を逃げ出した、背中の横っちょから尻へかけて、大半毛の脱けてしまった皮膚は、狼狽てて柵を潜り抜ける時に、どこかへ引っかけて血を流し、おまけに、三日前、自分より優秀な経験を積んだ野良犬に、前脚をイヤというほど咬みつかれていたので、ビッコを引き引き逃げる姿は、かなり滑稽なものだったろう。養鶏場の親方はあとでカラカラと笑い出したが、ルルウの方では、無論、自分の姿が滑稽に見えるかどうかというようなことは問題にならない。三本足でものの一哩も走って逃げ、漸くとある小川の縁までやって来たのだった。

「恐っそろしく汚ねえ犬だな。狂犬かも知れねえぞ」

　土手の下へ降りて水をベチャベチャやっていると、農夫が二人、こんなことをいって通り過ぎる。

　ルルウは、父親が土佐犬系で、気象は随分きつかったし、また母親は、同じく雑種ながらアイリッシ・セッターだったので、本来かなり美しい褐色の毛並だったけれど、今はそれが皮膚病で、見る影もない赤裸になっていた。ずっと前に自分を飼っていて呉れたのは、或る独身の銀行集金人で、その頃は確かにもっと堂々たる風貌を備えていたのだけれど、その銀行集金人は、或る朝ポックリと鉄道往生を遂げてしまった。そしてルルウも、もう長いこと、浅ましい野良犬の境界に堕していたのであった。世間の人達からはいつも迂散臭い眼附きで眺められている。今の農夫などは、石を拾って抛げつけないだけ、まだ増しだといってもよいだろう。ルルウは、農夫達の後姿をボンヤリと見守っているうちに、自分もそちらへ行ったら何か食物に有りつけるような気持がして来て、例の三本足でピョコリピョコリと歩き出した。そして恰度この時に、向うの土手蔭から、のっそりと横井老人が現れて来た。

横井老人は、大島の縕袍に羽織をひっかけ、無帽の頭にはチャンと櫛目の入った薄い毛を生やし、片手にはブラリとトウのステッキを携えて、見ただけではいかにも呑気な、例えば楽隠居のそぞろ歩きというような恰好だった。

ルルウは、新しい人間が現れたと見て、忽ちそこへ立停り、老人もまた、同時にルルウを見附けた。

ルルウは過去に於て、大人や子供に散々追い廻され、時々はかなりひどい目に遭された経験があるので、初めは随分警戒して、老人を遠くから眺めていただけだが、そのうちに尻尾の先を小刻みに振り出した。犬だけが持っている洞察力で、彼は犬を好む人間と嫌う人間とを一目で区別することが出来る。只一つ、老人の右手に持っているステッキだけは気になったが、瞳のうちには、多分に老人を信用してもいいという色を現したのだった。

「ホホウ、お前、病気しているナ」

老人は、ルルウの判断した通り犬好きで、やがてルルウの側までやって来ると、優しくこう声をかけた。

「コラ、コラ、ここへ来て見ろ。お前、脚を痛めているじアないか」

この見窄らしい野良犬を、横井老人が何故その時にそんなにも可愛がる気になったのか、それは老人が或る事で胸のうちをひどく屈託させ、自分を慰めて呉れるものさえあれば、どんなものにでも縋り付きたいほどのやるせない気持を有っていたせいだったろう。老人は蹲み込むようにして片手を伸ばし、ルルウの泥塗れの頭を撫でた。またルルウは、半分まで逃腰ながら頻りと老人の身の廻りを嗅いでみて、そのうちに愈よ信頼の度を増したという証拠に、舌の先で遠慮深く老人の指を舐めた。


人間同志の間でも、最初の一目でお互が好きになったり嫌いになったりすることがよくあるものだが、犬と人間とでは、そういう関係が、もっとハッキリ、もっと単純に成立つものである。時間にして五六分ばかり経つ間に、ルルウは断然老人が好きになった。そして、もう永久に老人の側を離れまいと決心したかのように、頭を低くし、背中を丸くして、身体ごとぐんぐんと老人の方に押付けるようにした。

「汚い奴だナ。お前は――。コラ、じっとしていろ、じっとしていろ――」

流石に老人は迷惑だったろうが、ルルウにとってはそういう迷惑が全く判らない。やがて老人が立上って歩き出すと、ルルウも先に立って歩き出した。犬には、主人と一緒の時と一緒でない時と、ハッキリした意識の区別がある。主人が傍にいない時は、非常に疑い深かったり、従って何よりも警戒心が第一に働いているのだが、主人に連れられて歩く時には、とても大威張りで勇気が二倍も出て来る。ルルウには、幾月か前に銀行集金人を主人としていた時の記憶が蘇って来て今や空腹を忘れて元気よく歩いた。ビッコの姿もひけ目を感じることなく、寧ろ（むし）堂々として老人のお伴をした。野菜や麦の植わっている畑の間をやや長いこと進んで行くと、だんだんに人家が多くなって来て、その途中老人は、とある駄菓子屋でパンを買い、ルルウに途々（みちみち）投げて与えた。

　やがて彼等の行き着いた先は、郊外によく見受ける平家建ての、硝子障子（ガラスしょうじ）が沢山にある家で、無論これが横井老人の住居（すまい）だった。

　門から庭の方へ廻って、老人が、そこのよく拭きこんだ縁側へ腰を下ろすと、向うの洋間らしい部屋からふいにこの家の細君恵美子（えみこ）が現われて来たが、彼女はすぐと仰山な驚き声を立てた。

「あらま、この犬、どうしたんですの？」

「散歩に行ったら随（つ）いて来たんだ」

「野良犬ね。追い返してしまいなさいよ」

「うん。飼ってやろうと思っているのだ。お前、犬は嫌いだったかね」

「嫌いじゃないけれども好きでもないわ。それにこんな汚い犬、見たばかりでも気持が悪いわ」

「皮膚病なんだ。手当てをしてやりゃ癒（なお）るだろう。まアいい、折角随いて来たんだもの、儂（わし）が飼ってやることにするよ」

　細君は、全く気味悪そうにしてルルウを眺め、ぷいとそこを立去って行ったが、老人は女中を呼んで、ルルウに飯を食わせるように命じた。また自分で立って行って、何か脂薬のようなものを持って来、ルルウの痛がって唸るのを宥め宥め、赤裸の皮膚に手当てをした。

後になって、老人を中心にして巻き起った或る事件に、ルルウがどんなに大切な役目を勤めることになったかは、無論誰も予測することが出来なかったろう。野良犬のルルウは、兎に角こうやって横井家の一員のうちに加えられたのだった。

二

ルルウの為には、それから間もなくのうちに、新しい、金具のピカピカ光り輝いている首環が嵌められ、また、大きな犬小屋が買って与えられたが、彼の放浪生活の名残りである前脚のビッコが癒り背中の毛並が元々通りになるまでには、案外長い時日を要した。そしてこの間にルルウは、彼の主人横井老人にとって、最も忠実な友人になった。

老人は資産も相当あり楽な身分だったが、勤めているS中学のことについては非常に熱心だったので、日曜以外は、必らず朝の七時に家を出かけ、二町ばかし離れたところからバスに乗り、晩方の五時きっかりに同じバスで帰って来た。ルルウは、他の人達が殆んど彼を構いつけて呉れなかったせいもあるが、老人に一刻と雖も離れているのが嫌だったので、既に飼われてからまだ一ケ月と経たぬうちからこの几帳面な主人の習慣を覚え込み、毎日バスの乗場まで送り迎えした。学校から帰って来た老人は、時として約一時間も、庭でルルウをからかっていて、そんな時こそルルウは、犬が有っている凡(すべ)ての技巧で、自分が主人を好んでいるということを示した。尻尾を振って見せるだけでは物足りない。ワウワウ吠えてぐるりを無茶苦茶に馳け廻って見せたり、仰向(あおむ)けに寝転がって主人の手に軽く咬みついたり、油断を見澄ましてペロリと主人の顔を舐めてしまう。友情の表現方法は極めて簡単でいつもそれ位の動作を繰返すだけだったが、それでも主人にはルルウの気持がようく理解される筈だった。夜になると、老人は裏庭に面した日本室へ寝、そこには無論細君恵美子の床(とこ)も並べられている筈だったが、ルルウは昼間のうちを自分の小屋で眠り、夜はその寝室の真下へ潜り込んで、注意深い番犬の勤めを果した。寝室でどういうことが起るにしても、主人がそこに寝ている限りは、先(ま)ず安心していることが出来るのであった。

　ルルウが若(も)し人間だったとしたら、彼は、前の銀行集金人のところにいた時と較べて、現在の方が優るとも決して劣ることのない幸福だということを、常にいいいいしたであろう。横井家では、主人とルルウとの間に成立っている、この緊密な友情を取り除いてしまうと、元来或る非常に暗い空気に煩(わずら)わされていて、その空気こそ、やがていつかは、もっと惨憺(さんたん)たる何かの事件を惹起(ひきおこ)すべき、恐ろしい発酵槽であったともいえるのであるが、畜生の悲しさ、ルルウはそんなことを少しも知らずにいたのだった。ルルウだけの幸福はそのまま約一年以上続いた。そして或る時のこと、極めて偶発的な不運によって、ルルウは、この家の予約された悲惨事を一段と早く起るようにする、いわば加速剤の役目を果すこととなった。

　それは或る初夏の夕方、ルルウはいつもの通りバスの乗場まで主人を迎えに出たのであったが、主人はその時、片手に、街で買物をして来た新聞包みをぶら下げ、ニコニコとバスから降りて来た。

「ルルウ、ほら、お土産（みやげ）をやるぞ！」

　これもいつもの例だったが、主人は学校の昼飯に食べたトウストの残りをポケットから出し、ルルウの忠勤を犒（ねぎ）らった。そして真直ぐに家の方へ歩き出した。

　老人とはいえ、校長はまだ五十幾歳かだったので、足もとがヨボヨボしていたわけではなし、眼が霞（かす）んでいたのでもないが、その時向うの曲り角からは、附近の酒屋の御用聞が自転車に乗ってやって来て、この御用聞が生憎（あいにく）と犬を怖がること一通りでなかったので災難だった。御用聞は、ルルウに吠えつかれては堪まらんと考えた拍子に、グルンとハンドルを廻し損ない、自転車を真正面から老人の身体と衝突させてしまった。

　呀（あ）っという間もなく、自転車は横に投げ飛ばされ、御用聞だけが不思議と道の端に踏み止まったが、老人は、そこに生えていた大きな欅（けやき）の木の根本へ仰向けに倒れた。

　ルルウは、ワウワウと激しく吠えた。

　主人の危急と見てとって、忽ち御用聞の正面へ突進し、土を蹴立てて飛びかかった。

　犬を怖がるくらいなので、御用聞も狂人（きちがい）のように真蒼な顔色になり、泣くような悲鳴を立てて救いを求めたが、恰度そこを一緒に通りかかっていた人々が、素早く駈けつけて来て呉れなかったら、御用聞は、すんでのことに咽喉（のど）を食い裂かれてしまったかも知れないのだった。

人々が御用聞を庇（かば）い、ルルウを追い却（しりぞ）けている間に、しかし、一番悲惨だったのは老人だろう。

老人は倒された時に、手に持っていた新聞包みをポーンと振り離した。そしてその包みは一旦空中へ飛び上り、欅の梢に衝突してピシーリという音を立て、さてそれから真直ぐに老人の面上へ、落下して来ていたのである。

落ちた時、包みは老人の額の辺で破れ、しかしそのままもう一度反動がついて、顔の横の地べたへ落ちついたのだが、老人は割合に強く腰骨を打っていたし、すぐには起き上ることが出来ずにいる。

「おお、ありゃ、横井さんとこの旦那だ。起してあげなくちゃいけねえ」

集まって来た人々のうちには、老人を知っている者もあって、彼等はすぐとそこへやって来たが、その時老人は、両手で自分の眼を固く押え、ムーンという唸り声を立てた。

「何だ、コリャ――。水みたいなものが零れているぞ――」

その、眼を押えた指の間から、何か粘稠な透明な液体が、タラタラと頬の方へ流れ出しているのを、人々はその時気がついたのだった。見ると、その横手に落ちていた包みからも、同じような液体が地べたに流れ出している。それは普通の水ではない。何か知らドロリとした感じだったので、一人は、包みの紙を怖そうにして爪で開き、忽ち大声に叫んだ。

「いけねえ。硫酸だ。――誰か、早く行って水を持って来い。――それから、そうだ、医者んとこへも知らせなくちゃいけねえ」

老人は、自分の楽しみで、ラジオの電池を作っていたので、学校からの帰途、濃硫酸を買い求めて来たのであった。極めて偶発的な不運だといったのはここのことである。硫酸は運悪く老人の両眼へ入った。そして人々は、硫酸を浴びた時の手当てとして、それを水で洗い去ることが、最も無智なやり方であることを知らず、医者の来る前に、附近からバケツで水を取り寄せ、親切に老人の顔を洗ってやった。

その頃には、急を知らされた横井家から、細君の恵美子や女中達も駈けつけて来たが、彼等とてこれをどうしたらいいか知らなかった。医者が来たのは約十五分あまり経った時で、老人は人々に助け起され、漸く医者の家まで連れて行かれたが、身体の方は別に大したことがなく、その代り、両眼は全く駄目にしてしまった。

硫酸のためというよりは、硫酸と水とのために火傷(やけど)をしたといった方が適切である。老人の顔は鼻から上、真赤に焼け爛(ただ)れてしまい、その焼けた赤い皮膚の間から、両眼が白く醜くむっくりと持上り、二目と見られぬ顔になってしまった。

刃物で作った傷などと違って、火傷は癒りの遅いものである。ルルウは、その日から後長い間孤独でいなければならなかった。だんだんと暑くなる頃だったが、老人はなかなか病院から帰って来ず、約二週間あまり、彼は全く食欲さえも減ったような工合で、毎日憂鬱な顔附ばかりしていたが、そのうちに、横井家でもう一人、ルルウを可愛がって呉れる人間を見付け出した。

その人間は、名前を春山直吉(なおきち)といって、まだ三十歳になるかならぬかの青年だった。この青年は、今までに一度も横井家に姿を現したことがなかったのだけれど、老人が手当てのため入院すると間もなく、ちゃんと横井家の一員になっていたのである。

細君の恵美子は、この春山青年より二つか三つの年長で、青年が初めてこの家へやって来た時、彼女は女中を客間に呼び集めて、

「この方はね、家が女ばかりで不用心だから、あたしがお願いして来て戴いた方なの。——旦那様も知っていらっしゃる方だけれど、旦那様にはあたしがあとでお話しするから、お前達は黙っていていいんですよ」

警告とも命令ともつかぬようなことをいい、それから女中達が勝手へ引下ると、その客間のソファの上で、青年をギュッと抱き寄せ熱烈な接吻をしたものである。

「誰か、見てやしませんか」と青年がいうと、

「大丈夫よ。庭に犬がいるだけですもの」平気で細君が答えている。

「犬って、ああ、あれですか」

皮肉なことに、この青年も、犬の好きな部類に属する人間だったのである。

やがて青年は、縁側に出てルルウを呼び、手にした洋菓子を投げ与えた。ルルウはまた、考え深く尻尾を振って、だんだんこの青年と親しんだ。

ルルウが、横井老人と春山青年と、この二人のうちのどっちが余計に好きだったか、そんなことはよく判らぬ。が、ルルウは、老人が留守の間中、兎に角青年の愛撫で満足していた。そしてもう夏の真盛りになった頃、突然、老人がその家へ帰って来たので、その時は、附近の畑で他家（よそ）の犬と散々狂い廻って来た彼が、縁側の籐（とう）椅子にションボリ腰をかけている老人を見付けると、庭から一息にその膝まで飛びついて行った。

「オ、オオ、ルルウだナ、ルルウだナ。——お前は、よ、よく、ここにいて呉れた。オ、オオ——」

老人の悲しげな顔は、見る見る喜悦の色に輝き、声はオロオロ涙に咽(むせ)んでしまった。

いつもだと、老人は顔を舐めさせることだけ許さない。けれどもルルウは、老人の胸へまで前脚をかけ、眼といわず口といわず、滅多無性にペロペロ舐めた。そして老人は、ルルウの首を力強く抱いて、じっとそのまま動かなかった。

三

春山青年は、老人が帰って来てからも一向に横井家を引払う様子がなく、それについては女中達が常にいろいろと蔭口を利いていた風であるが、ルルウは実に無邪気で、相変らず春山青年にも馴れ親しみ、同時にまた、横井老人の最もよき友達だった。

青年と老人との間柄は、当然最も険悪なものに充(み)たされていたので、この二人に対して同じ程度の好意を示すということは、人間だったら出来ぬところを、ルルウだからこそそういう放れ業も出来たのである。老人はもう早学校へ行かなくなり、終日家に閉じ籠っていたので、ルルウはバスの送り迎えが出来なくなったが、その代り、殆んど朝から晩まで、老人の姿を見、また、頭を撫でて貰った。そして一方では、春山青年が時々散歩に出る、そのあとに随いて行くという楽しみがあった。悲惨なのはそうやってルルウが青年のお伴をして行ったあとで、老人が庭先へ現れ「ルルウ、ルルウ——」と呼ぶ時である。或る時老人は、いくら呼んでもルルウが来ないので、女中の一人に、ルルウはどうしたのかと訊いたことがあった。

「ルルウは、さっき、出て行ったようでございますけれども」

「遊びに行ったのか。此頃は、時々いないようだナ」

「春山様が、散歩に連れて行かれたのじゃないかと思います。見付けて参りましょうか」

「連れて来るって——よろしい、よろしい、放っときなさい」

老人は、腹を立てたようにいい放ったが、顔付は何ともいえず淋しそうだった。

「ああ、あの犬もか——」

あとで女中が、気の毒気にそこを立去ると、ヨロヨロしながら縁側へ腰かけ、小さくそう呟(つぶや)いた。

ルルウの軽率な行動は思ったより深く老人を悲しませ、その揚句には老人が、この犬に対してまでも不機嫌で、ルルウの甘え付く前脚を邪慳(じゃけん)に振り払うことも時々あったが、ルルウの方では、自分が何故そんな風に取扱われるのか判らない。彼は只スゴスゴと頭を下げ、縁側の下へ潜り込んでしまった。

「恵美子、ルルウのことについてだがナ——」と老人は或る日細君にいっていた。

「儂は、ルルウが家にいないと、何だか不用心なような気がしてならない。それで、ルルウを春山君が散歩に連れ出すことだけ、止めにして貰いたいと思うんだが」

「そんなこと、あたしに仰有(おっしゃ)らなくたって、春山さんに仰有ったらいいでしょうに」

「うん、そりゃ、春山君にもいうよ。だけど、お前からも、注意して置いて貰いたいんだ」

「あたしが注意したって仕方がありませんよ。それよりか、直接ルルウにそう仰有ったらどうなんです」

「ルルウは、何にも知らないんだ。儂の盲人になったということさえ知ってはいまい。まして、春山君のことなんか」

「春山さんの、何を知らないっていうんですの。――あなたという人は、何につけかにつけて、春山さんがどうしたとかこうしたとか仰有るわね」

老人は、唇をピクピクと痙攣させただけで、もうそれ以上何もいわなかった。口で争っても無益なことを、老人もよく弁えていたからだった。

殆んど何十年振りだとかいう暑い夏が過ぎてしまうと、その頃老人は、漸く盲人としての立居振舞に慣れて来て、杖をつけば、ボツボツと外へ出ることも出来るようになったが、ここで当時最も奇態だったのは、老人がそうやって外へ出ることを、常に一定の時刻、それも真夜中の十二時過ぎに限っていたことだった。

もともとが何も見ることの出来ない盲人なのだから、考えようによっては、昼間の人通りのある時よりは、真夜中の散歩の方が優しだったかも知れない。しかしその奇怪な散歩は、初め十日に一度ぐらいの割であったのが、九月から十月となり十月から十一月になるにつれて、一週間に一度、五日に一度、三日に一度、ついには必らず一日隔きに行われるようになった。ルルウはもとより大喜びで、寧ろそれが毎晩であることを望んでいたろう。ビシャビシャと雨の降っている晩でも何でも、彼は老人が裏の硝子戸を開けて、闇の中へ出て来るのを待った。無論、そんな晩にはいくら待っても散歩はない。それでルルウも、結局はお伴をすることを諦めて、床の下へ丸くなって寝るのだったが、或る夜、それは秋雨がとても寂しく降っている晩のことだった。

「オイ、恵美子——」

ルルウの頭の上の寝室では、不意に老人がそう叫んだ。

「お前は、実に、実にひどい女だ！」

蒲団をガバと撥ね退けて、立上ろうとするほどの気配が、すぐと頭の上で感じられたが、細君の方は、一寸間を隔いて、水のように冷たく答えている。

「何ですの、あなた？」

「儂は、目が見えなくとも知っとるぞ。——お前は、儂を、それほどまでにして苦しめたいのか」

前よりも長い瞬間返事はなく、やがて細君がゆっくりと老人の方へ寝返りを打つ様子だった。

「妙なことを仰有るのね。あたしが、何をあなたを苦しめて？」

「苦しめているんでなけりゃ、侮辱しているのだ。儂は、我慢に我慢を重ねて来ておる。儂は、毎晩何のために散歩に出ると思う。皆んな、皆んな、この侮辱を受けまいとしているからだ。——儂の家庭が、お前のために、滅茶々々に穢されたのは仕方がない。それは、見て見ない振りをすることも出来る。だが、これは、こ、これは、何という態だ、儂は、この忌まわしい態を見まいがために、したくもない真夜中の散歩を続けているのだ」

「あなた、待って頂戴。あたしには、あなたが何を仰有っているのか判らないのよ。——何をあなた仰有りたいの？」

「おお、まだ、まだお前はそういっている。儂の目が見えないのをいいことにして、飽くまで儂を愚弄しておる。お前は、何という残忍な女だ！」

「だからですよ、何が残忍なのか、それを仰有って頂戴っていってるのよ」

「判らないなら、よオし、今、儂が言ってやる！」

突然頭上で、実に激しい、例えば身体ごと何かにぶつかって行くような音を聞いたので、ルルウはそれまで安心して眼を閉じていたのを、びっくりして一寸開けたほどだが、

「まあ、乱暴ナ。止して頂戴」

細君の、冷静を装ってはいても、流石に幾分か顫えを帯びた声が聞えた時に、寝室の唐紙は、一度素早く開けられてまた閉められ、それから、廊下を誰か足早に立去って行く気勢だった。

「畜生、貴様、逃がしたナ」

「いいえ、——」

「逃がしたに違いない。春山だ、春山が今、ここにいたんだ」

「嘘ですよ、そんなこと。——あなたがいるのに、春山さんが来ている筈がないじゃありませんか」

「あの跫音は何だ。儂は、こ、この通り、眼が見えない。けれども、逃げる跫音は聞いておっ

たぞ」

「あたしには聞えません。——何ぼ何でも、それじゃ春山さんが気の毒ですよ。あなたは、自分でいつでも仰有ってるように、不幸な盲人なんですからね。黙っていた方が利口ですよ。あたし、それだけはいっといて上げます」

細君は、既にすっかりと落付きを取り戻し、却って老人を窘めるようにしていうのだった。

雨は、まだしとしとと降り注いでいる。

しばらくしてその部屋からは、怒りとも悲しみともつかず、老人の激しい慟哭の声が起った。

「まああなた、何をそんなに口惜しがるんですの?」と細君はまだいっている。

「死んだ方がいい。儂は、死、死んだ方がずっと優しだ」

老人は、髪の毛を無残に掻挘り、身悶えしてそう答えた。

四

女中達も知らず、世間の人達も猶更知らず、横井家の深夜に於けるこうした奇怪事は、毎日、際限もなく繰返されているように見えた。

それは、実に暗澹たるもので、地獄というより他はなかった。じきにもう、ルルウがこの家へ拾われて来てから二度目の冬も過ぎようとする時分になっていたが、その頃まで、地獄の状態はそれ以上良くも悪くもならない。

多分それは、悪いということの、もう、頂点まで来ていたせいだったろう。老人は、夜の散歩を今度こそ少しぐらいの雨降りでも、頭から外套を被って、殆んど毎晩やるようになっていたし、時とすると、折角そんなにまでして外で時間を潰し、疲れ切って帰って来ても、一旦自分の寝室へ戻ろうとしながら、ふと、客間や玄関の方へ踵(きびす)を廻らし、朝まで、じっとそこにうずくまっていることもあった。帰りの時刻が早過ぎたのかも知れないし、また、細君の方がわざと太々(ふてぶて)しく、老人がまだ帰って来てはいけないようにしているのかも知れなかった。

「儂は、客間で寝ることにしたいナ」

と老人はいったが、細君は、

「どうしてですの。いいじゃありませんか」

答えながら、女中に命じて構わずに老人の床(とこ)をいつも通りに取らせた。恐らくそれは、或る種の残忍性で、寧ろ病的な好みであったのだろう。盲目の老人は、よしんばどれだけの確かな証拠を押えたところで、その時にはまだまだどんなにか口惜しい目に遭(あわ)されるかということを考えたのに違いなく、黙って、諦めて、只、何事かひそかに考え込んでいるようだった。

老人は益々陰鬱に、益々孤独になって行って、時としてはルルウを可愛がることすら忘れたようだったが、その年の暮が押し迫った頃、たった一日だけ、老人をかなり喜ばせるようなことが起った。

S中学校の出身者が集まって、彼等の恩師である横井校長の不運を慰めるため、美(うる)わしい謝恩会を催したのだった。出身者達は、校長が現在かくまでの苦しみに責苛(せめさいな)まれているとは知らなかったが、少くとも、校長の失明に対しては、あらゆる同情を惜しまなかった。それで彼等は謝恩会の当日が来ると、まだ午前中に老人を迎えに来、能う限りの款待を試みたのだった。
　出身者の数は百名以上にも達し、それがてんでに老人を取巻いて、何やかや、愉快な思出の話題を持出したので、老人も久しぶりで乾いたような笑い声を立てた。そして、トップリと夜になってしまうまで、この温い師弟の情に、ゆっくりと身を委ねていた。

「ねえ、春山さん、今日は帰りが遅いようよ。恰度いいから、いつか話したこと、今日のうちにやっちゃいましょうか」

　留守中の横井家では、細君がふと思いついたらしく、そういって春山青年に話しかけたのが、午後一時頃のことである。

「そうですねえ。今日がいいかも知れませんね。しかし、荷物は沢山あるんですか」

「持って行こうと思えば、そりゃ随分沢山あってよ。だけど、大切なものだけを持って行って置いてあとは向うで買った方が便利だわね」

「僕もそう思っていたんです。荷物を纏めましょう。近いところだし、僕んのと貴女んのと合せて、幌無しのタクシーに二度も運んで貰ったら十分かも知れません。――向うへは手金を打ってあるから、無論、いつ行ったたっていいんです」

　春山青年が自分の荷物を纏め出すと、細君は箪笥を開けて着物を出し、その他いろいろのこまごましたものを、皆んな、春山青年の荷物の中へ潜ませてしまった。
　見ていながら、ルルウには何のことか判らなかったが、女中の一人は流石に気になったらしく遠慮しいしい訊いたものである。

「奥様、春山様はどうかなさるのでございますか」

「ええ春山さんはお引っ越しなのよ。あたしも一寸送って行くけれど、お前、自動車を一台見付けて来てお呉れ」

細君は、実に平然として答えて、帯の間へ郵便貯金帳をギュッと押し込んでいた。

荷物はいくらもなかったので、午後三時になると、早くも仕度は出来上った。そして凡てが春山の荷物だという名目で、蒲団だのトランクだの布呂敷包みだのが、ドシドシ自動車で運び去られた。

何か特別の目的があったのか、それとも、例の大胆不敵さで、わざとそんなところを選んだのか、彼等の引越した先は、横井家からものの十町あまりしかない、小ぢんまりした借家だった。

青年と恵美子とは、お引っ越しが滞りなく終った時に、恰も新婚の夫妻が新たに一戸を構えた如く、家の中を一生懸命に掃除し、運んだ荷物を手早くそれぞれの場所におさめた。

「せいせいしましたよ、僕は」

「ほんとね、あたしもとても嬉しいわ。何だか、年が若くなったような気がして――」

「そんなこといったって、貴女は、まだまだあの人を苛めてやりたいんじゃなかったですか」

「あら、ひどい人。――そりゃあたしも、あっちの家にいる間は、その方が面白いように思ったんだけれど、来てしまえば矢張りこっちの方がサッパリするわよ」

「どうだかナ。こんんだ、僕が貴女に苛められる番なんだから、とてもやり切れないことになるかも知れない。――実は、僕としてはあんまり寝覚めはよくないです。貴女、これからは、あっちの家のこと、必要以外にはいい出さないで下さいよ」

「大丈夫よ、そんなこと。お望みなら、お互にもういいっこなし。ゲンマンの代りに、ね、いいでしょ」

細君は、媚を湛えて、自分の唇を青年の顔に近づけて行ったが、その途端に青年は、

「オヤ？」

といって庭を見た。

「御覧なさい、ルルウが来てますぜ」

「え、ルルウ――」

実際ルルウは、その家の狭い庭先きに、ちゃんと尾を振って、部屋の中の二人を見詰めているのだった。

細君は、かすかに顔色を蒼くしていた。

「イヤな犬ね。どうして来たんでしょう」

「自動車のあとを踉けて来たんでしょうか。荷物と僕等と、同じ自動車が三度も往復したんですから」

「あたし、何だか気味が悪いわ。――この犬、あんたが馴付かしていたからいけないのよ。早く追い返してしまいましょうよ」

「追い返さなくたっていいでしょう。大丈夫です。——我々を慕って随いて来たと思やア、可愛がってやってもいいくらいです。向うは盲人ですもの、犬に連れて来て貰うことだって出来やしません」

細君は、そういわれて、やっと顔色を元に戻したが、まだ、いくらか気がかりな風だった。

「あたしね、犬が来たからって、あたしの居所が知れることなんか心配してやしないのよ。知れたって、どうせ大したことはないいんだから、それはちっとも構わないけれど、何だか、こう変にイヤな気持がするの」

「変な気持ってどうなんです？」

「そうね、例えば、何かイヤなものに跟け廻されているっていうような、ゾクゾクする気持なの。——でも、いいわ、あなたにはよく馴付いているし、可愛がってやりましょうか」

細君が、ルルウに関して、かくまでも真面目な口を利いたのは、恐らくこれが初めてのしかも最後だったろう。

ルルウは、無心に、春山青年の手に甘え始めた。

五

細君が、翌日も、翌々日も戻らなかったので、横井家では、先ず女中達が心配し出して、そのことを恐る恐る老人に訴えた。

「奥様は、春山さんをお送りするからと仰有っていました。私達、何だか変だとは思ったのでございますけれど――」

老人の方では、しかし、細君が青年のお引っ越しに随いて行ったというだけで、もうそれ以上は聞きたくない顔附だった。

「そうか。よしよし、心配して呉れるナ。儂は、却って、静かでいいと思っとる。お前達は、奥さんのここにいないということを、あまり世間へは喋るなヨ。病気をして、里へ帰っているとでもいって置け、その方が、うるさくなくて儂は楽だ」

決してそれは負惜しみではなかったろう。

細君のいないということが、老人にとっては、却って実に朗かな気持だったに違いない。

三日目も四日目も、細君は姿を見せず、女中達は気の毒そうに、絶えず何かヒソヒソと囁(ささや)いていたが、老人は、一言も細君のことを口へ出さず、確かに、だんだんと明るい顔色になって行った。

ルルウが友達であることは相変らずで、しかし、真夜中の散歩はもうフッツリとやらなくなった。その年が暮れて正月に入ると、いかにも盲人らしい、閑寂をしみじみ楽しむといった風さえ見えて来て、或る時は、縁端の籐椅子でラジオを聞きながら、トロトロと午睡の夢に入り、或る時は、習い覚えた謡曲を面白そうに口吟(くちずさ)んでいた。ルルウは、時々、二時間も三時間も家を空けていることがあったが、それとても気にする風はない。全く俗離れのした、凡てを忘れ果てたという態度だった。

この間に、ルルウは、毎日細君のところと老人のところとを往復していたのであったが、これは恐らく、細君と春山青年以外には、誰も知らないことだったろう。ルルウの秘密の訪問は、昼間のこともあるし、また、思い切って夜遅くのこともあり、時間の点では甚だ出鱈目だったが、それについて一つ、面白いことがあった。それはルルウが、春山青年にはあれだけに馴付いていながら、自分の家と他人の家とをちゃんと区別していたと見え、春山青年の家で何か口に咥えてもいいようなものを見付けると、それを必らず、横井家へ運んで来たことだった。ハンケチが洗って庭に乾してある、それが風に吹かれて地べたへ落ちると、ルルウは、パクリとそれを咥え込んで、ノコノコと持って行ってしまう。春山青年から、大きな牛の骨を投げて貰う。するとまたそれを咥えて、真直ぐに老人のところへ帰って来る。横井家では、またそれを知らないものだから、「オヤ、こんなハンケチが落ちているわ。旦那様が、袂からお落しになったのだろう」とか「オヤオヤ、ルルウはまあ、そんな御馳走を、どこから戴いて来たんだね。旦那様、御覧なさいましよ。ルルウが、牛の骨を貰って来て、自慢そうに、見て呉れと申しておりますよ」とか、そんな風にいうのであった。

ルルウは別として、二月の中旬になった時、横井家へ出入りの米屋の小僧は、女中の顔を見てふといった。

「オイ、俺ア今日、珍らしい人に会ったんだぜ」

「そうオ、誰にさ」

「あまり遠くじゃねえけれど、K町の方へ配達に行ったんだ。そしたら、そこの街をここの奥さんがちゃんと歩いているじアねえか。——よっぽど、挨拶をしようかと思ったんだけれど、奥さんの方じア気が付かないようだから、そのまま来てしまった。ここの奥さんは、近頃、ちっとも見えないようだね」

女中は、それが彼女にとって実に驚くべき報道だったので、口留されているのにも拘らず、小僧に、この家の細君家出事件を大体語った。また小僧も、そうなると、一段と好奇心を唆られたらしく、それからまた十日程すると、わざわざ台所へやって来た。

「判ったよ。判ったよ」

「え、何がさ」

「こないだの話よ。奥さんはね、その若い奴と二人で、K町の五百三十番地にいるんだ。俺ア、配達に行く度に注意していて、ちゃんと突止めてしまったんだ。表札に、春山直吉ってのを、遠慮なしに出してあるぜ」

女中は、すっかり顔色を変えて、この由を主人に注進すべく、アタフタと台所を立った。

「旦那様、実は、私、少し差出がましいと思いましたけれど、奥様の居所を突止めてしまいました。奥様は、K町の五百三十番地にいらっしゃいます」

老人は、その時、一人静かに茶を啜っていたが、口もとまで持って行った茶碗を、女中の言葉を聞くと一緒に、危く膝の上へ取り落しそうにして、

「ナ、ナニ?」といって、また、女中が同じ言葉を繰り返すと、急に顔へ怒気を一パイに現した。「判った。もうよい。そんなことは、せんでもよかった。お前、黙っておれ。誰にもいう

ではないぞ」

女中が、悪いことをいいに来たと思って、くどくどと詫言（わびごと）を述べている間に、老人の怒りは、見る見る深い悲しみに変った。

「よい、よい。お前の気持は判っとる。お前達に儂の気持が判らんだけだ。これから注意して、余計なことをせぬようにしろ。儂は、皆んな忘れてしまうのが、一番倖せだと思っているのだから」

ハッとして女中は涙ぐみ、顔を畳に伏せてしまった。

横井家の女中は三人で、それからはもう、間違っても奥様のことを口へ出すまいといって言合せをした。そして約一ケ月間、そこには何事も起らなかった。

六

K町五百三十番地の家には、実際米屋の小僧がいった通りに、入口の小さな門に、真新しい墨色の春山直吉という表札が出してあった。

恵美子と春山青年というよりは、も早、春山夫妻といった方が適切な二人は、この小さな家に移り住んでから、近所では早くも相当の評判になっていたものである。

来てからの彼等は、近所へお引っ越しの蕎麦（そば）を配るではなし、両隣の人々に、家の門の前で出会（でつくわ）しても、挨拶一つするではなかった。最初に女中を一人雇ったが、その女中は三日ばかりうである。

で暇をとってしまい、次に来た女中も矢張り十日と経たずにいたたまれなくなって出て行くと、更に二度ばかり家政婦を呼んで使ったようだが、その家政婦とても到底永続きはしなかったようである。

「そりゃ、ひどいんですもの。奥さんも旦那さんも、とても朝寝坊の宵っ張りで、そんなことはまだいいんですけれど。——初めの二日ばかりはよかったんだわ。だけど、三日目になると、お部屋へ呼んで、家庭的に一緒にお茶を飲みながら、針仕事を手伝って呉れっていうんでしょう。案外親切なことをいって呉れると思っているうちに、それがとてもいられなくなるの。あたしは、腹が立って腹が立って、あんなの、どこへ行ったってないと思うわ」

最後の家政婦は、立去り際、御用聞に向ってそう鬱憤を洩らして行くのであった。

好奇心は根深く人々の頭に植えつけられた。そして彼等は、恬然としてその間に三ケ月を過した。

土は陽を浴び、空気は香ぐわしく匂って来た春の或る晩のことである。

彼等はかなり遅くなってからタクシーで帰って来た。

玄関の戸を開けようとして、

「あら、錠を下ろすことを忘れて行っちゃった。かけたような気がしたんだけれど」

恵美子は言ってから先きに家へ入り、あとから春山青年も靴を脱いだが、

「お冷がほしいね」

「持って来てあげるわ、あたしも咽喉が乾いちゃった」

玄関の二畳で別れて、女は台所へ行き、棚からコップを取って水道の栓へ手をかけたが、その時、何か知ら音のしたような気持だった。別に変だと思うほどのこともなく栓をひねると、水が激しい勢で走り出して来て、その時、また同じ種類の音がしたようだった。

実をいえばこの時に、家の中へは、春山夫妻の全く予想だにしなかった或る人物がひそかに忍び込んで来ていたのだけれど、それを細君が夢にも知らずにいたのは是非もない。彼女は、ボンヤリと、何かに気を奪(と)られている形で、コップの水を一度流し、また新しく汲んでいると、今度はハッキリと客間から、低い、何ともいいようのない呻(うめ)き声を聞いた。

「だアれ？　あなたなの？」といって見てから、また、「ねえ、あなた、どうかして？」間を隔(お)いて、彼女は訊いた。

返事は二度とも聞えずに、呻き声だけがまだ断続していたので、到頭女は、それでもコップへ水を充して居間へ入った。

居間からは客間へ、廊下が鍵の手なりになってついているのであった。その時彼女は、居間にも客間にも戻って来た時から電燈の点いていたことが、ふっと思い浮べられて、ヒヤリと襟元の寒くなる気持だった。それは外出の時、確か消して置いた筈なのだった。

「あなた、あなた——？」といいながら、急に虚勢を張らねばいけないような気がし、「駄目じゃないの、嚇(おど)かしっこなし」

わざと笑い声でいった途端に、チラリと見えたのは客間である。廊下についた客間の障子が二尺ばかし開いていて、それは青年が怪しい物音を聞付けてか、または全く何か別の用事でか、そこへ入って行ったものに違いはない。その障子の間から、彼女は、客間の中の柱に倚りかかっている、何か非常に奇怪なものを見たのだった。

それは、人間の形だった。が、その人間は柱に背中をつけたまま、酔いどれが踊りを踊っているような恰好に、両腕を胸のところで曲げて、ダラリと垂れ、脚を開いたまま、くねくねと胴体を折り曲げて行く姿をしていたのである。

彼女は、声を立てようとしても立てることが出来ず、その癖に矢張りコップを持ったまま、居間から客間へ行こうとすると、その時ふいに、客間の電燈は消えた。

頭の一方の隅では、今この家の中で、或る非常に恐ろしいことが起りかけているのだと考えられ、また、イヤ、そんなことは有る筈がない、随分、バカバカしいことじゃないか――と、妙に軽蔑してやりたい気持もあった。彼女は、脚がガクガクするのを意識しながら、虚勢を張り続けて客間へ入ると、

「ウヌ！」

押し付けるような叫び声と一緒に、後頭部がつーんと痺れるのを感じ、初めてほんとうの恐ろしさが身体中を引摑んで、思わず出来るッたけの声で助けを呼んだ。

「アレーイ、誰、誰れか来て下さアい――」

向うは、暗くした客間のうちに待ち構えていて、女が入って来るのを見澄まし、一打ちに兇器を振り下ろしたのだけれど、幸か不幸か狙いは狂って、女が髪を毛のうしろで束ねたのと、それに喰付いていたいくらかの皮膚とが、ペロリと斬り離されたのだった。

偶然にも、斬られた皮膚と髪の毛の束とは、入って来た障子の隙間から、パサリと音を立てて庭まで飛んだ。

「もう、いけない！」

と彼女は思って、我武者羅(がむしゃら)に対手(あいて)に摑みかかると、その拍子に、片方の手で対手の着物をどこかベリベリと引裂いたようである。

「放せ、コン畜生！」

最初の一撃を失敗(しくじ)ると、闇の中にいる不思議な人物は、拳で、グンと女を突き放し、女がヨロヨロと部屋の外まで蹣跚(よろ)めいて行くのを、更に、

「これでもか！」

肩へ、ザクリと斬り込んで来る。何か喚いて、女は夢中で居間の方へ逃げようとして、その時、また横なぐりに、腕の附根あたりを斬られたような気がしたが、身体はフラフラと中心を失って横へ游(およ)ぎ、縁側から庭の方へ、半ば崩れ落ちるような姿勢になって倒れてしまった。

「人殺し、人殺し――」

自分では叫んだつもりだろう。そしてもう、全く意識を失って、そのまま何も判らなくなった。

――それからは、もう、間も無く後のことである。ここの右隣黒沢という家では、主人公が友人のところで酒を呑んでいて遅くなり、何も知らずに自宅の前まで帰って来ると、その時、春山家の門をガラリと開けて、誰かが不意に飛び出した。

酔っていなかったら、また、その前に起ったことを知っていたら、もっと詳しく見て置くところだったのを、黒沢氏は、酔眼朦朧たるうちに、それが真黒ではない、へんに白茶けた服を纏った男であることと、その男が、無論姿を見られるのを厭ったのではあろう、ひどく急いで、しかし、蹣跚けながら、彼方の露地へ逃げ込んで行くのを見た。

逃げながら、男の身体が、風に吹き飛ばされてでもいるように、奇体にフラフラしていたのを、黒沢氏は多分、大して注意もしなかっただろう。彼は、じきに、自分の家の戸を叩いた。

恰度また、細君はじっと起きて主人の帰りを待っていたので、すぐ玄関まで出迎えた。

「遅くなった。どうも、無、無理に飲まされたんだ。――子供達は、寝ているナ」

「え、寝ています。ですけれど、私、とても気味が悪くて――」

「ふーん。何がだい、何が気味が悪かったんだい」

「お隣で、さっき、随分変な音がしたのですよ。ドタンバタンと喧嘩のような――」

「夫婦喧嘩かい、ハッハハハハ、そいつア、よかったナ、水を持って来て呉れ、よ、お願いだ」

細君は酔っ払いの旦那さんを、兎に角、帽子を取らせ外套を脱がせて、引っ張るように居間へ連れて行った。

「や、水か、有難いナ。――うーん、うまい」

「ね、あなた、そんなことより、お隣に何かあったのじゃないでしょうか」

「あったとも。そりゃ、無論大有りだ。――が、いいよ構わないよ。もう一パイ、水を頼む」

立て続けに水を二杯飲むと、黒沢氏は、他愛なくそこへ伸びてしまった。

「ハッハハハハ、どうも愉快だナ。俺は、今夜は、バカに面白くッて堪まらないんだ。ハッハハハハ」

七

世の中には、人間でさえも知らないことが常に沢山起っているのに、ルルウが、それを知らずにいたのは無理もない話である。彼は、こういう事件のあった夜、もう大分東が白みかけて来た頃に、ヒョックリと春山家へ姿を現したのだった。

まだ、新聞さえ配達されない時刻だったので、そこは非常に静かだった。どこか遠くで始発らしい電車の響がし、また、工場の笛が鳴るようだった。が、ルルウは元気よく八つ手の下を抜けて庭へ出た。

庭では、縁側に、血塗れになった恵美子が倒れている。それは彼女が、実は傷の浅かったせいか、まだ、死に切れずに、一時的な失神状態から、かすかに意識を取り戻しかけていたところだった。ルルウにとっては、こんなにも早い朝、人が縁側で、それも、半分身体をずり落ちそうにして、グッタリ寝ているということが、全く初めての経験で、彼は思わず、ウ、ウウ、と唸り声を立てた。それからやっとそれがいつも見慣れている人間の一人だと気がつくと、ノソノソ匂いを嗅ぎに行った。

朝の冷々(ひえびえ)とした空気の中で、恵美子は眉をしかめて、薄っすらと瞼(まぶた)を開けかけていたが、不自然に折れ曲っていた片腕を、無意識に元の位置へ伸ばそうとして、ジリリジリリと動かした。そして、ルルウは血の匂いを不思議そうに嗅ぎ、実はその人間がいつもあまり自分に親しいものだとは思えなかったので、足や腹に、二三度鼻をこすりつけると、そのまま一寸傍(わき)へ退(ど)いた。その時に、彼の興味を一番強く惹いたのは、その脚下にポタリと落ちていた何かの黒い固まりである。

何だか判らなかったので、前脚でそっと触って見ると、爪には、毛が引っかかって来た。あまり好きではないが、香水の匂いがし、また毛の先きに、一片(きれ)の血に染(そ)んだ肉がついていた。それは、いうまでもなく、昨夜(ゆうべ)恵美子が、怪しい人物のために斬り落された頭の髪の毛と肉片で、ルルウにはそれが、実に不思議な物体と見えたのだった。

低い、苦しそうな呻き声が、恵美子の唇から洩れて来、ルルウは、狡猾にチラリとそちらを振向いたが、突然首を伸ばして、今の黒い固まりをそっと咥えた。そして、初めはノソノソと春山家の庭を抜け、それからだんだん早足で、暁の郊外を走り出した。

誰もそれを見ていた者はなかった。ルルウは、おしまいに、いかにも何か大切な役目を果したという顔で、横井老人のところまで帰って来てしまった。二十分ばかり経つうちに、横井家では女中が先ず眼を覚まして、台所から物置きの炭を取りに行った時に、ルルウがその獲物を敷石に載せ、ワウ、ワウ、短かく吠えながら、じゃれついているのを見た。

何をしているのだろうと思った女中は、忽ちのうちに、顔色を真蒼にして家の中へ飛び込み、他の女中を叩き起した。

「起きて頂戴よ」

「何さ?」

「いやなことがあんのよ。ルルウが、女の髪の毛を咥えて来ているのよ」

「そんなもの、何でもないじゃないの」

「だけど、その髪の毛に、肉が喰付いてるのよ。頭の皮だわ、とても、気味が悪いからさア」

　三人の女中は、再び台所から出てルルウを見た。ルルウは、怖そうにして覗き込む女中達の前へ、肉片のぶら下がった髪の毛の束を、得意そうに咥え上げて見せた。キャーッと女中達が悲鳴を上げると、木戸の口からは、牛乳の配達夫がやって来て、不審そうにそれを覗き込んだが、忽ち顔色を変えてしまった。

「いけねえ、こいつア、女の髪の毛だ！」

「ど、どうしましょう、牛乳屋さん！」

「兎に角、こいつア取り上げなくちゃいけねえ。それから、そうだ、旦那さんを起して——イヤ、それよりア、交番へ届けた方がいいかも知れねえ」

「交番?　お巡りさんにいうの」

「いった方がいいだろう。生(なま)の皮がついてるんだぜ。——いいよ、俺が、そういって行ってやらア。——犬から取り上げて置くんだ、いいかい、食われてしまっちア、駄目なんだぜ」

八

この日、午前十時、警視庁の土江(つちえ)捜査課長は、時速三十哩(マイル)で走っている自動車の中で、気に入りの部下、猪股(いのまた)という刑事に、次のようなことをいった。

「兎に角だネ、君も知っての通り、僕はこの道じア随分苦労をして来たんだ。が、一般にいって、探偵術では推理の役に立つことが半分、あとの半分は、着眼点というものが実に大切なんだ。何かの犯罪があった時に、その犯罪のうちのどこへ眼を付けるか、このことは、実際上推理よりは大切かも知れない。着眼点が悪いというと、それから出発した推理なんか、却って邪魔になることが多いんだからね。君の経験でだってそうだろう?」

「ええ、そうです」と若い刑事は顔を輝かして答えた。「僕は寧ろ、探偵は、推理力より、何よりかより、感のよさ、或は直覚力というようなものの方が、もっと必要じゃないかと思っているくらいです。推理ってものは、時々真直ぐなものを無理に曲げて見ることがあります。そこへ行くと、第六感なんていってますけれど、あいつは、その場の有りのままの状態から、頭の中へ直接にピーンと響いて来る奴ですからね。着眼点の良否は、つまり、感の良いか悪いかということになるんじアありませんか?」

「そうだね。そういって悪いことはないいね。無論、感のよさってことは、只漠然と感のいいってことは有り得ない。それには練習、或は経験が必要だ。僕は、近代探偵術が科学万能になり過ぎることを恐れている。推理は科学だ。が、科学に取憑かれて、そいつに引っ張り廻されると間違いが起る。要するに、科学結構だけれど、経験も大切にしなくちゃいかんという結論になる。――時に、今行く事件のことは、大体君も聞いてるね」

「男が殺されていて、女の方が、虫の息で生き残っているというんでしょう？」

「そうだってことだ、M署からの電話だと、じきに眼鼻の附きそうな事件だといっていたがね」

いうまでもなく、彼等は、K町五百三十番地の犯罪現場（げんじょう）へ赴く途中だった。

それから十数分の後に、彼等は、春山家の門前で車を乗り捨て、ツカツカと中へ入って行った。

「土江さん、お待ちしていました」

玄関のところで、すぐこう声をかけたのは所轄M警察署の野崎という警部である。

「野崎君だったね。兎に角、現場を見せて戴こうか」

「どうぞ。男の方は、まだそのままにしてありますから」

庭へ廻る木戸の口が開いていたので、一同はそこからすぐ入って行ったが、するとその正面に、客間の障子が今は一パイに開け放たれ、被害者、春山直吉の死体がすぐ眼についたのだった。

それは、昨夜、恵美子が居間から見た時の形そのままだった。柱に背を凭（もた）せて、脚を前へ不態（ぶざま）に投げ出して、両手をフラッと垂れている。しかし、首だけは殆んど直角に前へ折り曲げ、その真向に見える脳天に、血のこびり付いた大きな傷痕があんぐり口をあけているのである。

「兇器は日本刀類似のもので、傷は他にありませんが、脳天をピュッとやられたので、一打ちにまいったものと思います」

警部の説明を聞きながら、課長は悠々近づいて死体を見た。

「なるほど、日本刀らしいね。斬口の様子だと、大した腕前じアないけれど、脳天だけにすぐまいったんだ。蹣跚けて行って柱に倚りかかったというところだろう。女も、やられたっていうじゃアないか」

「女は、まだ幾分見込みがありますから、あっちの部屋で医者に見させております」

「傷は？」

「大体三つです。後頭部を一ケ所。肩を一つ、それから腕をやられています。兇器は矢張り日本刀のようですが」

「それで二人きりかね」

「そうです。近所のものにも訊いて見ていますが、被害者達は無論同棲しておった者です。女中も何もおりません」

「発見者は？」

「被害者の女が、朝になって呻き声を立てたため、隣家の黒沢という家で気が付いて、交番へ届けに出ました」

「何か、盗難品などは？」

「まだハッキリと致しません。が、見たところでは、箪笥も机も、一向荒されておりませんし、強盗らしいところがありません。大体に於て、意趣斬りらしく思われますが」

テキパキと要領を訊いたあとで、課長は、女の手当てを受けているという居間の方へ行って見たが、恵美子は多量の出血のため、再び昏睡状態に陥入っているところだった。

「なかなかの美人だね。——何かこの女は口を利いたかい？」

課長は振り向いてまた訊いた。

「いいえ、駄目だったんです。駈けつけた時には、もうまた、気が滅入りかけていました。しかし、女が、手に、服の布地を摑んでおりましたので」

警部は、部下に命じて、その布地というのを取寄せた。それは、灰色のアルパカだったが、四寸四方ばかりの大きさのもので、一方の端がキチンと縫ってあり、他方がべりべりと引裂いたようになっている。

「洋服のポケットを、女が捥り取ったものと思います。一寸、格闘したらしいです」

「なるほど、洋服のポケットだ。他には、犯人の遺留品らしいものはない？」

「今のところ、まだ有りません。足跡など、御覧の通り、石炭殻が敷きつめてあって、一向ハッキリしたものがないんです」

捜査課長の一行に一足遅れて、判検事もそこへやって来ていた。凡ての係官は現場の保存手段を巡らすに急がしく、また、誰よりも先きに、自分が犯人逮捕の端緒を摑もうというので、血眼(ちまなこ)で家中を睨み廻っていた。

予審判事は、やがて関係者の訊問をすることになったが、そのうちで最も重大な証言をした者は、隣家の黒沢氏であった。黒沢氏は家の者が事件を発見した時は別として、昨夜彼が帰宅した時のことを詳細に物語って、さてそのあとへこう附け加えた。

「私は、酔っておりましたから、今も申しました通り、その時は何とも思わなかったのです。家内が変な物音を聞いたといっても、バカバカしいことをいうナといって、少しも取上げずに寝てしまいました。ところが、何しろ今朝のこの有様です。初めて私は、昨夜のことがハッキリ思い出せました。私が、その時に見た怪しい人物こそ、確かに犯人だと思います。考えて見ると、其奴は、へんに脚元をヨロヨロさせて逃げて行きましたが、ひょっとすると、兇行を演じた時、自分も脚か何かに怪我をしたのじゃないでしょうか。――着ていたものは、総体に、白茶けた色だったと思います。月があったかどうか覚えませんが、それもよく眼に残っています。白か灰色か、兎に角、そのうちのどっちかの色です。私は、今朝になって家の者が騒ぎ立てた時、殆ど真先きにここへ駈けつけましたが、その時、ここの細君は、片手にアルパカの布らしいものを掴んでいました。灰色のアルパカですから、犯人は矢張り灰色の服を着ておったという方がいいかも知れません」

後にも思い当る通り、これは実際に重大な証言だった。訊問が一段落ついた時、捜査課長は、野崎警部に尋ねた。

「あ、君――君ア先刻、警視庁の方へ電話をかけて寄来した時、事件が簡単に片附く見込みだっていうようなことをいっていたね。ありゃ、どういう訳だい？」

熱心な猪股刑事が傍に聴耳を立てていたので、警部はそれを話すのが一寸惜しいような顔附

だったが、

「ええ、あれですか、あれには、訳があるんですよ」

「目星でもついてるのかね」

「大体――というところですがね。今、あなたも、黒沢の証言を聞いていたでしょう。あの証言の中にもあります。犯人は、逃げる時、脚元がフラフラしていたという――」

「うん、そうだったね。それがどうしたい？」

「黒沢は、それを、犯人が脚に怪我でもして――つまり、ビッコを引いていたんじゃないかといってました。しかし、僕の考えだと、それが大いに違うので、犯人は、盲人（めくら）じゃなかったかと思いますよ」

「盲人って、どういう訳でだい？」

「犯行の手口、即ち、日本刀らしきもので、兇行を演じているという点からは、犯人が盲人でなんか、有りっこないように思います。ところが、盲人だとして見ると、逃げる時に、脚元が定まらず、フラフラ逃げて行くということは有り得るでしょう。御意見はどうです？」

「そりゃ、盲滅法という奴で、有り得るかも知れんさ」

「そうでしょう。ところでもう一つ、こいつは、実に話すのが惜しいんですけれど、今朝、同じ僕のところの管内で、非常に耳寄りな届出があったのです。犬が、女の髪の毛のかたまり、しかもそれに、ペロリと頭の皮の喰付（くっつ）いたのを、咥えていたという事件です」

「ほう、そりゃ、面白いね」

「あなたも見られた通り、被害者の女は、後頭部を矢張り斬られていて、しかも、髷と、その毛に喰付いた肉片とを斬取られています。して見れば、届出のあった髪の毛こそ、確かにあの女のものに違いないんですが、ここで奇態なことには、その犬の飼主というのが、盲人なんです。盲人の家に飼われている犬が、女の髪の毛を咥えておったという訳です。僕の署では、もうその盲人を、ちゃんと連行して来てあるんです」

事情を深く知らない課長には、それがまだ十分には納得出来なかったろうけれど、その時警部は猶いった。

「犬の件の届出があったのは、実をいうと、こっちの殺人事件より前でした。僕は、犬のことを聞いて、只こりゃ何かの事件だナと思っただけですけれど、そのあとすぐに、この現場からの知らせがあって来て見ると、女の負傷があの通りでしょう。驚きましたね、あんまり、うまく註文に嵌まっているので。——私は、これアと思いまして、部下をやって一寸調べさせて見ると、今度は又、もっと意外な事実が判りました。犬を飼っている家の、女中の口から出たんですが、ここの家と犬の家とでは非常に密接な関係がありました。この家の主人即ち被害者は春山直吉というのでして、この男は、つい去年の暮まで向うの家に同居していました。しかも、其の間に、向うの細君と関係を結んで、駈落をしていたものです。もう一人の被害者の女が即ちそれで、恵美子という名前だそうですが、事情がそれだけ判明して見ると、もう、解決がついたといってもいいようですよ」

推理のし方で、実際そうなるより他ないのだった。課長はようやく納得した。

「フーン、そいつはなるほど、そこから君の盲人説が出て来る訳だね。イヤ敬服々々。残るところはその盲人を訊問しさえすりゃいいんだ」

「そういうことになると思いますが」

「盲人が犬を飼っていたってのは面白いね。どんな種類の盲人だね。按摩かい？」

「違います、もとは、S中学校の校長をしていた、横井新助という老人です。去年、災難で、盲人になりまして――」

いった時、サッと顔色の変ったのは、そこにいた猪股刑事だった。

「あ、一寸――一寸、待って下さい。今の盲人が、ほんとうに横井新助っていうんですか！」

「そうだよ、君。もう五十幾歳かで、前にはかなり評判のいい人物だったそうだ。恵美子という細君のために、こういうことをやらかしてしまったんだ」

野崎警部は、事もなげに答えたけれど、その時猪股刑事は、拳を握り、顔を真赤に興奮させて叫んだ。

「駄目です。そ、そんなことは、出鱈目です。――横井先生は私の恩師です。私は、S中学の出身です。例え、どんなことがあろうとも、あの先生に限って、この不名誉な事件の犯人だなんてことはありません！」

九

「ナニ、君は、その老人を知っとるのか！」

捜査課長は、驚いて自分の気に入りの部下を眺め、また、ハッと気にして野崎警部を見た。

「知っていますとも！　S中学の出身者は、あの先生のために、皆んなどの位お世話になっているか知れません。あの先生が人殺しだなんて、そんなバカな話はありませんよ」

若い刑事は、誰の前ででもそう断言するというようにいったので、課長は、またハラハラして警部の顔色を覗いた。

警部はしかし、案外寛大な顔附だった。

「コリャ驚いた。君が、横井老人を知っているというのは差支えない。が、それだからといって、少し言葉に注意したらどうかね」

「ハ、それは、言過ぎだったら謝罪します。しかし、聞いておりますと、警部殿は、乱暴にも横井老人を犯人だと――」

「乱暴ではないよ。僕は土江さんに、ちゃんと筋道を立てて話したつもりだ。君の方こそ乱暴だ。いきなり、僕の樹てた説を出鱈目だなどと――」

「横井先生を知っている私には、出鱈目としか思えないんです」

「老人が君の恩師であることと、老人が犯人で有り得ることと、両立せんという理窟はないんだよ。若いから君はいかん。警察官は事実に即して物を観るんだ。殊(こと)に情実は絶対に排撃せにゃいかん」

横井老人の犯人で有る無しは別問題として、この論争では、明かに警部が勝ちだった。態度も言葉も立派で、猪股刑事はハッと頭を下げてしまった。

「うん、なかなかええ」と、課長だけが上機嫌だった。「目下は、兎に角、横井老人が第一の容疑者だ。訊問して見るのが一番早い。野崎君、僕も連れて行って、その盲目(めくら)の老人に会わして呉れ給え」

現場へは既に新聞記者が山のように押しかけていた。

判検事は割合に早く引揚げて行き、そのあとで捜査課長は、巧みに記者の包囲攻撃を脱しながら、M警察署へ赴いた。

愈よ、横井老人を連れて来て訊問する段取りになると、捜査課長は野崎警部と肩を並べて調(しら)べ室(しつ)へ入って行ったが、廊下で蒼い顔色の猪股刑事に会った。

「課長、私も、立会わせて戴けますか」と刑事は息を弾ませて訊ねる。

「ああ、君は、遠慮してい給え。その方がいいよ」課長は慰めるように、刑事の肩を叩いた。

殆んど二時間、刑事が石のように身を固くして待っている間に、訊問には直接野崎警部が当り、書記は傍で遺漏なく聴取書を作って行ったようである。

もう、日は暮れてしまい、やがてその部屋からは、正服の巡査に附添われて、横井老人が静かに出て来た。刑事は、この痛ましい盲人に声をかけることもならず、黙礼を以て見送った。

「猪股君、一先ず引揚げるかネ」と、課長は調室を出ていった。

「しかし、如何でした。結果は？」

「大体に於て、満足すべき結果だったよ」と課長は真面目な口調でいった。「というのは、横井老人が最も有力な容疑者であることは先ず動かせんところだということだ」

「え、じア、課長も、野崎警部と同様に、あの老人を犯人だと――」

「イヤイヤ、それは違う。僕は、犯人だなんていいはしない。容疑者だといっただけだ。横井老人と被害者春山直吉及び恵美子との関係は、野崎警部が横井家の女中について調べたよりも、もっとひどいものだった。老人は、皆んな隠さずにいったようだ。この事件の起る前に、老人は彼等のためにひどく苦しめられていたらしい。だから、この事件を痴情関係と見た場合に於て、老人は有り余るほどの動機を有っている――」

「動機があっても、人間は、必ずしもその動機通りには動きません。課長の前ですが、私は何といっても、老人を犯人だとは考えたくありません」

彼等が警視庁へ戻るべく、署の玄関へ近づいたとき、建物のどこからか、犬の鳴声が、かなしげに尾を引いてきこえて来た。

「ありゃきっと、問題の犬だぜ」課長は一寸立停って云った。「ルルウという名前だそうだが、あの犬が髪の毛を啣え出したんだ。老人がここへ連れて来られると、一緒にあとを随いて来て、どうしても家へ帰らないんだそうだ。署でも可哀想に思ったので、さっきまで老人と一緒に置いてやったそうだが、老人には非常に馴付いている。老人自身の申立てによっても、犬は、老人が外出すれば、大抵は随いて行くということだった。それがまた老人の有罪説を幾分かでも有力ならしめている点だけれど、野崎警部は、老人が犯人だとすれば、老人が春山のもとへ赴いた時、犬も無論随いて行っただろうといっているんだ。主人が兇行を演じて逃げ帰って来る。その時一緒にいた犬は、主人の斬り落して行った髪の毛を咥えて持ち帰り、主人は気がつかなかったけれど、あとでそれを咥え出したため、図らずも主人の犯行を暴露したということになる。非常に気の毒な話だね」

犬は、彼等が自動車に乗って走り出すまで、まだ鳴き続けていた。二人共に、奇態に暗澹たる気持だったので、暫らくは口を利き合おうともしなかったが、やがて車が、旧市内の明るい街へ入って来ると、課長は新しい葉巻に火を点けて、感慨深げにいった。

「だがねえ猪股君、あの老人に対しては、心証という点では、僕も君に多少同感出来ないことはないんだぜ」

「と、仰有るのは――?」

「つまり、経歴を訊いて見たり、行く時の自動車でも話し合ったことだが、老人を見た時の直接な印象では、僕も、また、野崎警部と雖も、老人に対しては好感情が有てる。あれは、善人だ。普通では決して殺人者たり得ない人物だ。動機が沢山にあるという反面に、犯行を否定したいような点もないじアない」

「そうです。その通りです。私はそれをいおうと思っていました。――殊に、あの老人は可哀想な盲人じゃありませんか」

猪股刑事が急に元気附いていうのを、課長はゆっくりと頷いた。

「そう。その点だ。盲目の癖に、男の方は一刀で殺している。そんなことがどうして出来たのか、その点が何より問題だ。野崎君も無論その説明だけは出来ないといったが、しかし、その点を除いてしまうと、あとで聴取書を借りて見るとよく判るが、老人にはかなり疑うべき根拠が沢山あるんでね」

「例えば、どんな根拠ですか。私は、先刻野崎警部殿に対して、少しく言過ぎたと思いますので、わざと遠慮しておりました。けれど、私も多少は、根拠があって、老人の無罪説を主張出来ると思います。早い話が、被害者達は三ケ月前に、駈落をした者だということでした。駈落をしたものを、老人は、どうしてその居所を知っておったんです。——二人が老人に背いて逃げ去ったのを、老人が、誰かに頼んで探して貰ったとでもいうのですか。恥を思えば、あの老人としてそんなことは出来る筈がありません。そしてしかも盲目です。盲目の癖に、どうして春山の家を探り当て、そこへ忍び込むことが出来たのですか」

刑事は再び激昂して来た口調だったので、課長は葉巻の灰を叩き落し、わざとゆっくり答えた。

「うん、君のいうことにも、無論理窟はあるね。——しかし、それがまた却っていけないことにもなるよ」

「どうしてです。どういう意味です。それは?」

「君は今、老人が春山等の居所をどうして知ったのかといった。ところが、老人自身が、それを知っていたと答えたのだ。老人は、彼等がK町五百三十番地に住んでいたことを、女中の口から聞いたそうだ。また女中は、出入りの米屋の小僧から聞いたそうだ」

「じゃ、それはそれでいいです。しかし、あそこまでは大分距離があります。老人は、女中の口から聞いただけで、どうしてK町まで行き、あの家へ忍び込むことが出来たのですか」

「それは、推定出来ることなんだ。野崎君が、別に横井家の女中を取調べさしたところによると、女中は、老人が時々、深夜散歩に出たということを答えた。まだ、細君が駈落をしない前は、その真夜中の散歩を殆んど毎日行ったということだ。一方で老人自身は、当夜決して外出しなかったというけれども、女中達にも誰にも知らせず、深夜に外出するということは十分有り得る。米屋の口から、春山等の居所が知れて以来老人は、ひそかに夜の散歩に出て、その家へ行く練習をしておったといえんことはない。――無論、そういう練習は、盲人にとって、かなり困難なものであり、口でいう程容易には出来んが、僕等の見た所だと、老人はたった一年前に失明したにしては、頗(すこぶ)る感のいい方だ。盲目の人間は目明きが予想するよりも、意外に敏感であることを君も知っていよう。熱心を以てやれば、実に我々の考えている以上のことを習得してしまう。これが計画的に行われた犯罪だとすれば、老人が常にその習得に努力していたということも強(あなが)ち否認出来ないだろう。殊に、今度の場合は犬がいる。犬は、現場から問題の髪の毛を咥えて来ている。しかも犬は老人の外出に随き従っている。――して見れば老人が春山のもとへ赴いたということは、誰にしてもそういい度くなる筈だよ」

「老人はしかし、犬がそんなものを咥えて来たのは知らなかった筈ですね」

「それはそうだろう。犯人だとすれば、そんな恐ろしい証拠品を犬が咥えて来ることを許す筈がない。――まア、要するに、何か新しい反証が挙(あが)らない限り、老人は、益々有力な容疑者になって行くね」

盲人の犯行としては、殆んど有り得べからざる手口であったにも拘らず、周囲の情況は確かに益々不利と見えたのだった。

「もっとも、まだ問題は沢山にある。明日は、横井老人について、家宅捜索を試みることになっているが、その時、現場で押収したアルパカの布地などが問題になる。そんなものが出て来ると、今度こそ老人は殆んど決定的に犯人だということになるよ」

課長は、丸の内一帯のネオンサインを見やりながらいった。

十

犯行の動機がいかに山ほどあろうと、また上役や同僚が、それについてどんな意見を有っていようと、猪股刑事は断乎として老人の潔白説を称(とな)えたが、さてそれからは、日に日に、当局でも世間でも、横井老人犯人説が昂まるように見えた。

今までででも、手口が盲目の人間らしくないという一点を除いて、実は凡てが老人に対して不利な推測ばかり行われて来たのに、その後約五日間に渡って、益々悪い証拠が提供されたのである。

（一）家宅捜索は、課長のいった通り、その翌日行われて、この時、問題のアルパカらしいものは発見されなかったが、押入れの奥から、一振りの日本刀が発見された。

鑑識課へ廻して調べて見ると、幸にして血痕ようのものは認められなかったが、それについて係官が訊問すると、横井老人は次のように答えている。

「その刀は去年の冬、古道具屋が来たことがありまして、私は急に思い付いて、その古道具屋にそっと註文し、買い求めたものであります。家内は、押入の中などへは殆んど手をつけたことのない女で、女中だけが夜具の始末をしていましたので、私はそれを押入の中へ蔵い込んで置いたのですが、今となっては自分の恥を申すより他ありません。実は私は、家内の不行跡で、どんなに苦しめられたか知れません。世間態を思い、自分の不具なことを思い、我慢に我慢は重ねましたが、時に、怒りを抑えかねることもありました。それでふとした気持から、道具屋からそんなものを買ってしまい、品物を受け取った時には、既に後悔しておりましたが、全く、一時は自分ながら、地獄の鬼になったような気がしました」

日本刀を発見されたため、已むを得ずしての申立てではあったけれども、つまり、この申立てによって見ると、前には老人自身殺意を生じたことが、無いでも無いというのである。

（二）翌々日、被害者恵美子は、辛くも命を取り止めて、いくらか口も利けるようになったが、当夜のことについて、次のように述べるのだった。

「恨みを受けている人といえば、他には心当りがありません。一番私を憎んでいたのは、無論あの人です。私に斬りつけたのがあの人だったかどうかは判りません。しかし、何か叫んで肩へ斬りつけた時の声は、何だかあの人のような気もします」

　正直にいっているものとすれば、これほど不利な証言はないのであった。
（三）係官は、ルルウが髪の毛を春山家から老人の家まで咥えて行ったということについて、直接実験をして見た。即ち、春山家へ犬を連れて行き、牛の骨を与えるのである。ルルウは前から幾度もそれをやっていた。それでこの大切な実験でも、得意そうに、同じことをやってのけてしまった。
　当局では、これほどいろいろの点で、横井老人が容疑者となっているのに、老人は案外平静だったし、まだ罪を確定するに足るだけの直接証拠は足りなかったし、次第に躍起となって、或は無理にでも老人の告白を迫ろうとする気配を見せたが、このうちにあって猪股刑事は、懸命に老人の冤を雪ごうとしている。課長もその気持には同感していたが、さりとて目的は容易でなかった。反証を挙げるためには、これだけ明かになった情況証拠以外に、もう、何も探し出して来るものがないように見えた。

　夜も眠らず、刑事は頭を悩ました末に、或日捜査課長に、何事か熱心な口調で訴え、それから横井家へ、ルルウを連れに来た。

　ルルウは、自分のやった不心得な行動が、主人をかくまでの苦境に陥入れたのだとは、夢にも知らなかった。毎日、主人が留守なので、来る人毎によく吠えた。

　刑事が行って鎖で繋いで連れ出すと、咬みつくほどのことはなかったけれど、なかなか刑事に馴付こうとせず、実に、渋々と、鎖に引かれて行った。

もうすっかりと春で、新しい草の芽が、そこにもここにも生えて来ている。刑事は、始めに人のいない所でルルウを馴らそうと思い、暖かな畑や芝生の間を、とある小川の流れているところまで連れて行った。

そこは偶然にも、二年前に、ルルウが横井老人に初めて馴れ親しんだ場所だった。小川の水は快く響き、刑事は土手に腰をかけて買って来た細切れの肉を出した。

「ルルウ、来い」

ルルウは、容易に傍へ寄り付かず、鎖の端で一生懸命身を引き退ろうとしていたが、刑事は諦めて細切れを投げて与え、人間にいうのと同じようにしていった。

「ルルウ、お前は全く駄目な奴だなア。俺はお前の一番いい友達になろうと思っているのだ。お前とは、これから一緒に仕事をして貰わなくちゃならない。お互に近附きになって、お前の主人を救い出すんだ。やって貰うのは、アルパカの匂いを嗅ぎ分けるだけの仕事だぞ、お前だって、警察犬になれないってことはないだろう。アルパカの匂いを嗅いどいて、それから真犯人を探し出すんだ。さア、肉を食べろ――」

はたから見たら、全く遊んでいるとしか見えないように、若くて感情家の刑事は、その日一パイをルルウと共に遊び廻って暮した。

十一

放って置いても、ひょっとしたら証拠不十分で釈放されるものかも知れなかった。けれども、刑事は、一歩を進めて、恩師を完全にこの不名誉な淵から救いたかった。そして、それには、どんなにでもして、別の真犯人を探し出さねばならぬのだった。

二日間、ルルウを馴らすことに苦心して、それから後を、刑事は毎日ルルウを引っ張って歩いた。現場で発見された犯人の遺留品は、アルパカがあるだけだった。アルパカの出所については、当局でも無論手を廻して調査したが、有りふれた生地のものであるだけに、見当はとても付きそうになかった。ハトロン紙で犯人を探すと同じように、それは不可能に見えた。万策尽きて、それも非常に心細かったのだけれども、犬によって犯人を探すより他はなかったのである。

犯人がその附近のものか遠くのものか、それさえ適確には見当がつかず、只刑事は、何となしに、近廻りにいるという気がしただけだった。

「辛抱が大切だからナ、ルルウ、お前も、一生懸命でやって呉れよ」

毎朝、出かける時に、刑事はそうルルウにいっていたけれど、それは却って自分を慰める言葉だった。

ルルウは歩くことが好きだったので、一日中、そこらを歩いているということが、なかなか嬉しいらしく、甚だ元気だった。そしてその代りに、四日と過ぎ五日と過ぎても、同じアルパカの匂いを嗅ぎ出さず、只、刑事を盲滅法に引っ張り廻すだけだった。ルルウは、主人より先きに走って行っても、主人が果してこちらへ来るかどうかを、振返って見る必要はなく、思うがままに、どちらへ行ってもよかった。主人が、いつでも自分の行く方へ随いて来たからである。ルルウは、だから、今までにこんな面白い散歩をしたことはなく、頗る満足の体だった。

一週間も、二週間も過ぎた。そして、刑事はもう絶望的な気持だった。

或る日、彼は、歩き疲れて、K町の現場近くへまた行って見た。そして、ルルウが自然にまた、横井家の方角へ歩き出したので、やれやれ、これじア、いつまで経っても同じだと考えながら、それでも忍耐強くあとを随いて行った。

しかし、恰度三町ばかり行った時、ルルウは突然、ワウワウと吠えて、刑事の方へ尻尾を振って見せた。

近づいて見ると、そこは小さな洗濯工場の裏口で、トタン板の塀の下から、下水へ、やや白味を帯びた水が勢よく流れ込んでいる。その下水を覗いて、ルルウが吠えているのだった。

「何かいたか。溝鼠（どぶねずみ）だろう。道草を食わずに行こうぜ」

刑事はいって歩き出そうとしたが、ルルウはまだそこを去らずに、寧ろ、前より激しく吠え立てた。

「変な奴だナ、お前は――」

いっているところへ、刑事の今来た方から、身体の痩せ細った男が、何となしに変な恰好で自転車へ乗って来、犬の吠えているのが怖かったのだろう。ヒラリとそこへ飛び降りた。

「なかなか、大きな犬ですね、どうも——」

その男は、チラリと刑事を見た拍子に、こういって工場の木戸を開けて入って行ったが、気がつくとその男はビッコで、ヒョコリヒョコリと自転車を手で押して行く姿が、まるで影絵のような恰好だった。

「ビッコか。道理で、自転車の乗りっぷりがオカシイと思った」

男のあとを、刑事は何気なしに、洗濯工場の木戸から覗き込んだが、その時、ふっと眼を止めた。

今のビッコの男は、外から帰って来て、仕事着に着更えるところなのだろう。じきそこの、小屋のようなところに掛けてあった、ペラペラの薄い上着に袖を通していたが、その上衣のポケットが、妙に他のところと色変りしていた。

よく見ると、全体は灰色のアルパカだった。しかも、ポケットだけは、灰色にやや青味のかかった別の布らしく、それを外から別に縫いつけて作ったものだった。

一瞬間、刑事には、眼の前のものが霧のように消えてしまって、その中に只一つ、色変りしたポケットだけが残った。心臓が激しく波を打ち、頭がしーんと澄んで来た。

ルルウは、今まで工場から流れ出していた、あの白い水がピタリと止まったせいか、急に興味の無くなった顔をして、刑事と同じく、工場の口を覗き込み、ケロリとして立っている。

「出来したぞ、ルルウ!」

刑事は胸のうちで涙ぐんでいって、もう一刻の躊躇もなかった。ツカツカと入って行くと、腕をぐっと男の肩へ伸した。

「オイ、君――」

男は、不思議そうに振向いた。

「え。何ですか。何か用事ですか」

「一寸、訊きたいことがあるんだ。君の着ている上衣は、君のものだね！」

実に唐突だったので、男は面喰って、

「え、これですか。こいつなら、私のものですが――」思わずそう答えてしまって、急に、サッと頬を痙攣らせた。

「確かに、君のものだね」

「そ、そりア――」

「ポケットへは、どうしてそんなに、別の布を付けたんだね！」

「…………」

「え、どうしてだい。そのポケットの訳を、話して呉れることは出来ないかね！」

男の眼附は急に、狩立てられた獣のように、不安で一パイになってしまった。そして、刑事の頭の中には、信念が強く盛上って来た。

アルパカの上衣、ポケット、急に顔色を変えた――男。それに、今改めて、当時の事件発見者、黒沢氏の証言が思い出された。犯人は逃げ出す時に、怪しい脚元で、ヨロけるようにしていたという。それだのに、この男は、この通りのビッコではないか！

「知らねえ。オ、俺は、何んにも知らねえ！」

男は、本能的の恐怖で叫んだ。そして、いきなり刑事の手を振り払って、スッと横へ逃げ出そうとした。

「知らなきゃ、逃げることはないぞ！」刑事も、叱咤しながら、忽ち、その男に組み付いた。騒ぎと叫び声とを聞いて、この工場の人達は、吃驚してそこへ駈け出して来たが、それを見ると、ルルウがまた激しく吠え、毛を逆立て、牙を剝きじり出して、一人でもそこへ寄せ付けさせなかった。

ビッコで、而も瘦せている癖に、男はなかなかの腕力家で、上になり下になり、刑事は死力を出して闘った。そして遂に男を組み伏せてしまった。

十二

犯人逮捕の報は、第一にM署から、警視庁の捜査課長に達した。猪股刑事が、洗濯工場の男を連れて何よりも先きにM署へ赴き、そのことを野崎警部に告げたからだった。

そこへ行ってから、刑事は、この頃毎日携帯して歩いて、ルルウに匂いを嗅がせていた布地を出してそれを男のアルパカと較べて見ると、一目で、同じ布だということが判った。そして、捜査課長が廊下へ愉快な爆笑を響かせながら、漸くM署へやって来た時には、男がもう包み切れなくなって、自分こそ春山直吉殺しである旨を、自白し始めていた時である。幾つもの、睨み通すような視線を浴びて、男は額から汗を流し、だんだん頭を垂れてしまった。

「申訳ありません。私は、あの春山という男に、前から、深い恨を持っていました。それで、いつかは恨みを報いてやろうと思っているうちに、あの男が、自分の働いているK町に住んでいることを偶然に見付けたのです。私は、日本刀を、稼いで貯めた小使銭で買って来て、あの晩、奴等の留守の間に家の中へ忍び込んでいました。そして、まんまと目的は達しましたけれど、その時、女も死んだのだと思って、女の倒れたのなぞよく調べず、ポケットを捲り取られたことも気がつかずに逃げて来ました。新聞は、毎日読んでいましたけれど、誰も私を犯人だというものがなく、それに別の犯人が挙げられた風なので、次第に安心してしまいました。この上衣なども、あとでポケットの破れていることに気が付き、どうにかしなければならんとも思いましたが、安心したあまり、大丈夫と思って、つい、三日ばかり前から、また仕事着として着始めたのです。恐れ入りました。私のやったことに違いありません」

名前は、浦上東作というのだった。東作は、いうだけのことをいってしまうと、却ってホッとした顔になった。

告白のし方も割合に素直だったし、それほど兇悪な人間とも見えなかったので、殺人の動機を訊ねて見ると、それは次のようなものである。即ち彼には一人の妹があったが、その妹がもう三四年前に、彼の日夜苦心して稼ぐ賃金で、或る実業女学校に通っていたところ、春山直吉はその頃同じ学校の図画の教師で、彼の妹を弄物にし、その揚句、妹は自殺を遂げたというのであった。

　殺人としては、甚だ同情すべき動機だったので、東作は割合に係官から労われた。

　東作が留置所へ下げられた時、捜査課長は猪股刑事にいった。

「しかし実にうまく行ったねえ。君は、いつかも話したことだが、なかなか感がいいよ」

「いえ、感じゃありません。ルルウです。犬ですよ。あいつが手柄をしたんです」

「フーン、どうして？」

「あいつ、洗濯工場のところへ行くと、急に吠え出したんですが、今考えると、その時工場からは白く濁った水が流れ出していました。それが、一寸鼻を衝くような刺戟性の臭みでしたが、洗濯屋はハイポだとか何だとか、漂白の薬をよく使います。どうもその匂いだったと思うんですが、ルルウは、きっとその匂いを嗅ぎつけたものに違いありません。問題の布には、我々が嗅いで見ても殆んど匂いはありません。しかし、犯人はあの工場で働らいていたので、服には深くその匂いが沁み込んでいて、ルルウはそれをよく覚えていたんです。水が流れ出している間吠えていて、流れ出さなくなると、急に黙ってしまったのですから、それに違いはありません。——ルルウが、そうやって折角教えて呉れたのに、私の方では、恰度その時、犯人が自転車に乗ってそこへ帰って来なかったら、てんで、何も摑めずに行き過ぎてしまうところだったのです」

　刑事はその時のことを考えて、実際ヒンヤリするような気持だったが、野崎警部は明るく笑っていった。

「イヤイヤ、犬の手柄だけじゃない。君の強情な信念、僕にでも何でも喰ってかかろうという執心、それから、根気が成功したんだ。——今度ア僕が負けだ、お目出度う」

捜査本部M署楼上では、それから直ちに祝賀のビールがポンポン抜かれ、恰度その頃、ルルウは横井老人の家で、M署から届けられた牛肉を、イヤというほど食べていた。

恵美子がどうなったか、そんなことはもういわぬ方がよいであろう。

老人は、縁側に腰をかけ、ルルウの頭を探り寄せて撫でていた。

探偵小説の型を破れ

従来の探偵小説が、犯罪の謎を解くことに中心を置いていたということは、私も全然同意するところである。少くとも、所謂（いわゆる）、本格探偵小説においては、謎の組立て方が最も巧（たくみ）であり、更にそれを解いて行く手法の巧なものが、上乗の作品とされたのであった。

が、探偵小説が、単に謎を解くだけのものであっていいか否か、そこには猶（なお）多くの問題が残されている。例えば、従来の探偵小説が凡（すべ）て謎を解く小説であったにしたところで、これからの探偵小説が必ずしもそうでなければならぬ理由はない。それ以外に、何かの別な興味を対照としたものが出て来てもよい筈である。（断って置かねばならぬことは、従来とても、優れたる探偵小説として最も多くの読者を獲たものは、必ずしも智識の遊戯だけを主眼にしたものではないということである。ルパンものもその一例であろうし、また、ポウのものもそうである。一見して謎を解くことにばかり終始しているかの如き、ポウの「モルグ街の殺人」においてすら、われわれはその中に多量の芸術的滋味を感ずることが出来るのである）

探偵小説を、謎を解く小説だとのみ考えた場合に、こうした新しい企てによって書かれたる小説は、探偵小説と呼ぶことが出来なくなるかも知れない。が、そう呼べなかったにしたところで何であろう。要するところは、読者がその読み物によって満足させられさえすればよいのである。或種の小説において、その形式なり定義なりに支配されて行くことは、結局、その小説を行詰まらせるものである。古い形式を破り、何かの新機軸を出そうと努力するところに、進歩が約束される。謎を解くだけの探偵小説を死守せんとする努力も認むべきであろう。が、それ以上に、探偵小説の型を飛躍させようとしての努力も、作家としては当然常に試むべきところではないか。

再びいう。そういう努力によって生れた小説が、偏狭なる従来の定義からは、探偵小説と呼べなくなり、同時にその作家が、探偵作家とはいえなくなったにしたところで、それは毫末と雖も差支のないところである。

読書人は、謎を解くだけの小説が、世の中で一番優れた小説であるとは、決して思っていないからなのだ。

甲賀三郎氏は、新青年誌上に連載されている「魔人」について、それが探偵小説にあらざることを非難し、更にまた「魔人」が作家の本領を発揮したものでなく、他の作家の模倣をしたものに過ぎないといっている。

「魔人」の作者は、この作品に、作者としての特質が多量に現れていることを自信している。また、それが果して他者の模倣に過ぎないか否か、そのことは公平なる読者が判断してくれると思っている。

だから、そのことについては現在格別にいうことがないのであるが、甲賀氏のいわゆる、探偵小説がなぞを解くだけの小説でなければならぬという説に対して、いささか私見を述べた次第である。

従来の意味では探偵小説と呼べなくなった形において、犯罪を取扱った小説も、十分に存在の価値があるということを――。

探偵小説不自然論

私は今、探偵小説の悪口を一ついって見ようと思っている。

探偵作家自らが、探偵小説の悪口をいうのは、天に向って唾するようなもので、赤の他人の前ではいうことが出来ない。ただ、探偵小説を本当に愛好し、探偵小説のことを本当に心配して呉れる読者の前でだけいうことが出来る。この意味で、『ぷろふいる』は、好個の紙面を与えて呉れるようである。

さて、いうべき悪口は、実のところいろいろあるけれども、中には、まだそれをいうべき時期でないと思うものもあるし、最初に先ずいいたいのは、探偵小説がどうも稚気を帯びていて困りものだということである。

稚気愛すべしという言葉があるが、稚気必らずしも愛すべからざるものがある。稚気といっては説明が少々不足だけれど、不自然さといったらもっとハッキリするだろう。見渡したところ、不自然さのちっともない探偵小説なんて、ほんの数えるほどしかない。不自然である結果は、往々にして、鼻持ちのならぬ稚気を生んでしまう。これは、解る人には解って貰えることだろうが、なんと、困りものではないか。

　一面では、最も理智的な文学だといわれる探偵小説が他面に於て、そういう理智が決して許容しない不自然さを有っているのだ。私自身、作家の一人として、それをいわねばならぬのは大変痛ましい。けれども、事実だからどうも仕方がないのである。将来、はたから何かいわれるのを待つよりはよいのである。

　探偵小説に、なぜ不自然さが多く含まれるかという理由は、無論誰でも知っているだろう。表面的にいうと、それは探偵小説が、常に出来るだけ怪奇な事件を持って来たり、読者の最も意外とする結末を作ろうとしたり、奇想天外的なトリックを扱おうとしたりする結果だし、更に突込んでいうと、現代を背景として物語られる探偵小説の筋は、主な狙いがロマンチシズムにあり、しかも現代は、そういうロマンチシズムに適しない世相を有っているということにもなる。探偵小説のロマンチシズムに適合するような現代の姿を拵らえようとして、作家は随分苦心する。苦心の結果無理が来る。無理が不自然となって来るわけだが、茲に猶一つ見逃してならないことは、探偵作家の態度である。

　従来探偵作家は、探偵小説に不自然さというものは附物であると考えて、作家的良心を殊更麻痺させて来てはいまいか。

　私自身もそのお仲間だから、あまり大きな口も利けないし、また良心を麻痺させる苦痛もよく弁えてはいる。

　実際、作家にとって、随分苦しいことではあるのだが、もうそろそろ、探偵小説の不自然さを、もっとどうにかしなくてはいけない時期ではないか。

　作家は、腕がいいと、不自然さを、それほど目立たぬものにしていることは事実である。チェスタートンなど、その好適例である。チェスタートンだけに行けば結構だが、中には不自然さが、露骨に出て来ているものもある。矛盾が多過ぎる。自分の仕事に嘘のあるのを、自分でいうのは厭（いや）だから、誰も黙っているけれど、もう、黙っている時ではない。探偵文壇も十分成長し古樹になって来た。少々位の風雨で立枯れになる心配はない。悪い枝は伐り、虫のついた葉は払い落していい。一時的な麻痺症状が、慢性の麻痺症状になっては困る。

　例を挙げると、個人的な作品を非難する形になるから、茲には大まかなことをいうよりほかないが、例えば、或る非常に奇抜な且（か）つ複雑な方法で殺人が行われるという探偵小説がある。方法が奇抜なだけ、読む途中は面白いが、最後に説明される殺人の動機を聞いてみると、時にはその動機が甚だ不合理であることもあるし、動機が正当だとしても、その動機でなら、何もそれほど奇抜な複雑な殺人方法に依（よ）らないでもいい、もっと簡単に、夜道を歩いているところを、背後からグサリとやった方がよさそうだと思わせられることもある、殺人行為と殺人動機と殺人方法と、ピッタリ一致した作品は、実のところそうザラにはない。こういうことが、読者の頭には、案外不愉快な読後感となって残るものである。

（解り切ったことを、ムキになっていっているような気がして来たが、この解り切ったことを、今まで誰もいわないだけ、麻痺症が慢性になりつつあるのだという心配を余計湧かせる）

　不自然さでは、まだほかに、探偵小説中の人物の動きが、多く不自然になり勝ちで困るということもいいたいが、これは、先きにいった、まだその時期でない悪口の一つに当るかも知れない。だから、『ぷろふいる』以外ではナイショナイショである。

幸いにして昭和十年度は、既成中堅新進作家共大元気で、探偵文壇一大躍進の時である形勢が仄見えているから、その門出に当って、少々苦言を呈して置いてもよいであろう。自分一個についていうと、昭和九年は、新青年にこそあまり書かなかったが、ほかの新聞や雑誌では少し働いたという気がし、考うるところもあって、二三ケ月のうち中休みをするが、また馬力をかけて、ここにいったことと、出来るだけ矛盾のない仕事をしようとは思っている。以上。

解題

「金口の巻煙草」（「新青年」大正14年〔1925〕4月号）でデビュー、日本探偵小説の草創期に江戸川乱歩、甲賀三郎と共に広範な人気を博した大下宇陀児（うだる）（1896―1966）の短篇傑作選。本巻には「変格派」「文学派」を代表する作家と目され、一方で探偵小説におけるリアリズムを提唱した作家の意外に幅広い作風が窺える戦前の短篇作品を収録した。

　底本について。「偽悪病患者」「毒」「情獄」「灰人」は『甲賀・大下・木々傑作選集　大下宇陀児第7巻　凧』（春秋社、昭和14年）、「金色の獏」は『現代大衆文学全集　続　第4巻　大下宇陀児集』（平凡社、昭和5年）、「死の倒影」「紅座の庖厨」は『明治大正昭和文学全集　第56巻　江戸川乱歩・小酒井不木・甲賀三郎・大下宇陀児篇』（春陽堂、昭和6年）、「決闘介添人」は『決闘介添人』（春陽堂・日本小説文庫、昭和7年）、「魔法街」は『魔人』（新潮社、昭和7年）、「探偵小説の型を破れ」は「東京日日新聞」昭和6年7月23日号、「探偵小説不自然論」は「ぷろふいる」昭和10年1月号をそれぞれ底本とした。疑問点や伏せ字については、適宜初出誌および他の刊本を参照した。大下宇陀児は単行本収録、再刊の際に手を入れるタイプの作家だが、今回は原則として収録作の執筆時期に比較的近い戦前の刊本を底本とし、戦後の再刊・再録は参照するにとどめた。改稿の多くは用字や表現的なものでストーリーの根幹に関わるものではないが、「紅座の庖厨」のように再録時に全篇にわたり細かく加筆されているものもある。

　表記を新字新仮名にあらため、促音、拗音は小書きに統一、読みやすさに配慮してルビを適宜追加、整理した。また、「々」以外の踊り字（ヽ、〱）は廃した。原則として作者の用字を尊重したが、数字の「拾」「廿」「卅」は「十」「二十」

「三十」とし、明らかな誤字・脱字等はこれを正した。括弧の処理など最低限の体裁上の統一を施している。

なお、本文中には現在からすれば穏当を欠く語句・表現も見られるが、発表時の時代的背景と、著者がすでに他界し、古典として評価すべき作品であることに鑑み、原文のまま掲載した。

以下に各作品の初出と初収録書籍、関連情報等をまとめた。作品の内容に触れた箇所もあるので本文読了後に参照いただきたい。

「偽悪病患者」 初出「新青年」昭和11年（1936）1月号。『凧』（昭和11年、春秋社）に初収録。兄と妹の往復書簡の形式で犯罪の萌芽から事件発生と解決までが語られる、洗練されたモダン探偵小説の傑作。「新青年」の月評「ぺーぱーないふ」欄で鋭い筆鋒を揮った胡鉄梅（こてつばい）（妹尾アキ夫）も「コクのある本格物は長篇でなければ書けぬというのは嘘だ。この作を見ろ」と称賛している（昭和11年2月号）。「私はこの作の骨子を為す智的闘争ともいうべきものに惹かれた」とは、本作を『江戸川乱歩愛誦探偵小説集』（岩谷書店、昭和22年）に採った乱歩の評。

「毒」 初出「新青年」昭和6年（1931）1月号。『明治大正昭和文学全集56 江戸川乱歩・小酒井不木・甲賀三郎・大下宇陀児篇』（春陽堂、昭和6年）に初収録。幼い子供の目を通して家庭内における犯罪の進行とその意外な結末を描く。江戸川乱歩は大下宇陀児を「子供使いの名手」と評したが、その本領が遺憾なく発揮された好篇。

「金色の獏」 初出「文芸倶楽部」昭和4年（1929）3月号。『現代大衆文学全集 続4 大下宇陀児集』（平凡社、昭和5年）に初収録。中心にあるのは古典的な詐欺トリックだが、軽快なユーモアと語りの巧みさが際立つ一作。

昭和初めに書かれた本書の全収録作が雑誌掲載と同年または翌年に書籍化されていて、そのスピードに驚かされるが、世は所謂「円本」時代。各社から廉価な文学全集が次々に発刊され、人気を競っていた。『現代大衆文学全集』（平凡社）、『明治大正昭和文学全集』（春陽堂）、『日本探偵小説全集』（改造社）もそうした円本全集のひとつで、デビュー四、五年の大下も一巻を与えられ、新作で頁を埋めることになる。円本ブームは数年で終熄するが、探偵小説の魅力を一般に広めるのに寄与した。

「死の倒影」 初出「新青年」昭和4年（1929）6月号。『日本探偵小説全集9　大下宇陀児集』（改造社、昭和4年）に初収録。

戦後、『別冊宝石』27号「探偵小説全書　十七作家自選傑作集」（昭和28年5月）への再録に際して、大下は「自選の理由」として、古い作品を今の眼で見るといろいろ飽き足らないところが出てくるが、それでも本作を選んだのは「これは初期の私の代表作品の一つだからである。また、変格物ではあるけれど、探偵小説の常道を踏んでいるからでもある」としている。探偵小説評論家、井上良夫もその「大下宇陀児論」（「新評論」昭和11年8月号）で代表作の一つに挙げ、「ここでも亦(また)氏の好む探偵小説的な面白味、一見無意味なところに偶然底深い恐怖を探り当てる――そのスリルが物の見事に出されている」と評した。

九五頁の「村の共同所有地になっていた池」とある箇所は、底本では「〇〇〇〇の者達が所有していた池」とあり、被差別部落の存在を窺わせるが、ここでは『不貞聖母』（青珠社、昭和22年）以降の再録版の改稿を採用した。なお、一〇九頁他の「劇毒××××」の伏せ字は戦後の再録では「青酸加里」とされているが、これは底本のままとした。

ちなみに、尋常科のS教師が教室で読み聞かせた押川春浪(しゅんろう)の小説（九四頁）は、シベリアに幽閉された西郷隆盛を救出するという内容から『新日本島』（明治39年）。「檀原建闘次」とあるのは正しくは「段原剣東次」である。

「情獄」 初出「新青年」昭和5年（1930）1月号。『現代大衆文学全集　続4　大下宇陀児集』（平凡社、昭和5年）に初収録。昭和4年に「週刊朝日」に連載された長篇『蛭川博士(ひるかわ)』が大評判を呼び（翌年2月に単行本刊行）、大下宇陀児は一躍人気作家の仲間入りを果たす。『蛭川博士』完結直後に「新青年」に発表された本篇は、初期の短篇代表作となった。S・S・ヴァン・ダインやドロシー・L・セイヤーズの名アンソロジーの日本版を企図した江戸川乱歩編『日本探偵小説傑作集』（春秋社、昭和10年）でも、本作が大下宇陀児の代表作として採られている。日本の探偵小説を概観したその序文で、乱歩は大下を「情操派」に分類、「最も著しい特徴は、そこに盛られた豊かな感情にある」「如何に異様な感情を取扱うにしても、その描写は克明にリアルである」と評した。

本篇の語り手が潜伏する浅間（あさま）は長野県松本市の奥座敷と呼ばれる温泉地だが、大下は旧制松本中学時代に、悪友二人の誘いで浅間温泉へ泊りに行ったことがあり、戦後その思い出を随筆「浅間温泉を憶う」（「温泉」昭和31年2月号）に書いている。また、最初の事件の舞台となる箱根の尼子温泉は実在の姥子（うばこ）温泉がモデル（戦後には「尼子」を「姥子」に修正した版も）。随筆「温泉と殺人妄想」（「温泉」昭和26年11月号）で、同温泉の岩風呂の構造から本篇の殺人方法を思いついたと回想している。「温泉へつくと、すぐに人殺しのことを考えたくなるという、因果な性癖をもつのが、探偵作家という動物だ」という大下は、次の「決闘介添人」の他にも「義眼」「亡命客事件」「愛欲禍」など、温泉を度々作品の舞台に選んでいる。

なお、一五四頁の「が、忽ち僕の方へ体を投げ出して来たのだ」の傍点部分は底本では伏せ字になっており（初出時にはこの一文そのものがない）、戦後の刊本に拠ってこれを埋めた。

「決闘介添人」初出「週刊朝日」昭和5年（１９３０）10月1日秋季特別号。『宙に浮く首』（新潮社・長篇文庫、昭和6年）に初収録。「死の倒影」と同じく、自身の醜貌にコンプレックスを抱く画家が語り手。「死の倒影」の画家Bは碧洋会、本篇のK画伯は碧漾会の展覧会に出品しているが、「死の倒影」の初出では碧漾会とあり、だとすると二人の画家は同じグループに所属していたことになる。また、Kは山中の温泉宿に滞在してハヤ釣を愉しんでいるが、釣と温泉は作者の趣味でもあった。

一八一頁の「殺してしまうような激しさで、傍若無人な喜びに浸っていた」の部分は、今回の底本では伏せ字になっているが、初出誌から文字を起こした。

また、初出時には末尾に
「(筆者附記)

以上掲げたところは、有名なK画伯の日記である。日記は残念にも、そこでぷつんと切れている。

しかし筆者は、も早これ以上、何も書き加えなくてもよいと思う。

それは蛇足に過ぎぬからなのだ。」

という文章がある。「死の倒影」の「筆者補記」と形を揃えたようにも見えるが、短篇集収録の際に割愛された。

昭和6年に大下宇陀児は「東京日日新聞」紙上で甲賀三郎と論争を行なうが(後出「探偵小説の型を破れ」参照)、それに先立つ「死の倒影」「情獄」「決闘介添人」の三篇では、「探偵小説が、単に謎を解くだけのものであっていいか」という問いに対する大下なりの答えが既に提示されているように思える。


「紅座の庖厨」初出「文学時代」昭和6年(1931)1月号。『明治大正昭和文学全集56 江戸川乱歩・小酒井不木・甲賀三郎・大下宇陀児篇』(春陽堂、昭和6年)に初収録。胃の交換というSF的アイデアをブラックユーモア溢れるタッチで描き、小酒井不木、海野十三の医科学ミステリの系譜に連なる「変格」作品。

なお、戦後再録時の改稿では全篇にわたる細かな加筆に加えて、物価の変動に合わせて定食代が二十五円から百五円に、胃袋取換えの代金は千円から一万円に大幅に値上げされている。ちなみに昭和5年の帝国ホテルの宿泊料金(一人室)が十円、公務員の初任給が七十五円(『値段史年表』朝日新聞社)。紅座の代金がいかに高額であったかがわかる。


「魔法街」初出「改造」昭和7年(1932)1月号。『魔人』(新潮社、昭和7年)に初収録。終

電後の市内を疾走する無人の路面電車、深夜ラジオから聞こえる時ならぬ時報といった都市伝説めいた怪現象を端緒に、凄惨な猟奇殺人が勃発、悪夢のような事件が展開する。犯罪都市幻想、グラン・ギニョル趣味に彩られた怪作。

なお、二五一頁に「午後九時四十分前後」にラジオの時報があるという記述があるが、当時のラジオはこの時刻に時報と共に気象通報、告知などを行ない、放送終了していた。

大下宇陀児には「紅座の庖厨」「魔法街」の他にも、「宇宙線の情熱」「百年病奇譚」「空中国の大犯罪」などの幻想・SF作品があり、没後出版された遺稿長篇『ニッポン遺跡』(昭和42年)も人類滅亡六十七万年後の世界を描いた諷刺SFだった。

「灰人」 初出「新青年」昭和8年(1933)1月号。『灰人』(春陽堂・日本小説文庫、昭和8年)に初収録。不慮の事故で盲目となった主人一家の悲劇を犬の視点を借りつつ綴った前半から、後半では若い刑事の足を使った捜査を描く。ここでも犬の活躍が。この年、「新青年」は毎月百枚の中篇を巻頭に掲げる方針を採り、本作がその第一弾となった。2月号は夢野久作「氷の涯」、3月号は甲賀三郎「体温計殺人事件」、以下、水谷準、海野十三、延原謙が続いたが、7月号に予定されていた横溝正史が結核で喀血し、その代役として登場したのが新人小栗虫太郎のデビュー作「完全犯罪」である。

「探偵小説の型を破れ」 初出「東京日日新聞」昭和6年(1931)7月23日掲載。同紙7月16日、17日学芸欄に掲載された甲賀三郎「探偵小説はこれからだ」において、探偵小説は謎解きの興味を中心にした理智に訴えるものであり、大下宇陀児の「新青年に連載されている「魔人」は断じて探偵小説ではない」と名指しで批判されたことに答えたもの。

甲賀三郎と大下宇陀児は農商務省臨時窒素研究所の元同僚であり、大正12年に「真珠塔の秘密」でデビューした甲賀を追うように大下も探偵小説を書き始め、14年に第一作「金口の巻煙草」を「新青年」に発表、甲賀と同年に「二銭銅貨」で華々しく登場した江戸川乱歩と共に探偵小説草創期の人気作家となった。しかし、その作風は対照的で、「本格」探偵小説論者の甲賀はしばしば激しい「変格」批判を行ない、犯人やトリックの意外性よりも犯罪の渦中における人物像の描写や心理に重きを置いた大下宇陀児はその標的となった。昭和9年にも再び両者の論戦が交わされたが、二人の探偵小説観の違いは決定的で、嚙み合うことがなかった。

　探偵小説の型を破ろうとする努力の結果が、従来の定義からは探偵小説と呼べなくなっても差支えがないという大下宇陀児の取り組みは、従来の探偵小説ファン、所謂「鬼」たちの必ずしも歓迎するものではなかった。作家自身もそれを強く意識していて、戦後のエッセー「乱歩の脱皮」「探偵小説の中の人間」等では、探偵小説の型から出ようとしない「鬼」たちへの批判を真正面から述べている。

　なお、『大下宇陀児探偵小説選Ⅱ』（論創社）には、本篇を含む甲賀・大下論争が甲賀の文章もあわせて収録されているので、興味のある方は参照されたい。

「探偵小説不自然論」 初出「ぷろふいる」昭和10年（1935）1月号。甲賀三郎との論争を経て、大下宇陀児は探偵小説に付き物だった不自然さ、「こしらえもの」感への疑問を募らせ、「誰が殺したか（フーダニット）」から「何故殺したか（ホワイダニット）」への傾斜を強めていく。「ここにいったことと、出来るだけ矛盾のない仕事をしようとは思っている」という言葉通り、この年、大下は「新青年」6月号・7月号に倒叙物の中篇「烙印」を分載、さらに「情鬼」「凧」などの力作によって、不自然さを排したロマンチック・リアリズム路線を実作で示すことになる。

（編集＝藤原編集室）

参考文献

大下宇陀児『釣・花・味』（養神書院、1967）

※没後編まれた随筆集。年譜・作品著書目録（中島河太郎編）を付す。
大下宇陀児『烙印』（国書刊行会、１９９４）※解説・権田萬治。著書目録（山前譲編）を付す。
『大下宇陀児探偵小説選Ⅰ・Ⅱ』（論創社、２０１２）※随筆を併録。解説・横井司。
権田萬治「残酷な青春の鎮魂曲　大下宇陀児論」（『日本探偵作家論』幻影城、１９７５、所収）
『『新青年』趣味』第17号　特集　大下宇陀児（『新青年』趣味　編集委員会、２０１６）※著作目録、小説65篇の作品紹介を含む。

解説

長山靖生

大下宇陀児の作品を特徴づけているのは犯罪者やその周辺人物たちの心理の内奥を抉り出す描写であり、揺れ動く気持ちへの鋭い洞察である。また大下は空想的な科学小説にも意欲的で『地球の屋根』（昭和一六～一七）や『百年病奇譚』（昭和一七～一八）などの作品もある。戦後に日本でSF創作が本格化する際、柴野拓美や星新一を励ましたことでも知られる。

大下宇陀児（一八九六～一九六六、本名・木下龍夫）は長野県上伊那郡中箕輪村に生まれ、松本中学、第一高等学校を経て大正一〇年に九州帝国大学工学部応用化学科を卒業すると農商務省臨時窒素研究所に入った。このため甲賀三郎や早稲田大学工学部電気工学科出身の海野十三とならぶ理系出身の探偵作家として知られることになる。甲賀三郎（本名・春田能為）もまた前年に臨時窒素研究所に入所しており、ふたりは作家以前からの同僚だった。探偵作家としてのデビューも甲賀三郎のほうが早く、「新趣味」の懸賞小説募集に応じた「真珠塔の秘密」が同誌大正一二年八月号に載った。一方、大下のデビュー作は「新青年」大正一四年四月号に載った「金口の巻煙草」である。大下と甲賀は作風の違いもあって生涯にわたり切磋琢磨する好敵手となった。

大下作品には犯罪を起こした当事者や周囲にいてそれと知らず事実を眺めていた人間たちの心理描写に、大きな比重を置いたものが多いが、自他の心理や振る舞いを眺める観察者の視点のありどころや、語り口に様々な工夫が凝らされている。

たとえば「偽悪病患者」は書簡体をとっている。書簡体小説は内面の告白を旨とする近代文学の創出にかかわる伝統的スタイルのひとつで、ルソーの『新エロイーズ』、ゲーテの『若きウェルテルの悩み』、メアリ・シェリーの『フランケンシュタイン』などもこの形式であり、同時代の探偵小説では夢野久作（ゆめのきゅうさく）の「瓶詰の地獄」などがあった。しかし「偽悪病患者」は二人の人物の往復書簡であるところが特異で、両者それぞれの配慮ないし駆け引きを込めた書き方が読みどころとなっている。

信頼できない語り手は、必ずしも作為的に虚言を弄しているものとは限らない。限定された視点、思い込みからの錯誤は神ならぬ人なら誰もが逃れられない。「毒」は無垢な子供の視点を用いることで、進行しつつある犯罪が読者の前に晒される。犬の行動を効果的に取り入れた「灰人」はそのヴァリアントといえるかもしれない。また「金色の貘」は骨董にまつわるコン・ゲームで、デビュー作「金口の巻煙草」の系統に属するといえる。「金口の巻煙草」はお人好しの高等学校生が、重労働に耐えかねて銅山から逃げてきたと称する少年に騙されそうになる話だ。

大下には、犯罪者自身が語り手として自分の生い立ちや犯行に至る事情や情念の推移を克明に語る作品が多い。犯行がいわば内なる思考から明かされるのだ。本書収録作品では「死の倒影」「情獄」「決闘介添人」がその系譜だ。江戸川乱歩はそんな大下のことを情操派と呼んだ。

大下が作品で扱う事件は派手なものは少なく、犯人も家族や友人同僚など身近でリアルだった。犯罪者側の視点から書かれる探偵小説は、乱歩にも少なくないが、乱歩作品では人が犯罪に惹かれる理由としてしばしば退屈が挙げられる。一方で大下作品では快楽殺人は少なく、犯行には金や愛欲、あるいは別の犯罪の隠蔽などの明確な理由があり、その点でも極めて常識的だ。犯人の多くはいわばサイコパスで、その功利主義的判断のありようは、生来性犯罪者や犯罪嗜好者と違って我々一般人に近く、その近さが怖さと心の底がヒヤリとするような不気味さをもたらす。

日本の探偵文壇では、その初期にまずプロレタリア文学系の評論家だった平林初之輔が健全派と不健全派という分類を提唱した。平林は不健全派を〈常にせい一ぱいのものをかいて読者をあっと言わせてやろうという気で張りつめて、その結果、凝って思案にあまるような作品ができあがる。それから、殺人や、犯罪では、どうも芸術的でない、もっと奇抜な、幻想の世界を織り出して見せるのでなければ、探偵小説が芸術の中で占める椅子が失われるというような考えから、かえって、造花のような力のない作品が生まれることにもなる。これらの傾向は、探偵小説の行き詰まり、早老を予感せしめる徴候の一つではないかと私は考える。〉（「探偵小説壇の諸傾向」、「新青年」大正一五年新春増刊号）と批判的に定義し、実例として江戸川乱歩の「屋根裏の散歩者」や「白昼夢」、小酒井不木「恋愛曲線」「痴人の復讐」、横溝正史「広告人形」、城昌幸「意識せる錯覚」などを列挙したが、大下宇陀児もこちらの系譜に属するとみなされた。しかし冒頭で述べたように大下の探偵小説は奇想ではなくリアルな犯罪心理が魅力だった。

　平林が探偵小説の本道としたのは〈この不健全派に対して、健全派というべき〉謎解きを中心にした作品であり、具体的には正木不如丘の「赤いレッテル」や甲賀三郎の「琥珀のパイプ」「ニッケルの文鎮」だった。

　この考えは甲賀により本格探偵小説と変格探偵小説の分類へと発展的に継承されるが、本格探偵小説という名称について、詩人で文芸評論家の郷原宏氏は〈ちょうどそのころ、一般文壇では「本格小説」という言葉が使われていた。これは名編集者として知られた中村武羅夫が、大正末期に流行した心境小説を批判するためにつくった造語で、「社会的現実を客観的に描く近代小説本来の構成を具えた小説」のことである。心境小説は自然主義の流れを引く私小説の一種だから、この場合の「本格」は私小説の対立概念だったことになる。甲賀三郎がこの文壇用語を意識していたかどうかはわからないが、どちらも異物排除、純正志向のあらわれだったという点では共通している。〉（『日本推理小説論争史』）と指摘している。

　本格探偵小説こそ正統派というのが当時の探偵小説マニアの認識だったが、売れ行きはむしろ変格物のほうがよく、文芸界全般からの注目度も高かった。江戸川乱歩が谷崎潤一郎や佐藤春夫から支持されたのは、もっぱらその耽美趣味や幻想性によってだった。乱歩の場合、理論としては生涯、本格探偵小説をミステリの王道との立場を取り続けたが、変格的な猟奇・幻想・暗黒・耽美を発揮した作品のほうが一般読者からの支持は高かったのは象徴的だ。けっきょくジャンルの純粋性を求めていく求心運動と周辺諸ジャンルを取り込みつつ浸透していく拡張運動は、競いつつ相俟って探偵小説全体を発展させていくことになる。

「紅座の庖厨」は重度の胃弱のために食事が苦痛な人間の数奇な体験を描いた怪異譚だが、臓器移植を扱った医療ＳＦの側面も持っている。移植術を取り入れた探偵小説では小酒井不木の「人工心臓」（昭和二）がよく知られているが、ほぼ同時期の川端康成（かわばたやすなり）「花ある写真」（昭和五）も子宮移植が重要な意味を持つ作品だった。機械文明への軽躁的な信頼が語られたモダニズム時代にあって、臓器移植や人体改造はロボット技術への関心と共に、人間の身体性に対する感覚を変えつつあった。探偵小説における身体の即物的な扱いの意味について、そうした背景からいま一度見直してみるのも一興かもしれない。

「魔法街」の舞台になっているＭ市は異国情緒を具えた港湾都市で、先端的モダン風俗が流行し、ラジオ放送や路面電車など当時の都市インフラの整備も進んだ街だった。しかしそんな先端都市が、不思議な事件をきっかけに閉塞された犯罪都市へと暗転してしまう。深夜の市街を無人で走る市営路面電車。突然、放送時間外に語りだすラジオ。そして血塗られた事件が……。その光景（犯罪と犯罪者の奇抜さも含めて）は、『バットマン』のゴッサム・シティをも連想させる。

作中、ラジオ体操の放送の話題が出てくるが、ラジオ体操は昭和三年に大阪中央放送局（ＪＯＢＫ）が八月一日から約一ヵ月間、日曜日を除く平日に放送したのが最初だった。ラジオ体操は国民の健康増進を目的とし、まずは家庭団欒（家族が庭先でそろって体操）として、その後は集団聴取（学校や町内会で組織的に体操）が推奨されることになる。「魔法街」が発表された昭和七年は、集団聴取・組織体操の開始期だった。ちなみに国民健康増進は、頑健な肉体の獲得を目的としていたが、究極的には銃後の備えを含めた強兵政策へと結びついていく。それは〝健康〟の管理であり、強制だった。ところが「魔法街」では科学と情報の象徴であるラジオが、魔法と怪奇に凌辱される一方、健康を担う体操教師は性的犯罪犠牲者の第一発見者にされている。

またカフェー「浮城」と困窮者救済施設「新ノアの箱舟」の対比には、不況下の仇花のように花開いたエロ・グロ・ナンセンスの爛熟頽廃が集約されている。この時代はプロレタリア文学の隆盛と弾圧の時期でもあり、都市の現実を集約していけば、社会の構造的矛盾と欲望と犯罪が顔を覗かせる。そして意外な犯人像、不思議な結末は幻想SF的であり、アポリネールの「贋救世主アンフィオン」を連想させるモダニズム文学ともいえよう。ただしこれら大下作品は当時、あくまで変格探偵小説として扱われた。

甲賀三郎は時に変格物を批判した。例えば「探偵小説はこれからだ」（「東京日日新聞」、昭和六年七月一六、一七日）では〈雑誌朝日に長く連載されている大下宇陀児の長篇は、不幸読んでいないので、何とも云えないが、新青年に連載されている「魔人」は断じて探偵小説ではない。江戸川乱歩の、そうして乱歩にして初めて意味のある所のものの模倣でしかないのは、作者の為に深く惜しむ所である〉と指弾している。これに対する大下の反論が本書に収録されている「探偵小説の型を破れ」である。

ふたりの論争について意見を求められた乱歩は、〈純粋探偵小説（引用注・乱歩はこの時期、本格ではなく純粋の語を用いていた）の限界については私も甲賀三郎君と同意見である。本来の探偵小説が謎を解く理知的興味を主眼とすべきは、何人も否みえないであろう〉（「探偵小説の立場」、「東京日日新聞」大正一五年八月三一日、九月一日）としながらも、〈若し甲賀説が、これらの事情（「純粋」もしくは「本格」を冠しない広義の探偵小説には、怪奇小説、恐怖小説、怪談など類する作品も含まれてきた歴史的事実）を無視して、探偵小説は純粋探偵小説以外の作品を発表すべからずと主張するのであったら、単純、偏狭のそしりを免れないであろう〉（同前）と述べている。

大下宇陀児は科学技術を作品に取り込むにしても、空想性の度合いが強く、その点では甲賀三郎とは強い対照性を見せており、変格派の作家に分類されることになる。実際、大下は後年、自身の作風・好みとして〈いわゆる探偵小説での最重要素材を、私はそれほど重視しなかった〉とし、最も力を入れたのは〈人間のうれしさや悲しさ〉の表現だったと回想している（大下「私の道」、東都書房版『日本推理小説大系』月報No.11、昭和三五）。

大下は「探偵小説不自然論」でロジカルな本格物の未来への疑義を投げかけている。奇抜なトリックの粋を凝らしていくと理論的には可能だが僅（わず）かなずれで実現困難な、いわば摩擦ゼロでないと成立しない物理法則のごとき不自然さが生じる。大下はその先鋭の果てに鋭角が角度ゼロとなり、究極には体積を失う極点をみすえていた。しかしその不自然はまた思考実験の魅力があるだろう。そう思うと「探偵小説不自然論」は本格探偵小説から空想科学的な新本格物に至る予言であったようにも思える。思えば大下の空想科学小説は彼なりのＳＦであると同時に、変格側からの新本格への試みだったのかもしれない。

著者紹介　1896年長野県生まれ。本名木下龍夫。九州帝国大学卒。1925年「金口の巻煙草」でデビュー、29年〈週刊朝日〉連載『蛭川博士』で人気作家となる。犯罪心理や風俗描写に優れた探偵小説界の巨匠。51年『石の下の記録』で第4回探偵作家クラブ賞受賞。66年没。

検印
廃止

偽悪病患者

2022年8月10日　初版
2024年10月11日　再版

著者　大下宇陀児（おおしたうだる）

発行所（株）東京創元社
代表者　渋谷健太郎

162-0814/東京都新宿区新小川町1-5
電話　03・3268・8231-営業部
　　　03・3268・8204-編集部
URL　http://www.tsogen.co.jp
暁印刷・本間製本

ISBN978-4-488-46421-9　C0193

黒岩涙香から横溝正史まで、戦前派作家による探偵小説の精粋！

日本探偵小説全集

全12巻

監修＝中島河太郎

刊行に際して

現代ミステリ出版の盛況は、まことに目ざましい。創作はもとより、海外作品の夥しい生産と紹介は、店頭にあってどれを手に取るか、戸惑い、躊躇すら覚える。

しかし、この盛況の蔭に、明治以来の探偵小説の伸展が果たした役割を忘れてはなるまい。これら先駆者、先人たちは、浪漫伝奇の炬火を掲げ、論理分析の妙味を会得して、従来の日本文学に欠如していた領域を開拓した。その足跡はきわめて大きい。

いま新たに戦前派作家による探偵小説の精粋を集めて、新しい世代に贈ろうとする。

少年の日に乱歩の紡ぎ出す妖しい夢に陶酔しなかったものはないだろうし、ひと度夢野や小栗を垣間見たら、狂気と絢爛におののかないものはないだろう。やがて十蘭の巧緻に魅せられ、正史の耽美推理に眩惑されて、探偵小説の鬼にとり憑かれた思い出が濃い。

いまあらためて探偵小説の原点に戻って、新文学を生んだ浪漫世界に、こころゆくまで遊んで欲しいと念願している。

中島河太郎

1 黒岩涙香 小酒井不木 甲賀三郎集
2 江戸川乱歩集
3 大下宇陀児 角田喜久雄集
4 夢野久作集
5 浜尾四郎集
6 小栗虫太郎集
7 木々高太郎集
8 久生十蘭集
9 横溝正史集
10 坂口安吾集
11 名作集1
12 名作集2 付 日本探偵小説史